La grand-mère de Jade

DU MÊME AUTEUR

Mistinguett, la valse renversante, Sauret, 1995.

La Vie d'une autre, Actes Sud, 2007 ; Babel, 2008 ; Le Livre de Poche, 2010.

La Nonne et le Brigand, Actes Sud, 2011 ; Babel, 2013 ; Le Livre de Poche, 2015.

Le Cœur sur un nuage, photographies Sylvie Singer Kergall, Le Livre de Poche, 2011.

Ma nuit d'amour, Actes Sud Junior, 2011.

Un pur hasard, Les Éditions du moteur, 2012.

Le Voyage de Nina, Le Livre de Poche, 2014.

Cassée, Actes Sud Junior, 2014.

Les Brumes de l'apparence, Actes Sud, 2014 ; Babel, 2015 ; Le Livre de Poche, 2017.

L'Œil du prince, J'ai lu, 2014, 2017.

Libertango, Actes Sud, 2016 ; J'ai lu, 2017 ; Babel, 2019.

Agatha, Plon, coll. « Miroir », 2017 ; Babel, 2018.

Mon corps est un murmure de toi qui danse, photographies Sylvie Singer Kergall, J'ai lu, 2018.

Être beau, photographies Astrid Di Crollalanza, Stock, 2018.

Sankhara, Actes Sud, 2020.

FRÉDÉRIQUE DEGHELT

La grand-mère de Jade

ROMAN

J'AI LU

L'écrit ça arrive comme le vent, c'est nu, c'est de l'encre, c'est l'écrit et ça passe comme rien d'autre ne passe dans la vie, rien de plus, sauf elle, la vie.

Marguerite DURAS

Tout de suite en apprenant la nouvelle, Jade avait décidé d'aller la chercher. Sa grand-mère Jeanne, sa Mamoune, avait perdu connaissance. On ne l'avait trouvée que le lendemain, étendue sur le sol de sa cuisine, dans la ferme savoyarde où elle vivait seule. Le soir suivant, alors que Jade se préparait pour sortir avec des amis, le téléphone avait sonné. Vingt-trois heures… Jade avait eu un mouvement de recul. À cette heure c'était sûrement Julien qui avait des bleus à l'âme, des envies de la revoir. Elle hésita, décrocha en soupirant, et entendit la voix de son père qui vivait en Polynésie depuis une douzaine d'années. Il lui raconta l'évanouissement de Mamoune et un malaise d'un tout autre genre : ses sœurs, les tantes de Jade, refusaient d'attendre et de considérer que cette faiblesse n'était que passagère. Cela pouvait se reproduire et c'était suffisant pour les trois filles de Jeanne qui habitaient à quelques encablures de sa maisonnette sans venir la voir. Elles avaient décidé de brandir la sécurité. Mamoune n'avait pas eu voix au chapitre et toute famille trop éloignée avait été exclue de la décision. Serge, le père de Jade, savait qu'il serait impossible de déraciner sa mère de quatre-vingts ans en l'invitant à vivre dans ses îles lointaines. De toute façon, personne ne lui avait demandé son avis. L'ordre de placement de Mamoune en maison médicalisée avait déjà été signé et ses sœurs l'avaient juste informé de la situation. Essaie de savoir ce qui se trame là-bas, avait-il dit à sa fille ce soir-là. Il paraît que c'est provisoire... Mais à son âge...

En écoutant la voix inquiète de son père, Jade s'était demandé pourquoi ses tantes voulaient se débarrasser si vite de leur mère qui s'était toujours occupée de tout le monde, sans même lui donner une chance ou, mieux, une aide. Le malaise de Jade grandissait à mesure qu'elle écoutait le récit de ce complot contre Mamoune. L'une des sœurs était médecin. Ainsi tout devenait simple, avec un certificat médical elle pouvait placer Mamoune dans une maison, juste parce qu'elle avait manqué une petite marche de sa vie, se disait Jade.

Bien sûr ce serait une folie, mais elle avait décidé de prendre sa voiture dès le lendemain, sans réfléchir, pour répondre à cette indignation qui lui broyait le ventre. Tout au long de la route, elle savait qu'elle se donnerait des arguments pour ou contre, selon le kilométrage qui la séparerait de Mamoune. Il en allait toujours ainsi des décisions prises à l'emporte-pièce.

Sur un coup de tête, Jade venait de quitter Julien, celui qu'elle avait cru être l'homme de sa vie pendant cinq ans. Depuis deux mois, elle était seule dans son appartement. Allait-elle passer ses jours avec une octogénaire, elle qui se croyait incapable de vivre avec un homme ? Non, non, c'était parfaitement ridicule et incomparable. Jade savait qu'ensuite viendraient les questions de son double, celle qui lui mettait des bâtons dans les roues dès qu'elle cédait à ses côtés fonceurs. L'autre, la raisonneuse, lui soumettrait des arguments pertinents qui viendraient casser ses emportements. Elle lui dirait, par exemple, que si elle travaillait toute la journée elle ne pourrait être sûre que tout se passait bien pour Mamoune. Ou encore si ses tantes avaient raison, si sa grand-mère avait réellement besoin d'une assistance médicale permanente, elle ne pourrait pas lui payer une infirmière, une garde-malade avec son minable salaire de journaliste pigiste.

Mais d'autres questions plus confuses se présentaient. Au fond, qu'est-ce que Jade savait de Mamoune ? Pas grand-chose. Elle l'adorait depuis sa plus tendre enfance cette grand-mère au parfum de rose ou de violette suivant les jours et l'humeur. Elle ressemblait à la bonne fée de Cendrillon avec ses tresses blanches remontées en chignon et ses yeux très clairs. Petite, un peu ronde, Mamoune avait toujours gardé des enfants, toujours su comment leur parler, où les rejoindre d'une voix douce sans leur poser les questions habituelles des grandes personnes. Alors, tu travailles bien à l'école ? Et qu'est-ce que tu veux faire plus tard quand tu seras grande ? Avec elle, pas de gouffre entre le monde des petits et celui des trop grands. Elle était maternelle, d'une tendresse enveloppante, et son rire était un chant qui donnait envie de rire avec elle.

Jade se souvint que sa grand-mère était fille d'un agriculteur et d'une sage-femme. Mamoune lui avait montré une photo de ses parents le jour de leur mariage et Jade avait trouvé que, tout en ayant l'air d'avoir quinze ans, ils avaient des visages de vieux. Petite moustache de paysan de début de siècle pour lui, cheveux remontés en chignon pour elle, un air grave. À l'époque, on ne souriait pas sur les photos. Leur fille Jeanne avait été ouvrière à la chaîne dans sa jeunesse. Mais pourquoi Jade avait-elle besoin de se remémorer qui était Mamoune ou encore Jeanne ? Seul devait compter ce désir de l'arracher à son sort. À moins que…

Jeanne avait rencontré son mari Jean à l'usine où ils travaillaient tous les deux. Elle était très jeune alors. Du haut de ses seize ans, elle avait été fascinée par ce jeune homme brun au visage anguleux qui connaissait si bien la montagne et ne semblait pas s'intéresser aux filles. Il lui avait pourtant fait la cour. Une fois mariée, Jeanne s'était consacrée à ses enfants puis à ceux des autres. Il y en avait toujours une tripotée à la maison et elle savait mener son monde sans se fâcher. Aucun enfant ne voulait désobéir à Mamoune – c'était ainsi que les enfants l'avaient nommée –, elle était trop gentille pour se défendre. Jeanne avait une façon bien à elle de corriger les capricieux : elle les consolait et les regardait tendrement. Ses yeux étaient un sourire bleu pailleté de gris qui les plongeaient dans une sorte de honte immédiate d'avoir osé lui opposer un refus. Jean rentrait tard, trimait dur et avait poussé sa progéniture à se surpasser à l'école afin qu'ils quittent le monde des travailleurs manuels et accèdent aux études supérieures. Avec ses trois filles dont deux étaient avocates et la troisième, médecin, il était fier d'avoir mené à bien la mission qu'il s'était assignée. Son seul garçon, Serge, qui était le père de Jade, avait en quelque sorte joué les rebelles. Il était devenu peintre. Il vivait dans des îles lointaines en marge des notables, en compagnie d'une artiste bohème aussi imprévisible que lui, la mère de Jade.

Le mari de Mamoune était mort d'une crise cardiaque trois ans plus tôt, laissant sa femme désemparée. Elle, si autonome à ses côtés, semblait avoir couché dans la tombe de Jean une part d'elle-même.

Son déménagement en maison de repos était prévu pour le samedi, Jade s'était dit qu'elle allait débarquer chez Mamoune le vendredi à midi, le lendemain donc. Cela laissait peu de temps pour réfléchir... Juste après l'appel de son père, Jade avait voulu réveiller sa grand-mère pour lui souffler au téléphone : Je viens te chercher, comme un secret. Pour qu'elle entende dans cette phrase d'enlèvement la confirmation de ce qu'elle avait déjà deviné. Ses filles lui avaient « vendu » une période d'essai avec quelque artifice doucereux pour justifier la mise en paquets de ses affaires préférées. C'était, lui avaient-elles dit, une convalescence, un déménagement provisoire auquel Mamoune, fine mouche, avait feint de croire. Mais il y avait urgence et puisqu'il lui fallait quitter sa maison, autant que ce soit pour celle de Jade. Tu vivras un temps à Paris avec moi, allait murmurer sa petite-fille, et puis nous verrons ensemble si tu veux rester ou revenir chez toi et dans quelles conditions. Ainsi, Jade aurait l'impression de ne rien lui cacher de la gravité de son état, qui avait exigé son placement dans un établissement, tout en partageant avec elle ses interrogations personnelles. Cette transparence et cette franchise joueraient en sa faveur. Mamoune qui ne voulait plus monter à Paris depuis des années ne se ferait pas prier. Enfin Jade l'espérait... Elle était la fille du fils chéri de sa grand-mère et, vu les circonstances, elle choisirait son camp.

Jade savait déjà ce que dirait Mamoune. Ce qui m'ennuie dans ces maisons, elle ne les nommerait pas, c'est qu'elles sont pleines de vieux. Moi aussi, bien sûr, rajouterait-elle, je ne suis plus une jeunette, mais il me semble que vivre en mélangeant les générations ça ralentit... Elle s'arrêterait comme pour réfléchir... Peut-être même puis-je te servir à quelque chose... Cette dernière phrase, c'était bien son style, mettrait des larmes aux yeux de Jade. Elle imaginait Mamoune, toute en rondeurs dans sa robe bleue, cherchant sourcils froncés à quoi pouvait bien encore servir sa simple existence, comme si elle avait été un objet à mettre au rebut, et tout cela le plus sérieusement du monde.

Mamoune

J'ai si peur de ne plus me souvenir et d'être incapable de m'occuper seule de ma petite existence. Jusqu'à aujourd'hui, la vie ne m'a pas tout donné, mais elle m'a accordé l'essentiel. Ce que je ne demandais pas. De quoi satisfaire un goût de la découverte que je ne me connaissais pas. Certains diraient, j'en suis sûre, que ce qui m'arrive aujourd'hui était prévisible. Quand j'étais encore à l'usine, il y avait là une Africaine qui disait à toutes les mères : « Dors avec tes enfants quand ils sont petits, sinon ils ne s'occuperont pas de toi quand tu seras vieille. » Je n'avais pas encore d'enfant à l'époque. J'ai dû oublier ses conseils. Je n'ai pas assez dormi avec mes filles. Je le découvre aujourd'hui.

Je ne leur en veux pas. Je crois même que je les comprends. Que peut-on bien faire de moi ? À l'âge que j'ai, je suis un poids et je ne me remets pas d'en être arrivée là. Me voilà trop vieille, trop fatiguée et maintenant susceptible d'évanouissements. Alors demain ?…

J'aime cette vue que j'ai de la fenêtre de ma cuisine sur le jardin. Il n'est plus le même depuis que

Jean est mort mais je ne me lasse pas d'observer les oiseaux tandis que je fais la vaisselle. Nous étions si complémentaires au cœur de notre silence. Il s'occupait de la terre jusqu'à la morte-saison. En hiver, je regardais les arbustes nus en buvant mon premier café et j'imaginais les couleurs dont je pourrais parer notre jardin au printemps. Chaque matin, la terre noire me soufflait un spectacle différent de la veille : tulipes jaunes ou rouges, forsythias, clématites, primevères... Les couleurs et les formes me jouaient leur spectacle puis le grand jour de l'achat des graines arrivait. Quelques semaines plus tard, j'attendais avec impatience que le jardin révélât à Jean les couleurs qui l'avaient emporté. C'était sans compter sur le vent qui se chargeait toujours de mélanger mes plantations. Il créait ainsi des surprises à la floraison. Je pestais pour la forme, mais il me plaisait bien qu'une brise imprévue rendît à mon jardin sa touche sauvage.

Nous sommes au début du printemps. Comme si je savais qu'on allait m'arracher à ma maison, je n'ai rien semé cette année. Après la mort de Jean pourtant je n'ai pas failli. Chaque mois d'avril, il y en eut seulement trois, notre jardin retrouvait sa splendeur. Il me semblait même rendre un hommage particulier à sa disparition, comme si la terre s'appliquait à donner le meilleur d'elle-même. Les voisines qui passaient chez moi étaient rassurées de retrouver la jardinière de toujours. Elles me complimentaient pour ma main verte. Personne n'y voyait le message que m'adressait l'absent : celui de continuer seule à contempler la beauté de notre jardin.

Il y avait tant de complicité dans sa présence. Au fur et à mesure des années, sa bouche s'était muée en un trait pâle qui racontait les émotions retenues. La mienne au contraire avait gardé sa rondeur charnue, entretenue par ces conversations volatiles qui n'allaient nulle part. La peau des bébés, les grandes embrassades des enfants lui avaient communiqué cette douceur que je sentais s'écraser comme la pulpe d'un fruit, sur la joue rêche de cet homme tout en labeur qui me décochait des sourires entendus pour saluer mes tendresses quotidiennes.

Je crois que je rêvais de lui quand j'ai eu ce malaise qu'on a l'air de me reprocher. Non ce n'est pas exactement cela. Je venais juste de porter quelques déchets à l'extérieur de la maison. Le froid de cette fin d'hiver était humide et j'avais décidé de me préparer du lait chaud. Ensuite je suis rentrée dans ma cuisine. Mais je sens que je triche : ma mémoire invente une suite là où il n'y a que du vide. La réalité, c'est qu'on m'a retrouvée le lendemain, au pied du réfrigérateur. J'aimerais pouvoir dire que j'ai senti quelque chose. J'ai bien dû m'évanouir autrefois dans des conditions semblables et personne ne m'en a fait une montagne... Mais je ne dois plus avoir l'âge de l'indulgence, ni même celui de la pitié. On ne me passera plus rien. C'est ainsi.

Pour l'heure je me réjouis que cette enfant vienne m'enlever. C'est un signe du ciel pour que je continue. Je n'ai pas l'énergie d'une révolte. Je ne l'ai jamais eue. C'est sans doute pour cette raison que j'ai toujours échappé aux soupçons quand j'étais dans la Résistance savoyarde. Le regard des autres glissait sur moi. J'étais invisible, pas concernée. Je suis née vieille et doucement résignée, condamnée à la gentillesse comme à la franchise.

Avec ce caractère docile que j'ai toujours eu, je n'éprouve pas de rancœur à l'égard de mes filles. Elles ont bien vu, quand nous avions presque soixante ans Jean et moi, que nous étions en chemin pour être plus vieux qu'elles ne le sont aujourd'hui, au même âge. Elles veulent refuser le temps qui passe, quitte à me repousser moi comme si je lui tenais la main.

Ma jolie Denise a fait refaire son nez. Elle a tourné la tête pour fuir mon regard quand je m'en suis étonnée. Elle ne pensait pas que je le verrais ! Comment la fabrication d'un nez par un chirurgien aurait-elle pu abuser une mère auteur de l'original ? Moi qui ai si souvent passé mes doigts sur cet appendice qui lui donnait un profil de statue égyptienne. Je n'ai rien dit, mais elle a perdu cette grâce qui émanait de la gêne qu'elle en avait, une sorte de timidité adolescente qui s'est dissoute dans son assurance d'être enfin débarrassée d'un handicap.

Pourquoi changer de visage ? Avant il me semble qu'on était né jolie fille ou joli garçon ou encore gentil ou courageux… Quand la vaillance prenait le pas sur la beauté, elle racontait dans le discours des voisines les imperfections du visage ou du corps. Mais au fond on acceptait assez bien son sort. Laid ou beau, jeune ou vieux, on pouvait rire, être là sans déranger. Peut-être que ce souvenir de tolérance me conte l'injustice de ma situation que je n'ose dénoncer.

Elles ont leur vie… Et… Voilà que je leur cherche encore des excuses. Cette petite qui vient me chercher me montre que mes filles n'ont rien essayé pour me sauver. Elle m'a paru très sûre d'elle au téléphone et je n'ai pas su comment refuser ce que j'espérais tellement. Qu'une bonne étoile veille sur ma liberté de vieille femme…

Elle est curieuse cette peur que j'ai eue quand Denise, le premier médecin de notre famille, m'a parlé de repos et de situation provisoire. Une peur d'enfant, une sorte d'étau m'a contracté l'estomac avec le sentiment d'une impuissance injuste. Avant cela, l'idée que ma vie puisse appartenir à d'autres ne m'avait jamais effleurée.

L'empressement de leur fuite allait donner à cette journée une couleur particulière. Quand Jade lui avait dit de préparer les vêtements qui lui étaient indispensables en laissant le reste, elle avait senti une légère réticence vite balayée par la nécessité. Et quittant en douce sa ferme avant le déménagement prévu pour le lendemain dans la maison de repos, Mamoune allait déclarer la guerre à ses filles. D'autant plus qu'elle n'avait eu aucune discussion avec elles pour leur signifier son désaccord avec la décision prise. Sa vie avait été tout le contraire de cette brusque rébellion sans avertissement. Jade avait peur de l'entraîner dans un monde qui n'était pas le sien. Elle n'était sûre de rien. Elle ne connaissait de sa grand-mère qu'un côté raisonnable et tranquille mais n'était-ce pas elle qui lui avait dit un jour que tout être recèle une part d'insoupçonnable, que tout être est capable de se révéler étrange voire étranger ?

Jade pensait à tout ça tout en n'arrêtant pas de lui parler : Ce sont tes petites laines posées sur le côté du lit ? Veux-tu que je les mette dans la valise ? Il fait plus humide qu'ici à Paris. Tu pourrais prendre ta lampe de chevet. Je sais que tu y tiens beaucoup. Ne te gêne pas, il y a de la place dans ma voiture, je voudrais que tu te sentes comme chez toi à la maison. Emporte tout ce que tu aimes. Craignant qu'elle ne profite d'un silence pour annoncer son désistement, Jade comblait les vides. Mamoune trottinait d'une pièce à l'autre, rapportant vêtements ou objets à mettre dans ses valises. Elle rassemblait ses affaires avec la même diligence que si elle avait participé à un jeu pour récupérer des indices en un temps record. Elle sursauta à la sonnerie du téléphone. Jade l'interrogea du regard. Elles ne décrochèrent pas, attendirent en se regardant avec angoisse que la sonnerie cessât. Mamoune profita du silence revenu pour confier à Jade d'une voix coupable qu'elle avait essayé de partir, avant même que celle-ci ne l'appelle pour venir la chercher. Quand sa fille l'avait prévenue de la décision prise avec le médecin, de la mettre dans cette maison d'Annecy, arborée, confortable et médicalisée qui serait bien mieux pour elle…

C'était un peu louche tu vois cette façon de me rassurer. J'ai vite préparé une valise. Je suis sortie par le portillon au fond du jardin, celui qui donne sur le petit cimetière. Je ne savais pas du tout où j'irais mais j'ai traversé ce champ de tombes avec l'idée de rejoindre la route abandonnée qui passe derrière le village. J'avançais sur le sentier de pierre avec ma valise roulante et les corbeaux avaient l'air de s'adresser à moi en se moquant. Dans leurs croassements, j'entendais la voix des morts : « Vous emménagez madame ? Ne seriez-vous pas un peu en avance ? Vous n'aurez pas besoin de votre valise ; chez nous, quand les visiteurs arrivent, ils ont déjà posé le sac à l'entrée. » Toutes ces stèles sur lesquelles s'alignaient des dates de début et de fin de vie m'ont ragaillardie. Je me suis dit qu'après tout j'étais encore vivante, et que mes filles n'agissaient que pour mon bien. Tu as changé d'avis ? demanda Jade. En guise de réponse Mamoune posa sa bible sur le dessus de la valise avant de la fermer.

Même si sa tante ne devait venir que le lendemain, Jade voulait prendre la route le plus vite possible. Malgré la fatigue, une fois parties, elles seraient vite loin de chez Mamoune. Quitter cette maison les protégerait des éventuelles rencontres pénibles, de ces querelles familiales que Jade ne voulait surtout pas connaître. Mamoune, après avoir embrassé la pièce d'un regard embué, suivit sa petite-fille et lui demanda de fermer les volets et la porte pendant qu'assise sur le petit banc où elle avait coutume de se reposer en contemplant ses fleurs elle l'attendait.

Les premiers kilomètres furent silencieux. Mamoune semblait somnoler. Elle était fatiguée par les événements. En lui jetant des coups d'œil furtifs, Jade se répétait qu'elle avait quatre-vingts ans sans parvenir à le croire. Son âge s'était comme dissous dans l'amour qui émanait d'elle. Mamoune était éternelle. Elle était ridée certes, mais elle avait en toute saison un hâle de bonne santé et jamais cet air gris et maladif de certains vieux que Jade croisait dans Paris. Même quand elle était fâchée, ce qui était rare, Jade ne l'avait jamais vue se départir de cette voix douce presque voilée qui la caractérisait. Elle avait une petite pointe d'accent savoyard qui était plus forte quand elle parlait de sa maison, de son jardin ou de ceux qu'elle aimait.

Quand Jade se mettait à penser à son âge et quittait ce lien tissé entre elles, alors elle avait peur. Peur de commettre une erreur en l'emmenant, peur de ne pas pouvoir s'en occuper, peur de lui avoir menti en lui proposant de la sauver. Plusieurs fois dans le rétroviseur, elle crut voir la voiture de sa tante Denise lancée à leur poursuite.

Et si ses tantes décidaient de venir la reprendre ? Que dirait-elle et comment les empêcher de l'emmener ? Elle avait été jusque-là une nièce sympathique avec laquelle on parlait littérature ou études universitaires et elle ne savait pas ce que ses tantes penseraient de cette nouvelle version d'elle qui jouait les justiciers et enlevait leur mère…

Bien qu'elle soit soutenue par son père, Jade n'avait aucune illusion, la Polynésie était loin ; elle serait seule à assumer les conséquences de son enlèvement. Et il y avait cette histoire de tutelle dont elle n'avait qu'une vague idée. Comment mettait-on quelqu'un sous tutelle ? Qui l'examinait pour déclarer qu'il était inapte à gérer ses affaires ? Ses filles pourraient-elles utiliser ce moyen pour récupérer leur mère ? Elle s'en voulait déjà de cette guerre non désirée qui l'obligeait à considérer ses tantes comme des ennemies.

Elles avaient parcouru une centaine de kilomètres et la fatigue d'avoir déjà fait ce trajet dans la journée lui broyait la nuque. Elle décida de quitter l'autoroute pour trouver un petit hôtel où passer la nuit. Si elle continuait ainsi, elle pourrait s'endormir. Elle se sentait soudain responsable de sa grand-mère et se disait que rien ne serait comme avant, qu'elle n'allait plus mener sa vie avec la même insouciance. Elle ne se sentait plus le droit de se mettre en danger.

Jade découvrait à travers l'histoire de Mamoune qu'on pouvait devenir très seul même si on avait été en couple avec quatre enfants : six personnes qui pendant tant d'années vivaient, se croisaient, mangeaient ensemble dans une maison bruissante de leurs rires.

L'histoire de Mamoune lui faisait peur. Jade ne supportait pas l'idée que celle qui avait tant donné d'amour soit laissée à l'abandon. Mais fallait-il pour autant accomplir un acte de sauvetage pour faire mentir les mauvais sentiments ? Elle voulait que sa grand-mère ne fût plus esseulée mais où était le poids de sa solitude à elle ? Et pour autant, si elle arrachait Mamoune à son monde pour la parachuter dans le sien, serait-elle moins seule ?

Il ne restait qu'une chambre dans la maison d'hôtes posée sur le bord d'un ruisseau qui était autrefois un moulin, leur expliqua la propriétaire en leur montrant les lieux. Elles avaient chacune un lit dans cette mansarde dont l'unique fenêtre donnait sur une forêt. Jade voyait que Mamoune essayait malgré sa fatigue de se maintenir droite.

— Te souviens-tu que, petite, tu voulais toujours dormir dans ma chambre ?

Oui elle s'en souvenait, de l'avoir suppliée pour qu'elle la laisse, le temps d'une sieste dans son lit, enfouir sa tête dans son oreiller, y retrouver son parfum de violette et de rose. Et quand il lui arrivait de passer une nuit dans sa maison de pierre et de bois, Jade se réveillait vers cinq heures du matin pour venir se blottir contre elle un peu avant que Mamoune ne se levât. Se glisser dans son lit à la fin de la nuit était le seul moyen pour la petite fille de joindre ses songes à ceux de cette grand-mère tendresse. Cette heure passée tout contre elle était peuplée de rêves merveilleux. Comment l'aurait-elle oublié ?

Pour toute réponse, Jade lui avait déposé un baiser sur le front et elle l'avait informée qu'à Paris, dans son petit soixante mètres carrés, elle aurait sa chambre et qu'elle ne viendrait pas la déranger tous les jours. Un matin sur deux seulement, avait dit Jade en faisant mine de la supplier. Mamoune avait ri. Tu verras, ta chambre donne sur l'arrière de l'immeuble, sur des jardinets. J'ai deux balcons. Un sur la cuisine, un autre côté salle à manger. À deux pas de chez moi, il y a un petit jardin sauvage. C'est celui d'un musée. Jade savait à quel point la nature était importante pour Mamoune qui l'avait tant de fois emmenée dans la montagne, lui avait désigné sans hésiter chaque plante en précisant son usage culinaire ou curatif. Sa main verte et son savoir l'avaient transformée en une sorcière détentrice de secrets sur la composition de potions magiques qu'elle faisait pousser dans son jardin.

Elle regarda Mamoune qui semblait perdue dans cette chambre pourtant chaleureuse.

— Tu as faim ?

Mamoune

J'ai mal dormi. Je voyais la porte s'ouvrir et Denise surgissait dans notre chambre pour me récupérer. Elle se glissait dans le noir pour ne pas réveiller Jade et m'entraînait avec elle. Aucun son ne parvenait à franchir mes lèvres. Quel rêve stupide ! Pourquoi est-ce que je me sens coupable à ce point ? Ce matin nous sommes reparties de bonne heure dans la brume et je n'ai rien dit de ma nuit à Jade. J'ai refait un somme dans la voiture. Elle va me prendre pour une marmotte.

Est-ce le paysage vallonné ou le brouillard du petit matin qui guide mes pensées sur des chemins mélancoliques ? Je me souviens de ma mère, partant accoucher des femmes. Elle glissait sous sa pèlerine quelques chandelles, quand elle savait que la famille accueillant ce nouvel être était pauvre, se couchait avec le soleil pour ne pas avoir à s'éclairer. Je me souviens de mon grand-père, de sa charrette et de la mort de son unique cheval dont la perte avait plongé la famille dans un isolement difficile à cacher à la petite fille que j'étais alors… Les épisodes de ma vie se sont succédé ainsi tout au long de la route sans que je puisse les arrêter. Maintenant ils repassent inlassablement dans mon esprit.

Nous sommes presque arrivées au cœur de Paris. Dans les embouteillages, Jade est concentrée sur sa conduite et moi je me laisse emporter dans mes ruminations de vieille dame. Elle m'a dit qu'elle vit dans une rue derrière Pigalle et que son quartier est à la fois un village et un petit morceau de grande ville. Je me demande comment c'est possible.

J'ai eu largement le temps de penser en comptant les arbres et le trajet qui nous a menées chez elle m'a paru comme une fuite jusqu'aux portes de la capitale. Puis, passé le périphérique, ce fut une plongée dans un autre monde. Je me concentre sur les prestigieux monuments que j'essaie d'identifier. Je n'ai pas reconnu la ville que j'avais laissée dans les années 1950. Les bâtiments sont bien là, mais ils me semblent noyés dans un flot incessant de circulation, de bruits et d'odeurs nauséabondes. Les passants m'ont l'air de marcher à côté de leur corps. J'observe à la dérobée le joli visage ovale de ma petite-fille de trente ans. Je me souviens qu'elle a coupé ses longs cheveux blonds lors de ses premiers voyages. Dans un métier de reporter, une fille doit adapter sa coquetterie aux exigences d'une vie pratique, disait-elle. Maintenant ils effleurent à peine ses épaules quand elle tourne brusquement la tête pour se diriger dans le trafic de cette fin de journée. Elle croise mon regard. Ses grands yeux noisette me sourient. Débarrassée de je ne sais quel poids, elle se faufile entre les véhicules avec aisance. Elle arbore une jolie insouciance. Je la sens heureuse d'être arrivée jusque-là, dans sa ville, comme si mon enlèvement était maintenant acquis et qu'on ne puisse plus nous rattraper. C'est sans compter sur la colère de ma cadette dont je ne doute pas qu'elle tentera de monter à Paris pour me ramener...

Ignorant mes pensées, ma petite-fille ponctue ses coups de volant adroits de commentaires sur les us et coutumes des Parisiens. Il me semble entendre la description d'un peuple de barbares peu apprivoisé. Il n'y a plus de rapport entre ce que je vois et ce qu'elle me raconte. En cette fin d'après-midi, les rues sont animées et la circulation intense. Je suis fatiguée, pleine de doutes. Peut-être n'ai-je plus l'âge pour ce genre d'équipée. Je crois que je suis encore vivante dans un monde dont je ne fais plus partie. J'appréhende d'avoir à ranger les quelques effets personnels que nous avons embarqués à la hâte. Comment se fait-il qu'à mon âge on se fasse une montagne d'un rien ? On en a pourtant vu d'autres...

C'est la première fois que je fuis... Même durant la guerre, je n'ai pas été obligée de me cacher ou de quitter le village. Je passais les messages entre les maquisards dissimulés dans les alpages et les chefs des organisations de la Résistance d'Annecy. Presque une promenade. Voilà, je suis incorrigiblement vieille. Je suis repartie dans mes souvenirs. Jade a garé la voiture sur une petite place arborée, un endroit pour les piétons, m'a-t-elle expliqué... Elle s'extrait de son siège, déplie son mètre soixante-quinze, s'étire en fronçant un sourcil. Elle évalue ses chances d'éviter une contravention. Les cloches sonnent comme pour saluer notre arrivée. Elle sourit. C'est un type de ton coin qui les a fabriquées. Ce sont celles de Montmartre qu'on entend là. Tu verras, tu seras comme chez toi ici. Même sur ma boîte à lettres, il y a déjà ton nom. J. Coudray, puisque nous avons la même initiale de prénom. Je me dis avec fierté que la petite de mon Serge est devenue une belle et mince jeune femme. Avec le plaisir d'être enfin arrivée, la fatigue a disparu de son visage. Privilège de la jeunesse… Moi par contre…

Maintenant que je vais vivre avec elle, je vais être confrontée à ce décalage tous les jours. On s'habitue à vivre seule. Quand Jean est mort, je croyais que le monde allait s'écrouler. Que je deviendrais visible parce qu'il n'était plus là pour cacher mes erreurs, mes manques, plus là pour me protéger. Mais rien de tout cela n'est arrivé. J'ai juste découvert que j'avais vieilli. Ma vie avec Jean m'avait caché cette vérité. Je me voyais dans ses yeux qui restaient ceux de notre jeunesse car, moi non plus, je ne le voyais pas avancer sur le chemin du temps.

Par la même occasion, je me suis mise à observer. La vieillesse n'intéresse personne. Plus il y a de vieux, plus ils sont jeunes. Je me souviens d'un temps où je pouvais dire les vieux sans avoir la sensation d'avoir commis une bourde… Maintenant, on ne dit plus vieux, on dit troisième âge comme une quatrième dimension. On dit les octogénaires ou les octos, dernière coquetterie d'une race nouvelle que je trouve lâchement complice de ces fioritures verbales. Réussir sa vieillesse, c'est trouver une seconde jeunesse. Quel désarmant paradoxe ! Rajeunir ou disparaître voilà le choix. Je ne leur en veux pas. Les choses sont ainsi. Quand j'étais jeune, les vieux étaient vieux et aujourd'hui que je suis vieille les vieux se doivent d'être jeunes. Il faut se résoudre à vivre dans un monde dans lequel notre âge est valorisé dans la mesure où nous ne le paraissons pas. Et nous voilà de plus en plus nombreux à nous cacher dans des tranches qui ne sont pas les nôtres. Ce doit être une sorte de guerre des vivants. Quant aux autres, ceux qui ne peuvent pas tricher, on les dissimule comme on peut…

Je sais que cette folie, cette fuite m'entraîne dans une dépendance et je ne veux en aucun cas peser sur cette petite. Jade a compris mon embarras ce matin à l'hôtel, elle m'a tout de suite murmuré à l'oreille que, pour les sous, je la laisse opérer et que dès notre arrivée nous réglerions nos petits comptes. L'incongru de ma situation m'apparaît maintenant en pleine lumière. Je suis partie comme une voleuse. Le courrier ne me suivra pas. À quoi pense-t-on dans une fuite ? À sauver sa peau. Mais qu'ai-je voulu vraiment fuir ? L'enfermement ou la vieillesse ? Et maintenant tout ça est bien joli, mais qu'est-ce que je vais faire dans cette ville, et dans la vie de Jade ?

Je pourrais bien t'aider moi… Elle fut à peine murmurée cette petite phrase prononcée par sa grand-mère, mais elle fut à l'origine de la grande découverte que fit Jade ce dimanche. Elle connaissait sa Mamoune depuis toujours et elles vivaient ensemble depuis maintenant une semaine. Mais ce jour-là Jade rencontra Jeanne.

Au début, elle ne comprit pas la proposition de sa grand-mère gênée d'avoir entendu sa conversation téléphonique avec un ami. Il y était question d'un roman qu'avait écrit Jade et qu'elle aurait voulu publier. Comme elle ne connaissait personne, elle l'envoyait au hasard en se disant que s'il était suffisamment bon il serait pris. Elle recevait des lettres de refus et, même quand les éditeurs disaient du bien de son roman, il semblait toujours avoir manqué le coup de cœur définitif qui puisse transformer son tapuscrit en vrai livre tout en pages et couvertures. On lui écrivait qu'elle savait raconter une histoire, qu'elle avait réussi certains passages, que certains lecteurs avaient été charmés par ses descriptions… Bref quand on ne l'informait pas dans un style lapidaire que son roman n'appartenait pas à la ligne éditoriale défendue par la maison, tout aurait été bien si tout avait été autre.

Comme les interlocuteurs étaient toujours cachés sous le terme générique de « comité de lecture », Jade avait fini par visualiser une assemblée de vieux barbons à lunettes qui derrière des piles entières de manuscrits essayaient bien plus de s'en débarrasser que de choisir parmi ceux-là celui qu'ils voulaient publier. Découragée, elle n'avait plus rien envoyé et elle était retournée à son métier initial, reléguant son désir d'être publiée à plus tard.

Journaliste indépendante dans la presse écrite, elle avait de l'expérience, du sérieux, du cœur à l'ouvrage et un réseau qui l'employait plus ou moins régulièrement en lui demandant toujours plus d'enquête pour moins d'argent.

Et voilà que Mamoune était prête à l'aider ! Mais comment ? Elle avait peur de lui poser la question, peur de la vexer en lui faisant sentir qu'elle la voyait comme une femme très éloignée de la littérature. Mais surtout elle aurait voulu savoir en quoi Mamoune pourrait bien apporter ce qui manquait à l'ouvrage ? Avec son bon sens et son instinct peut-être ? Jade réfléchissait. Les lectures de Mamoune devaient se limiter au journal local depuis plus de soixante ans. Ah, c'est vrai que pendant un temps, pour rendre service, elle avait occupé un poste bénévole de bibliothécaire. Jade doutait cependant qu'elle puisse grâce à cette expérience se transformer en lectrice de manuscrit refusé.

Sa grand-mère la regardait avec un petit air amusé qui avait l'air de dire qu'elle lisait dans ses pensées et que ce qu'elle y déchiffrait l'amusait follement. Si tu veux bien nous préparer du thé, je vais m'asseoir à côté de toi et t'expliquer pourquoi je te propose de t'aider.

Jade mit de l'eau à chauffer en tremblant un peu, comme si elle sentait que les révélations de Mamoune n'allaient pas être banales. Tout en accomplissant les gestes rituels d'ébouillanter la théière, et de doser faiblement le thé à infuser, elle se souvint que c'était elle qui avait initié Mamoune à cette boisson à l'époque où celle-ci ne supportait plus la chicorée. Mamoune en profita pour commencer son histoire. Elle se mit à lui parler, à chuchoter presque, comme si on les écoutait. Elle semblait guetter les réactions de Jade avec une grande attention.

— J'ai beaucoup lu, depuis très longtemps. Je suis une lectrice assidue, une amoureuse des livres. On pourrait le dire ainsi. Les livres furent mes amants et avec eux j'ai trompé ton grand-père qui n'en a jamais rien su pendant toute notre vie commune.

Jade eut l'impression que Mamoune lui assénait cette révélation comme si elle avait fait le trottoir, transformant la lecture en une activité inavouable. Son visage s'était métamorphosé. À la fois honteuse et ravie, sa grand-mère semblait une autre femme, plus jeune.

— Pourquoi ne l'avoir jamais dit ? Personne n'aurait trouvé déplacé que tu aimes lire ?

Mamoune soupira en secouant la tête ce qui était toujours chez elle le signe d'un désaccord profond avec le tour que prenait la discussion. Jade fut rassurée de retrouver un instant sur son visage une réaction plus familière.

— Replace les éléments à mon époque. J'étais une petite ouvrière d'une vallée industrielle, fille de paysans montagnards, puis femme d'un ouvrier. J'avais mon certificat d'études, ce qui était déjà rare pour une femme de la région. Je gardais des enfants et il faut croire que je donnais satisfaction puisqu'on m'en amenait sans cesse de nouveaux. Je n'avais pas de mérite, je les adorais. Et ils furent même ma cachette de lectrice. Aux bébés, je pouvais lire des extraits de Victor Hugo, de Flaubert ou de Joyce.

— Tu as lu Joyce aux bébés que tu gardais ?

Grâce à cet exemple-là, Jade réalisa l'énormité de la révélation. Sa grand-mère connaissait Joyce, ce qui était déjà incongru et de surcroît elle le lisait à des enfants ! Cela tenait de la fiction ! Mamoune, elle, n'avait pas l'air de plaisanter.

— Oui, tes frères ont eu droit à des passages d'*Ulysse*, à l'heure de la sieste où personne ne risquait de nous entendre. C'était une sorte de musique de la langue. Il faut que tu comprennes qu'à cette époque je m'exerçais en lisant à haute voix des textes toujours plus difficiles.

— Je ne comprends toujours pas ce qui t'a donné envie de commencer à lire si intensément. L'école ?

— Non, c'était beaucoup plus tard. Petite, j'aimais bien lire, mais j'aidais mes parents à la ferme, d'autant que ma mère était toujours réclamée par une femme ou une autre pour un accouchement. Et chez moi il n'y avait pas de livres. Un jour, j'étais alors enceinte de mon quatrième enfant, la femme du notaire dont j'avais gardé la petite quitta le village pour la ville. Bénie soit cette femme qui m'a apporté tout un carton de livres qu'elle ne pouvait emporter. Il y avait dans ces ouvrages la comtesse de Ségur, Jack London, Victor Hugo, Colette, Jules Verne, Edmond Rostand et même des classiques du théâtre comme Molière ou Racine. J'ai voulu tout d'abord retrouver les histoires de Jules Verne que nous lisait mon grand-oncle. Puis j'ai glissé un œil dans *Les misérables* puis dans tout le reste et j'ai pris l'habitude de lire chaque jour quelques pages, toujours plus de pages. Quelle merveilleuse découverte ! De semaines en semaines, le cœur battant j'ouvrais des livres. Et le théâtre ! Moi qui n'ai jamais vu une pièce, je pourrais dire que je savais presque par cœur tous les rôles. Alceste surtout, ce misanthrope tellement extraordinaire !

Une chose étonnait Jade. De mémoire, elle n'avait aucun souvenir d'avoir vu sa grand-mère tenir un livre. La Bible oui mais pas d'autre livre que celui-là. Et elle n'arrivait toujours pas à comprendre la réticence qu'elle avait eue à l'endroit de son grand-père. Mamoune avait vite saisi les interrogations de son visage.

Elle tenta de justifier ses raisons. Au début, elle ne s'était pas cachée par malice mais par honte. Lire était chez elle synonyme de fainéantise. Les riches lisaient, ils ne savaient rien faire de leurs dix doigts et n'avaient de toute façon pas besoin de se servir de leurs mains ! Voilà ce qu'on disait dans sa famille ou dans celle de son grand-père paternel. La lecture était réservée aux intellectuels oisifs et fortunés qui n'avaient pas besoin de trimer pour gagner leur vie. À mesure que le plaisir et la découverte s'installaient, ce que Mamoune apprenait dans les livres la dissuadait d'en parler. Elle se sentait devenir autre, cette autre qui parlait en ce moment même à Jade. Plus elle entrait dans les livres, plus elle avait le sentiment de trahir la classe à laquelle elle appartenait. Elle voyageait, prenait son indépendance. Et il fallait ajouter à cela que c'était une femme et qu'elle accédait au monde interdit de l'érudition. Elle découvrait la vie parce qu'elle pouvait désormais mettre des mots sur les autres, sur leurs actions. Elle se sentait en danger comme si elle avait percé un secret. Elle regardait autour d'elle, voyait des personnages, entendait des dialogues. Elle comprenait ce qui se jouait dans les drames quotidiens de chacun. En mettant les livres dans sa vie, Mamoune avait enfin une vie... et toute sa compréhension à portée de la main. Presque malgré elle, elle avait dû décider que cette liberté qui lui était accordée comme une grâce devait rester dans l'ombre. Elle n'en était qu'au début, encore coupable, assignée à son rôle de mère, d'épouse, de femme qui doit mériter le pain qu'elle gagne. Tu ne peux sans doute pas comprendre, disait-elle à Jade, ces histoires viennent d'un monde qui est vieux et perdu.

Bien qu'éberluée Jade commençait à saisir. C'était le monde des servitudes les plus difficiles à combattre, celles qu'on doit extraire de soi-même à l'issue d'un long désapprentissage de l'acceptation, de la bêtise, de la misère qu'on croit méritée. Mamoune venait d'un pays voué à l'élégance du fatalisme.

Son aventure de lectrice éblouissait sa petite-fille. Elle ne cessait de fixer le visage rond de sa grand-mère qui, en parlant des livres, avait pris une autre couleur, des expressions qu'elle ne lui connaissait pas.

— Au fil du temps, j'ai gagné en audace, je ne lisais plus en l'absence des autres, je dissimulais les livres sous la couverture de cuir de ma bible. Que d'ouvrages pas du tout catholiques j'ai dévorés au nez et à la barbe de tous ! remarqua-t-elle avec malice. Même son langage n'était plus le même. Entendait-elle bien là cette Mamoune qui lui disait autrefois que, samedi, elles iraient « au coiffeur » et qu'il lui mettrait du « sent-bon » ? Jade croyait pourtant l'avoir plus observée que quiconque dans sa vie. Elle pensait tout connaître de son profil tendre, de la douce mollesse de ses joues, de ses gestes lents et parfois mécaniques. Elle se rendait compte du gouffre qui la séparait de cette femme-là, elle comprenait cette résignation à la vie non choisie comme si elle l'avait toujours portée en elle sans vouloir la nommer ni même la reconnaître.

Elle n'avait jamais entendu Mamoune parler de philosophie, ni même émettre le moindre jugement sur la vie. Elle se la rappelait au petit-déjeuner questionnant son grand-père sur les informations que donnait le journal. Combien de morts aujourd'hui, demandait-elle, quelles sont les nouvelles de notre pauvre monde ?

Pendant qu'elles parlaient, le thé avait refroidi sans qu'elles pensent à le boire. Le jour avait décliné, dessinant au corps de Mamoune des ombres fatiguées. Elle la regardait avec un sourire las. Elle avait raison, malgré ses efforts, Jade ne comprenait pas tout à fait ce monde révolu dont elle lui parlait. Mais la bouffée de tendresse qui lui venait en écoutant sa grand-mère effaçait toutes les réticences de leur première semaine de vie commune. Comment avait-elle pu hésiter ? Mamoune était si incroyable, si imprévisible. Jade devinait déjà qu'à ses côtés elle était sur le point d'aller de surprise en surprise. Elle remit de l'eau à chauffer pendant que les dernières lueurs du jour jetaient quelques reflets pâles sur la table de la cuisine. Sa grand-mère s'était tue, Jeanne s'était éclipsée, était redevenue Mamoune, celle que Jade avait toujours connue. Celle du quotidien de la vie d'une petite fille, celle du pain d'épice et des tulipes du jardin qu'elles allaient cueillir ensemble pour décorer les tables de fête.

— Si tu veux avoir de jolies fleurs au printemps, il va falloir bientôt songer à planter quelques graines dans les pots de ton balcon, remarqua sa grand-mère en regardant dehors. Je m'en occuperai si tu veux. Sur cette fenêtre-là, nous aurons du soleil à partir de quatorze heures, c'est une bonne exposition à l'abri du vent.

Mamoune

Je sens que je l'ai déstabilisée. Elle croyait me connaître. Mais découvrir qu'une grand-mère n'est pas conforme à l'image qu'on en avait, est-ce la perte d'un rêve de petite fille ? Je n'aimerais pas la décevoir. Je crois qu'elle n'a pas compris mon mensonge. Il est si difficile de communiquer à une jeune femme née en 1977 les règles, conventions, traditions d'une personne apparue dans le début du siècle dernier. Je ne sais si je pourrai un jour lui transmettre autant que j'ai reçu de mes ancêtres. Plus les grands-parents d'aujourd'hui sont jeunes et plus mon temps me paraît loin de tout. Mon avenir est tout entier plongé dans mon passé. Quand je lui raconte mon histoire, je la sens très loin de moi. Et comment pourrait-elle comprendre que lire, à mon époque, c'était avant tout dépenser de la lumière, perdre son temps à ne rien faire ?

Je suis entrée dans les livres par effraction, sans l'instruction qui donne le goût et l'aptitude à la lecture. En ouvrant des livres, j'ai choisi la pire chose qu'une femme de mon milieu puisse faire. J'ai contemplé un monde qui m'était interdit. J'avais parfaitement conscience que ce n'était pas le mien. Je l'ai contemplé longtemps. Puis j'ai refermé la porte, mais il m'était désormais impossible d'oublier ce que j'avais entrevu : un espace immense dont je ne pourrais plus me passer. Pourquoi n'ai-je pas décidé de vivre dans cet autre univers, de faire des études, d'aller en ville ? Pourquoi ai-je passé ma vie à effectuer des allers-retours entre la terre sur laquelle je suis née et celle que je convoitais sans jamais la sentir mienne ? J'ai pris bien soin de refermer la porte derrière moi, de ne jamais mélanger mes deux vies : celle de la petite montagnarde et celle de la lectrice de romans.

Quand je vivais dans la première, penser que la seconde existait me donnait de la force puis, quand je rejoignais la seconde, je ne pensais plus qu'il puisse en exister une autre. J'ai changé ce qui était au départ une grande timidité en manière de vivre.

Et puis j'ai découvert comment le monde des livres fort de son savoir avait parfois éliminé le mien, celui des contes inlassablement répétés au coin du feu. Des histoires qui auraient été écrites par ceux qui venaient de chez moi s'évaporaient dans la nature dont elles étaient issues. Leurs auteurs oubliaient leurs origines trop modestes.

Je suis une femme entre deux cultures. Je sais le nom de chaque plante et leurs vertus thérapeutiques que ma mère m'a enseignées. Je connais plus d'histoires que mon fils n'en a dans sa bibliothèque. Lui ne sait plus rien, il a des livres. Avant que la météo ne m'annonce les erreurs du lendemain, le ciel m'a murmuré ce que ne disent pas les images satellites. J'ai appris cela avec mon grand-père qui était berger. Lui ne savait pas lire et disait que la mort se moque des livres et des savoirs. Il n'y a pas de mode d'emploi, de guide de l'au-delà disponible en librairie ou enseigné par qui que ce soit. Une lueur d'infini peut-être. Tout ce qui meurt dans la nature finit par renaître. Est-ce un espoir pour autant ?

Parfois en rencontrant les grands-parents des enfants que je gardais, j'apercevais un lecteur qui était de son monde comme j'étais du mien, tout pénétré de l'idée que chez les ouvriers ou les paysans on lit les nouvelles des journaux mais pas les anciens des vieux livres. En ignorant les savoirs du bon sens et de la terre, ceux de la ville n'avaient pas le sentiment d'avoir perdu quelque chose. Ils ne savaient même pas qu'ils avaient pu en être riches un jour. Mon grand-père me montrait la montagne, les aurores, les arbres et me disait : Regarde ces trésors et ne les égare pas. Il n'y a rien de pire que d'oublier qu'on est nourri de cette richesse-là, parce qu'on la perd dans une grande indifférence.

Avec le temps, je me dis que le monde n'était pas si grand et qu'en vieillissant il est ramené à l'essentiel. Gamine, j'aurais voulu prendre un chemin jusqu'au bout, jusqu'à ce qu'il se termine. J'imaginais la mer parce que je vivais à la montagne et pourtant je savais que cette dernière n'arrêtait pas le chemin. La mer était mon mystère et je lui prêtais des vertus de voyages que la terre n'avait pas. Je rêvais de partir un matin sans rendre de compte à personne. Que de secrets ont habité mes silences !

Avec mes camarades d'altitude, je feignais d'aspirer à ce rêve commun beaucoup plus raisonnable que mes chimères de voyage : descendre dans la vallée où était le progrès. Mon grand-père parlait de cette vallée comme d'un endroit de perdition.

Il disait qu'on y gagnait sa vie plus vite pour ne jamais avoir le temps d'en profiter. Les usines d'en bas fabriquent des morts, me glissait-il à voix basse comme s'il m'avertissait. Les usines de décolletage de la vallée de l'Arve, que ma mère appelait vallée des larmes et mon père vallée des larves, ne voulaient pas de moi. On y engageait surtout des garçons. J'avais pour ma part trouvé une place dans une petite usine plus loin dans le département. Je gagnais assez peu d'argent pour connaître le prix du labeur. C'était pour mes parents ce qui importait. Qu'on sût le prix des choses. Et qu'on découvrît par la même occasion ce que signifiait vivre loin des siens.

Mamoune avait tout de suite adopté l'appartement parisien de sa petite-fille. Elle s'était extasiée sur le décor exotique si loin du sien. Elle avait aimé les guirlandes de couleur de la cuisine bateau, agencée comme le carré d'un voilier. Jade aurait voulu qu'elle soit heureuse de vivre là et cherchait comment arranger à son goût l'unique chambre dans laquelle elle l'avait installée. Elle n'avait pas eu le temps d'y penser avant de partir la chercher. Elle avait rapidement fermé la porte du bureau devenu sa chambre afin que Mamoune ne s'aperçût pas qu'elle y avait jeté à la hâte un matelas et qu'elle dormait par terre. Partir. La récupérer au plus vite... C'était ce que Jade avait désiré. L'aménagement de l'appartement pour vivre avec la vieille dame avait été remis à plus tard. Julien avait repris presque toutes ses affaires un mois auparavant, et Jade avait d'abord appris à se réapproprier cet espace, qui avait été le leur pendant presque cinq ans. À sa grande surprise, il ne lui restait aujourd'hui que de vagues souvenirs de leur vie commune. Pour ne plus subir la pression de ceux qui avaient pris son parti, Jade avait éliminé les amis qui plaidaient la cause de Julien sans comprendre qu'elle s'ennuyait ferme aux côtés de ce type formidable, drôle et attentif ! Elle sentait qu'elle avait besoin d'une passion, d'un homme qui change la façon dont le sang circulait dans ses veines. Elle avait envie de vibrer, de sentir son cœur battre irrégulièrement et non comme le tic-tac d'une horloge de cuisine.

En préparant les premiers repas qu'elle allait partager avec sa grand-mère, Jade songeait qu'elle ne lui avait jamais cuisiné quoi que ce soit. C'était toujours Mamoune qui était aux fourneaux, même quand elle n'était pas chez elle. En la regardant faire, Mamoune ne pourrait pas être surprise. Ce que Jade savait, elle le tenait d'elle. Pendant longtemps elle avait cru qu'elle serait incapable de dextérité, qu'elle ne pourrait jamais exécuter ce ballet où chaque geste semblait s'accomplir en simultané : faire revenir les oignons, se saisir des ingrédients suivants, couper un légume, rectifier l'assaisonnement d'une sauce tout en jetant un œil à la tarte qui était dans le four. Mais Jade avait si longtemps observé Mamoune dans la cuisine toute en bois de son chalet que lors de son premier grand dîner, organisé pour des copains, elle assista à une remontée intacte de ses apprentissages.

Jade n'avait pas vu sa grand-mère depuis un certain temps avant de l'enlever, mais cette dernière avait l'air de savoir que quelque chose s'était cassé avec celui qu'elle avait toujours appelé « ton Julien ». Au bout de quelques jours, elle lui posa la question en changeant son expression. Alors, « ce Julien » ? Il est parti ou c'est toi qui l'as mis dehors ? Jade essaya d'expliquer. Je ne crois pas que nous ayons jamais été un vrai couple. Juste deux adolescents attardés vivant ensemble. Quand je pensais à l'avenir il y avait toujours un homme que je rencontrerais plus tard, avec lequel je vivrais une histoire d'amour fantastique et qui me ferait quelques enfants formidables, une sorte de conte de fées au quotidien. C'est idiot non ? Mamoune avait souri. Un bon os ne tombe jamais dans la gueule d'un bon chien, avait-elle répondu en levant une main en signe de fatalité. Tout en parlant de son histoire à Mamoune, Jade se rendait compte qu'elle ne savait pas très bien ce qu'elle voulait dans la vie. Encouragée par le regard bienveillant de sa grand-mère, elle lui avait dévoilé une sorte de cahier des charges de l'homme idéal, mais tout y était encore en suspens. Fallait-il avoir vécu pour rencontrer l'amour vrai ? Pouvait-on le reconnaître avec une sorte d'instinct infaillible quand il se présentait ? Elle n'osait pas demander à Mamoune. Comment envisager de parler d'amour avec une femme qui avait cinquante ans de plus qu'elle ? Et que savait Mamoune, à quatre-vingts ans, de ce qu'elle pouvait bien attendre d'un homme, elle qui en avait trente ? Et d'ailleurs, en espérait-elle un ou plusieurs ?

— Et toi, avant de rencontrer Papounet, qu'est-ce que tu imaginais ?

Finalement elle avait détourné la question. Non pas qu'elle en attendît une réponse pour elle, mais plutôt par curiosité à l'égard de sa grand-mère.

— Oh rien ! Pour une fille comme moi qui étais loin d'être la plus fortunée ou la plus jolie du village, il n'y avait rien à attendre. Que l'amour passât. Le rêve secret de chaque jeune fille j'imagine. On espérait tomber sur un bon gars travailleur dont la famille serait en grâce aux alentours. La famille prenait de la place à l'époque. Les histoires ne s'oubliaient pas si vite. Ma grand-mère, par exemple, était une fille née d'une des possédées de

Morzine. On la disait fille du diable. Elle avait eu un mal fou à trouver un mari. Elle avait fini par alpaguer un gars de passage qui ne savait rien de cette histoire locale.

— Attends Mamoune, les possédées de Morzine ? C'est une légende ça non ?

Mamoune souriait. L'attention que lui portait Jade donnait à ses souvenirs des pouvoirs de braise. Il suffisait de souffler pour qu'ils soient soudain flamboyants dans sa mémoire. Elle avait tant raconté d'histoires à sa petite-fille dans son enfance sans jamais toucher le moindre livre que Jade la croyait encore dans un de ses contes qui avaient l'air de sortir des poches de son tablier. Mais elle la détrompa immédiatement. Ces possédées-là avaient été bien réelles. On les disait démoniaques. Une centaine de filles du village avaient eu ces crises pendant quelques années. Comme elles frappaient, hurlaient en proférant des insultes, les gens du village disaient qu'elles avaient le diable qui leur sortait par la bouche. La grand-mère de Mamoune avait été la fille d'une de ces créatures et avait accouché en pleine crise d'hystérie. On aurait pu tout aussi bien l'oublier, soupira Mamoune, mais quand sa fille, ma mère, a commencé à mettre des enfants au monde, de bonnes âmes ont suggéré qu'elle était fort bien placée pour donner le jour à une lignée de diablotins. Tu imagines ?… La nécessité a fait le reste. Le manque de compétence des autres et la bonne santé des enfants nés grâce aux soins de ma mère ont fait taire les rumeurs. Avec le temps, l'histoire est tombée dans l'oubli. Seule sa réputation, celle de sauver la mère et l'enfant, comptait désormais. Elle n'a jamais failli, mais je l'ai toujours vue menacée par la peur d'un accident qui n'aurait pas manqué de ramener cette histoire sur le tapis.

Ce récit insolite paraissait à Jade tout proche, parce que raconté par Mamoune qui existait là devant elle. La grand-mère de sa grand-mère, ce n'était pas si loin, mais ça avait tout l'air de sortir du Moyen Âge. Ce qu'avait réussi Mamoune en lui parlant de sa grand-mère était le plus important : se rapprocher de sa petite-fille en lui décrivant ce temps où elle avait été jeune. Comme Jade, elle avait eu une grand-mère, elle avait perçu peut-être le même décalage qui apparaissait à sa petite-fille aujourd'hui. Le même vraiment ? Jade en doutait.

Qu'importe, à travers ces discussions qu'elles n'avaient jamais eues auparavant, Jade sentait que quelque chose lui manquait dans sa vie à Paris sans qu'elle sût exactement quoi. Elle sortait avec ses amis, allait au théâtre, au cinéma, faisait la fête et jouissait d'une vie riche. Mais alors, comment expliquer cette plénitude amenée par les paroles de Mamoune ? Comme si autrefois saoulée par sa vie de jeune femme moderne, elle avait tourné le dos à ses racines.

Grâce à Mamoune, elle éprouvait des sentiments inconnus, des fils la reliaient à un monde plus ancien, elle sentait qu'elle pouvait suivre le cours de sa vie en continuant à tisser une trame dont elle était issue. Elle n'était plus ce puzzle dont elle cherchait à assembler les morceaux épars.

La semaine fut très calme. Jade avait deux ou trois articles à rendre qui l'obligeaient à ne pas s'éloigner de Paris. Elles avaient vécu ces deux premières semaines en s'attendant chaque jour à voir débarquer ses tantes dans son petit appartement. Jade avait écrit un long courriel à son père en lui demandant d'expliquer à ses sœurs qu'elle s'occuperait désormais de Mamoune. Elle ne se sentait pas le courage d'engager la bataille avec deux tantes avocates et la troisième, médecin, en leur opposant des avis qui seraient tout de suite contredits par ces trois femmes d'expérience. Jade ne savait pas bien quelle histoire leur avait racontée son père, mais le silence de ses tantes ne lui disait rien qui vaille. Ça sentait le conseil de famille qui se tait pour mieux frapper. Mamoune, qui connaissait bien ses filles, devait se dire la même chose.

Mamoune, tu te fatigues trop. Les vitres nettoyées, le parquet ciré… Si tu ne fais pas attention, je serai obligée de te laisser partir dans cette maison de repos pour que tu te tiennes tranquille.

Oh ma chérie, je crois que c'est la première fois que tu me grondes ainsi. Je suis désolée mais ce n'est pas dans ma nature d'être inactive. Il y a toujours des petites choses à ranger dans une maison et ce n'est pas ça qui va me tuer. Mamoune mettait chaque jour un de ces petits tabliers imprimés avec lesquels Jade l'avait toujours connue pendant la semaine. Avant de faire un peu de ménage, elle les enfilait sur des robes simples dans les tons beiges ou des pantalons noirs. Le dimanche, elle portait un chemisier blanc et la croix en or qu'elle avait reçue pour sa communion. Quelque temps après son arrivée, Jade avait embarqué sa grand-mère dans une visite guidée du quartier et elle avait remarqué que certains commerçants la connaissaient déjà par son nom. Mamoune lui avait raconté qu'elle aimait s'asseoir dans le jardin du musée de la Vie romantique l'après-midi, et Jade espérait qu'elle profitait de son absence pour s'offrir une petite sieste. Elle voyait bien que Mamoune accomplissait de grands efforts pour ne pas piquer du nez dans son assiette à dessert à la fin du dîner afin qu'on ne la soupçonne pas d'être trop vieille. Jade lui avait fait remarquer que cela ne servait à rien, que de toute façon elle était vieille, et que c'était même grâce à cela qu'elles vivaient désormais ensemble.

Les discussions sur le ménage avaient pris de l'ampleur et Jade avait été obligée de se fâcher afin qu'elle arrêtât de dépoussiérer les étagères de livres. Quand sa petite-fille lui avait dit que ça ne l'amusait pas du tout de l'imaginer perchée sur une chaise, Mamoune avait répliqué qu'elle était assez grande pour sentir si elle avait besoin ou non d'un escabeau ! Ce n'est pas plus dangereux que d'être à quatre pattes pour cirer ton parquet et je suis sûre que ce bois-là n'avait jamais été aussi bien astiqué. Ah çà, il en avait bien besoin ton sol ! Et n'oublie pas, tu me l'as dit toi-même en entrant, que cette bonne odeur de cire te rappelait ma maison ! lui assena-t-elle en guise de provocation.

Douce certes mais pas docile, avait pensé Jade en se disant qu'elle s'inquiétait trop de la sauvegarde et pas assez des occupations de Mamoune. Dans les premiers temps, elle l'avait appelée plusieurs fois par jour, pour savoir si tout se passait bien. Elle avait réfléchi au moyen de lui mettre dans son sac quelque chose qui puisse lui rappeler son adresse, lui servir de pense-bête si elle avait soudain une absence. Le plus difficile, c'était bien sûr de le lui proposer sans la vexer. Jade était honteuse de se conduire ainsi. Elle avait l'impression de trahir sa grand-mère, mais ne pouvait s'empêcher d'avoir peur que Mamoune n'ait un malaise ou ne perde le sens des réalités… Promets-moi de me dire si tu te sens en difficulté ou si tu as des confusions. Si tu me caches tes faiblesses ou tes problèmes de santé et que mes tantes veulent te récupérer, je n'aurais pas d'argument pour te défendre. Si tu veux qu'on nous fiche la paix, il faut que nous soyons toi et moi inattaquables sur ta grande forme. Elle avait promis, mais Jade ne se sentait pas à l'abri pour autant. Mamoune était si terrorisée à l'idée de lui causer des ennuis qu'elle était bien capable de lui cacher sa fatigue ou pire de ne pas en tenir compte. Elle n'était pas d'une génération qui se lamentait ou avait des états d'âme à toutes les heures de la journée.

Mamoune avait insisté pour ouvrir une cagnotte dans laquelle chacune mettrait de l'argent en début de semaine pour les dépenses de leur étrange ménage. Jade avait senti au ton de sa voix qu'il n'était pas question qu'elle soit à sa charge. Elle avait symboliquement payé les premières courses tout en remarquant qu'elle n'avait jamais voulu croire ceux qui lui disaient que la vie était plus chère à Paris, mais qu'elle le comprenait mieux maintenant.

Mamoune

Pendant que je débarrasse les restes de notre petit-déjeuner, Jade se prépare à partir. Elle a toujours la délicatesse de s'excuser quand elle n'a pas le temps de m'aider. J'aime la regarder passer en coup de vent quand elle cherche un foulard en se brossant les cheveux, consulte son agenda en se lavant les dents ou lit son courrier en enfilant une veste. Il semble qu'elle ne puisse jamais faire une seule chose à la fois. Pour moi qui suis lente, elle est tout un spectacle.

Bien sûr, Jade ne peut se rendre compte de la vie que je menais ; celle d'une femme seule dans son village qui se précipitait dans la solitude de sa vieillesse. Je me suis rendue quelquefois dans ces maisons de retraite pour visiter une de mes voisines que je ne croisais plus et qui était assez proche. L'une d'elles, la plus douce, mangeait des feuilles au bout de deux mois et me racontait que cette salope qui nous regardait, là tout de suite sur la droite, avait essayé de l'étrangler la veille. Cette femme que je n'avais jamais entendue prononcer un seul mot grossier durant nos quarante années de voisinage était devenue une sorcière aigrie. Et cette autre encore qui m'avait expliqué, sans que je sache ce qu'il fallait faire de cette confidence, que le soignant du week-end glissait la main dans sa culotte dès qu'il la raccompagnait dans sa chambre.

Quant à celles qui avaient échappé à la maison médicalisée, elles me faisaient régulièrement le compte rendu des dysfonctionnements de leurs poches urinaires et de leurs artères bouchées. Même leurs petits-enfants dont elles me parlaient autrefois semblaient avoir disparu de leurs centres d'intérêt. Est-ce à dire que je me portais comme un charme et que j'en étais devenue intolérante ? Certes non, j'avais mon lot de misères, mais j'avais encore la pudeur de ne pas envahir mes conversations de la liste de mes pièces défectueuses. J'aurais bien parlé, moi, de fleurs, de graines, de pluie et de vent, de toutes ces belles choses qui nous entouraient encore et qu'elles ne semblaient plus voir.

Jade m'embrasse avant de partir. Son parfum est printanier. Est-ce que quelque chose te ferait plaisir pour le repas de ce soir ? Elle me regarde d'un air consterné. Mamoune, je t'ai déjà dit que le matin, quand je viens d'avaler mes tartines de miel, je suis incapable d'imaginer ce que j'aurai envie de manger le soir. Et en plus, je trouverais ça déprimant de le savoir à l'avance ! Mais, ajoute-t-elle en guise de consolation, j'aimerais bien que tu me sélectionnes quelques-unes de ces citations que tu relèves dans tes lectures. Tu sais dans ce cahier de comptes que tu m'as montré hier soir.

Ah ces romans ! Ces diableries de phrases qui vous emportent et ne vous lâchent plus ! Dès que la lecture m'a enlevée, j'ai eu besoin de conserver des mots, besoin de les recopier dans un cahier, comme si je mettais mes pas dans ceux des écrivains que j'aimais. J'ai choisi de les écrire dans mon cahier de dépenses, le registre où je savais que personne n'irait jeter un œil. Je ne pouvais pas garder de livres, alors j'en cachais quelques pépites.

Souvent quand je finissais d'écrire un poème ou une phrase dans mon cahier, je me relisais. Je regardais la beauté de l'extrait de ce texte, écrit cette fois de ma main, et je me demandais toujours si celui qui l'avait tracé pour la première fois en avait perçu la magie. Il m'arrivait de pleurer en recopiant. Parfois j'avais si bien gravé dans mon cœur la suite des mots d'une phrase lors de ma première lecture, que pour la noter dans ces pages, cachée dans les chiffres, je n'avais plus besoin de la relire. Quand j'ai rédigé mon premier cahier, je croyais que j'allais me mettre à recopier l'intégralité de certains ouvrages tant j'étais persuadée que tout y était important et se tenait d'une traite dans une écriture de lumière. Avec le temps, je suis arrivée à me modérer, à choisir l'extrait qui me disait ce que j'étais venue chercher ce jour-là. Quand il m'arrive de relire un livre quelques mois ou quelques années plus tard, ce n'est jamais la même phrase qui attire mon attention… Comme si la lectrice d'autrefois était venue ce jour-là avec d'autres désirs, d'autres intentions.

À ce propos, Jade ne m'a pas dit si elle avait comme moi un cahier d'extraits. Pour un futur écrivain, cela me semble indispensable. Il y a tant de livres sur les étagères de cet appartement… Certains que j'ai lus, il y a longtemps, mais comme je n'en possédais aucun, je n'ai pas toujours pu les relire. Dans ma chambre qui devait être la sienne avant mon arrivée, tout un pan de mur est occupé par une bibliothèque et j'ai failli passer ma deuxième nuit à picorer de pages en pages en m'extasiant de retrouver tel ou tel auteur comme un ami que j'aurais perdu de vue.

Quand je lui ai dit que même à Jean j'avais caché que je lisais, Jade n'a pas compris mon silence. Mais comment avouer à mon compagnon que le baiser qui me fit rêver et aspirer à un amour charnel impossible, ce fut celui de Cyrano. Jusqu'au seuil de ma mort et même en ayant perdu la mémoire, je crois que je pourrais encore le réciter par cœur :

« Un baiser mais à tout prendre, qu'est-ce ? Un serment d'un peu plus près, une promesse... C'est un secret qui prend la bouche pour oreille... Une façon d'un peu se respirer le cœur... Et d'un peu se goûter au bord des lèvres l'âme ! »

Maintenant quand je parcours ce livre de citations, de poèmes, d'extraits de tous les ouvrages que j'ai aimés, c'est un peu comme si ma vie rêvée se tenait là, blottie entre les pages. Je ne peux jamais relire ce cahier sans qu'il me tire des larmes. Il est ma vie, racontée par les plus grands auteurs du monde. C'est un livre unique, le plus précieux que je possède. J'ai mis mes pas dans les mots que me soufflait le ciel, celui qui abrite mes amours d'écrivains.

Ma petite Jade, je le sens, s'inquiète pour moi et pourtant il y a fort longtemps que je ne me suis pas sentie aussi bien. Quand je sors de chez elle pour marcher un peu dans le quartier, je vois des visages que j'attribue à ceux que je connaissais autrefois, mais ils ont encore l'âge de ceux que j'ai connus à l'époque, comme si j'étais la seule à avoir vieilli…

Il y a tant de gens à Paris, pour moi qui viens d'un village, qu'une petite sortie quotidienne embarque tout un monde dans ma besace. En rentrant de promenade, je me prépare du thé et regarde mes mains. Avec elles on ne se trompe jamais d'âge. Elles disent le travail accompli, les gestes répétés, le soleil en été, la dureté des hivers. Mes mains furent les compagnes de mon âme, les artisans des rêves accomplis, le fantôme des corps arrachés, des blessures restées ouvertes. Ce sont elles qui se posaient sur ta peau, Jean. Elles ont recueilli mes pleurs après ton départ. Alors que je te parle en cet instant, c'est la première fois que je sens mes yeux secs. Depuis trois ans, je n'ai jamais pensé à toi sans verser une larme. En venant me chercher cette petite ne savait pas quels miracles allaient s'accomplir. Bonnes ou mauvaises, les conséquences de nos actes sont toujours des mystères.

Depuis dix-sept jours, Mamoune et sa petite-fille vivaient ensemble. Ce matin, Jade l'avait laissée après le petit-déjeuner qu'elles prenaient sur le balcon pour saluer ce superbe mois de juin aux températures idylliques. Jade était heureuse que le temps soit clément afin d'éviter à Mamoune l'enfermement d'un appartement, elle qui était toujours dehors sur les chemins de sa montagne. Elle aurait toujours le temps de s'habituer aux jours de pluie parisiens qui n'avaient jamais l'air de vouloir s'arrêter quand ils commençaient…

Jade en se dirigeant vers le métro remarqua une fois de plus que les Parisiens ne cessaient jamais de marcher en regardant par terre. Elle se demanda si la beauté d'une ville ne dépendait pas de l'aptitude au bonheur de ceux qui y vivaient. Mais très vite un sourire vint flotter sur ses lèvres en repensant à Mamoune qui, ce matin, lui avait proposé d'aller chercher du velours rouge afin de lui coudre des rideaux. Jade lui avait décrit la veille de magnifiques tentures théâtrales qu'elle aurait voulu mettre aux fenêtres de la salle à manger en pestant contre le prix exorbitant d'une boutique de décoration. Et Mamoune avait ri en se moquant gentiment. Cette génération de filles qui ne savent rien fabriquer de leurs mains ! Rappelle-toi que nous avons rapporté dans ta voiture une machine à coudre avec laquelle tes rideaux seront vite assemblés. Jade l'avait regardée, perplexe, pendant que Mamoune cherchait sa paire de lunettes pour la millième fois depuis qu'elles habitaient ensemble. Tu es sûre pour les rideaux ? demanda Jade balayant elle aussi la pièce du regard pour tenter d'apercevoir l'étui bleu… Je te l'avais dit que je te servirais bien à quelque chose, avait répondu Mamoune en finissant de lui repasser son chemisier. Pour toute réponse Jade lui avait plaqué un baiser sonore sur la joue et avait posé à côté d'elle les lunettes qu'elle venait de retrouver sur le canapé… Bon, si tu sens que tu peux réaliser quelque chose d'aussi compliqué, allons-y, à condition que tu ne décides pas de les accrocher seule et que je puisse t'aider un peu. Demain je t'emmène dans un magasin de tissus comme tu n'en as jamais vu de toute ta vie. Je ne rentrerai pas tard ce soir. Prends soin de toi. Elle ferma doucement la porte et Mamoune se retrouva seule.

Un peu plus tard, au coin d'un couloir de métro, Jade manqua de se heurter à un infirme à genoux qui s'était posté là avec son enfant et tendait une coupelle. Elle soupira. Arrivée au début de sa vie professionnelle, Jade avait observé la lente métamorphose de la capitale, comme on la nommait souvent chez elle en province. Et même dans une grande ville comme Lyon où elle avait habité avant, le quotidien était différent. La vie ici s'était durcie, l'indifférence avait gagné du terrain. La foule allait et venait dans un mépris croissant des pauvres et miséreux qui grossissaient le flot des sans-abri… Le métier de Jade, qui aurait dû l'amener à dénoncer ce genre de situation, l'en éloignait chaque jour davantage. L'inanité des demandes de la presse lui faisait honte. Elle souffrait de plus en plus de la futilité des articles qu'on lui commandait et qui, s'ils correspondaient bien à leur époque, ne répondaient en rien à ses besoins.

Ce jour-là, elle devait passer au siège d'un journal féminin pour lequel elle travaillait depuis une dizaine d'années. Cela lui donnait le privilège d'y avoir un bureau que tout le monde appelait le bureau de Jade mais qui servait aux différents pigistes qui défilaient au journal. Elle était restée celle qu'on voyait régulièrement mais qui n'avait jamais voulu être intégrée. Elle aimait l'idée d'écrire dans un journal féminin, mais elle détestait l'esprit de pipelettes qui régnait dans ce genre de rédaction. On y retrouvait la caricature de tous les travers dont on accusait les femmes ! Personne ne se souvenait plus que ce journal avait été de ceux qui les avaient libérées et qu'il avait, quand les autres en étaient encore au tricot, ouvert ses colonnes à l'expression d'une nouvelle génération de femmes. Les journalistes attitrées se laissaient peu à peu absorber par des articles au contenu creux, qui ne véhiculaient ni esprit critique ni apprentissage quelconque. Ces papiers, comme on les nommait dans le jargon, étaient censés faire vendre le journal. Jade continuait à croire, malgré un désaccord que son statut de pigiste ne l'autorisait pas à exprimer, que l'intelligence pouvait gagner. Mais de plus en plus d'articles qu'elle proposait lui étaient refusés parce qu'ils touchaient à des problèmes que la direction d'un journal léger et divertissant refusait d'aborder. Lors de la rédaction d'un article sur les entreprises citoyennes, elle avait péniblement vécu de négocier ce qu'elle allait écrire sur la marque de cosmétiques qui représentait soixante-quinze pour cent des recettes publicitaires du magazine. Sous les fards et les paillettes, l'ingérence du monde économique se faisait sentir.

Une journaliste de ses amies, plus âgée qu'elle, tapait du pied quand elle envisageait de fuir le métier et lui soutenait qu'il s'agissait d'honorer encore ce bout de papier qu'elle avait en poche avec la mention carte de presse. Son amie l'appelait sa « carte de stress » et lui serinait que la résistance c'était au contraire de rester. Il fallait continuer à écrire, à témoigner, glisser aux lecteurs des journaux quelques questions dangereuses pour fragiliser l'édifice de la bêtise. Jade n'y croyait qu'à moitié.

Au sein même de la rédaction Jade avait peu d'amies, elle s'entendait bien avec une de ses rédactrices en chef, ex-grand reporter, intuitive et intelligente, et discutait souvent avec celle qui s'occupait des chroniques de livres. Cette dernière lui avait donné des conseils pour envoyer son roman en l'adressant directement à certains directeurs de collection. Pour toutes les filles de la rubrique mode, elle était transparente, ou vêtue comme un sac sans marque, rien qui donnât l'impression d'accrocher leur regard. Quant à celles qui s'échinaient sur les articles de fond du style « Comment être la meilleure dans un lit ? » « Dois-je faire mon troisième enfant avant ou après avoir pris un amant ? », elles n'avaient sans doute jamais lu ses articles trop déprimants et ne lui disaient jamais bonjour. Fort heureusement, Jade avait aussi ses entrées dans un journal de science où elle était pratiquement la seule femme et dans un hebdomadaire de société qui traitait de vrais sujets. Parfois elle partait en voyage avec un de leurs photographes pour écrire les textes qui devraient illustrer ses photos car c'était une star du grand reportage !

Elle avait à cœur de maintenir un semblant de relation, il lui arrivait d'accompagner les filles du journal vers six heures du soir pour boire un verre dans un bar espagnol. Une petite communauté madrilène se retrouvait là, autour de tapas et de *vino tinto*. Quand il était de bonne humeur, le patron décrochait la guitare et improvisait. Dans cette ambiance de fête, en riant de tout et de rien, Jade trouvait avec les autres journalistes de la rédaction une convivialité qui était impossible à établir entre les murs où elles travaillaient.

Ce soir-là, Jade refusa de dîner avec elles en leur expliquant très vite, mais ce fut plus long qu'elle ne l'aurait voulu, qu'elle devait rejoindre sa grand-mère nouvellement installée chez elle. Curiosité, consternation, effarement, incompréhension… Et surtout derrière les mines sceptiques qui s'affichaient, elle lut de la peur. Qu'elle ait vingt-cinq ou quarante-cinq ans, chacune d'entre elles s'imagina un instant vivre avec sa propre grand-mère… Les commentaires ne tardèrent pas. C'est une charge lourde une personne âgée, c'est pire qu'un enfant, lui asséna celle qui avait toujours l'air de souffrir d'en avoir deux et ne savait jamais où les caser pour vivre. Pour couper court Jade partit, légèrement ivre, laissant tintinnabuler à ses oreilles les différentes remarques qu'elle avait entendues. Tu es folle ! Tu es trop jeune pour te plomber ainsi. Tu vas être sa garde-malade et tu ne pourras plus sortir. C'est une galère dans laquelle tu t'engages, c'est comme habiter de nouveau chez ses parents à trente ans ! Dans le flot de toutes ces paroles, une seule pensée rendait un son joyeux. Le plaisir de retrouver Mamoune, d'effleurer sa joue douce en rentrant, de serrer ses mains dans les siennes et de savoir comment elle avait passé sa journée. Et tiens, si elle n'était pas trop fatiguée, elle la sortirait pour manger des pâtes italiennes dans sa petite cantine de la rue des Martyrs. Elle connaissait bien le patron qui leur donnerait sa meilleure table. Il lui ferait des compliments sur sa coiffure. Lui aussi, il avait une grand-mère adorée en Toscane. Une grand-mère… Pas une charge !

Quand Jade ouvrit la porte avec son jeu de clés, elle se trouve face au visage angoissé d'une Mamoune qu'elle ne connaissait pas. Elle se précipita vers elle. Tu ne te sens pas bien ? Quelque chose ne va pas ? Mamoune lui sourit d'un air las et tenta de la rassurer sans parvenir à retrouver l'air placide qu'elle arborait habituellement. Elle frottait ses mains l'une contre l'autre et finit par avouer qu'elle s'était fait du souci. L'heure d'arrivée de Jade, plus tardive que les jours précédents, l'avait alertée. Elle essaya de rattraper son aveu.

— Tu rentres quand tu en as envie et…

Jade comprit, se souvint qu'elle avait annoncé à sa grand-mère qu'elle rentrerait tôt et la coupa.

— Non Mamoune c'est ma faute. J'aurais dû te prévenir. Nous avons bu un verre avec les filles du journal. Je n'ai pas pensé à mon heure de retour. Pourquoi n'as-tu pas appelé mon portable ?

— J'avais peur de te déranger. Je ne veux pas être une grand-mère qui te sonne à la moindre inquiétude. Vraiment je suis honteuse… Je me suis fait du mauvais sang pour rien du tout ! Et tu vas penser que…

— Mamoune, je pense surtout qu'à l'avenir je ferai attention, je te préviendrai. Et toi, petit à petit, tu vas t'habituer à mes horaires tordus de journaliste. La prochaine fois, tu n'imagineras pas qu'on m'a attaquée dans le métro et autres balivernes qu'on raconte en province sur l'insécurité parisienne.

— Mais comment sais-tu ?...

— J'ai déjà entendu tes voisines moi aussi... En attendant, pour me faire pardonner, je t'emmène au restaurant... On gardera ton pot-au-feu pour demain. C'est bien du pot-au-feu que je sens là non ? demanda Jade en se dirigeant vers la cuisine.

— Comme tu veux ma chérie. Ne le mets pas au frais, il est encore très chaud...

En chemin, sa grand-mère lui conta que le jour de ses quatre ans Jade était venue lui dire : Mamoune, quand tu seras très vieille, je serai grande, et quand tu seras morte, je serai vieille... Mais après est-ce que je vais mourir moi aussi ? Quand je t'ai dit : Oui, tout le monde meurt, tu as éclaté en sanglots en me disant : Mais je ne veux pas mourir moi...

L'histoire fit rire Jade qui ne s'en souvenait pas. Elle s'aperçut que Mamoune avait l'air émue.

— Tu ris aujourd'hui mais c'était un vrai désespoir, d'authentiques larmes. Tu étais réellement triste et moi tout autant car je ne savais pas comment te consoler sinon en te disant que ce n'était pas pour tout de suite... Mais je n'ai pas réussi à t'apporter le moindre réconfort.

C'était bien de Mamoune, de prendre les enfants et leurs émotions très au sérieux, de leur accorder toute son attention comme s'ils étaient dans l'instant les personnes les plus importantes du monde.

— Mais tous les petits font ce genre de réflexions sur la mort, non ? demanda Jade.

— Pas exactement. Tu étais une petite fille qui avait de grands drames dans sa tête d'enfant, une grande conscience des choses. Aujourd'hui, mais je ne le savais pas à l'époque, je me dis que j'aurais pu parier que tu écrirais un jour. À ce propos, il faudrait que tu songes à me confier ton manuscrit… Si toutefois tu es toujours d'accord pour que je le lise.

Mamoune

Elle est partie. Elle n'a pas claqué la porte de l'appartement. Elle l'a refermée tout doucement derrière elle. Avant cela, elle m'a demandé si ça irait, si je m'en sortirais, avec une pointe d'ironie tendre. Pour que je ne me sente pas ce que je suis, une vieille personne qu'il faut surveiller comme le lait sur le feu. Elle a du tact ma petite-fille. Et du goût. En lavant les tasses fleuries de notre petit-déjeuner, je note les détails de sa cuisine. La petite étagère à épices, les différentes huiles, les paniers pendus au plafond avec l'ail, le thym, le laurier. Un fauteuil semble avoir été mis près de la fenêtre, pour que je me repose entre la confection de différents plats. Je finirai là mon café, quand elle aura quitté l'appartement, m'étais-je dit quand je l'ai vu la première fois. J'aime les cuisines, et c'est une chance pour un appartement d'avoir des tomettes comme à la campagne et non pas ces hideux carrelages.

Chez moi, nous n'avions pas d'autre lieu de vie. La salle à manger avec son beau parquet était pour les grands jours et le salon était une pièce pour les hommes. Un triste lieu qui sentait le tabac et les discussions politiques. Si j'avais pu révéler mon amour pour les livres et ne pas les cacher, ce qui m'obligeait à n'en posséder que deux ou trois, c'est dans la cuisine que j'aurais mis la bibliothèque. Tant pis pour le gras sur les pages. J'aurais ouvert après quelques années des romans qui auraient eu des parfums différents. Le romarin pour Maupassant, le curry pour Baudelaire, les oignons pour… Qui aurait bien pu dégager cette odeur sucrée qui s'élève au tout début de la cuisson de ces fines pelures ?

Ah que j'aurais aimé cela, une immense cuisine-bibliothèque ! Et parfois, en cherchant le livre de mes recettes, pour être sûre des proportions d'une pâte compliquée, je serais tombée sur cette Indienne dont j'ai perdu le nom, ah c'est trop bête, celle qui a écrit *L'odeur*… « J'ai ajouté des olives, des poivrons rôtis et des pignons de pin au curry de poulet… Comment se fait-il que tu sois plus belle quand tu ne penses pas à moi. » J'aurais ri de ma méprise et j'aurais repris le cours de la vie culinaire. Celle des doigts qui épluchent, coupent, pèlent, mélangent, émiettent en laissant mes pensées s'accrocher aux titres tandis que je me déplaçais pour saisir une casserole ou un paquet de sucre.

C'est à cette cuisine que je pense en essayant le fauteuil orange de Jade. Le matin, la pièce est presque sombre. Tout le bois absorbe la lumière. Elle m'a expliqué hier qu'elle avait voulu reproduire l'intérieur d'un bateau.

Me voici embarquée en lieu et place de son Julien si bricoleur, qui l'a aidée à réaliser son projet de décoration. Jade ne me parle pas beaucoup de lui. Il est vrai que je ne l'ai rencontré que deux fois. Ils ont passé une semaine dans mon chalet des alpages. Je me souviens de m'être dit qu'elle en ferait ce qu'elle voudrait de ce garçon et qu'elle finirait par s'en lasser. Il n'avait pas l'air bien résistant devant cette tornade qui l'entraînait dans ses activités après lui avoir demandé du bout des lèvres si ça lui dirait d'aller à tel ou tel endroit.

En les regardant vivre pendant quelques jours, on pouvait deviner qu'elle ne tiendrait pas toute une vie face à ce début d'homme qui ne lui opposait rien, et qu'elle se lasserait plus vite que lui de satisfaire ses caprices les plus infimes sans même avoir à lutter.

Ce doit être une habitude de femme qui a vécu d'observer ainsi les jeunes couples. Quand il m'arrive d'en croiser un, même dans la rue en me promenant, j'essaie de l'imaginer dans cinquante ans. Je m'attache aux yeux, je cherche dans les différentes lueurs celle qui se sera émoussée avec l'âge ou au contraire brillera de mille feux. Je guette dans leurs gestes ce qui deviendra plus apparent.

Mais Jade et Julien, j'avais beau les regarder, ils ne me donnaient aucune image d'eux au-delà de cinq ans. J'en avais conclu que Jade le garderait le temps pour elle d'apprendre à jouir d'un autre ou à se languir de son entrain de croque-mort.

C'est qu'elle en a de l'énergie, cette petite ! Elle l'a prouvé en venant me chercher sur un coup de tête car je me doute bien que son geste n'a pas été des plus réfléchis. Elle est venue avec la même fougue que celle de son arrivée sur terre. J'aurais voulu que ma sage-femme de mère soit encore vivante pour lui raconter que son arrière-petite-fille était née en rompant son cordon ombilical, une arrivée foudroyante que rien n'a démenti jusque-là.

Quand son père a décidé d'aller vivre sous les cocotiers, elle n'avait que dix-sept ans, mais elle est restée, malgré la peine que lui causait cet éloignement. Tu me comprends Mamoune n'est-ce pas ? Que pourrais-je bien inventer dans un pays où seules les couleurs des couchers de soleil font vibrer l'âme ? me disait-elle. C'est bon pour mon père et ma mère qui sont peintres, mais moi ? Je vais m'ennuyer à mourir. Du sable, des plages, des lagons, rien de culturel, rien pour apprendre. J'aurais pu lui rétorquer que pour apprendre à vivre l'on a besoin de peu, mais je comprenais sa soif. Ne l'avais-je pas éprouvée à certains moments, cette envie de vivre dans une ville, d'être sans cesse sollicitée par de nouveaux spectacles ?

J'ai rassuré mon fils, plaidé sa cause auprès de ma belle-fille. Elle aura ses tantes, c'est une fille raisonnable, travailleuse, enthousiaste. On peut lui accorder une grande confiance. Et si elle manque de tendresse, elle viendra en puiser chez sa Mamoune. Serge et Lisa ont cédé. Ils sont partis et n'ont emmené que les deux frères plus jeunes de Jade.

Ses parents et ses frères lui manquent, je le sens bien. Le lendemain de mon arrivée, elle m'a montré son attirail informatique pour leur téléphoner par ordinateur. Et maintenant, je participe chaque jour à ces conversations où chacun est filmé. Cela m'a permis de revoir mon fils et le reste de sa famille. Ils grimacent au ralenti en se parlant et je mesure, moi qui suis d'un autre temps, celui où la moindre traversée d'Atlantique par un avion tenait du miracle, à quel point les humains ont progressé. Mais parfois, quand j'observe le visage de Jade après ces conversations où nous sommes si proches mais surtout plus conscients de notre éloignement, je me demande si les communications de ce genre ne sont pas pires que l'absence ?

Ce qui nous sépare, Jade et moi, c'est que tout me surprend. Toute nouveauté m'émerveille et, même si j'en ai connu un certain nombre, je n'arrive pas à me détacher de ce temps où ces performances technologiques auraient été impensables. Jade vient d'un univers contraire au mien. Tout y est possible. Ce qui n'a pas encore été réalisé le sera dans un temps proche. Dans sa génération, on ne dit pas « jamais », mais « dans dix ans ou dans vingt ans ».

Nous autres rêvions en écoutant les aventures écrites par Jules Verne que mon grand-oncle lisait à une assemblée de gamins bouche bée. Il était un des rares écrivains très connus dans mon village. Mon grand-père avait hérité de son père, ami de l'éditeur de Jules Verne, ces beaux volumes rouges qui traînaient en seuls maîtres sur les étagères de sa maison. Parfois je me demande si ce n'est pas lui qui a fait germer dans mon esprit une envie de lire. Dans une famille qui ne connaissait que la tradition orale de ces histoires racontées au coin du feu, l'arrivée de ces récits tout en pages a bien dû provoquer quelques troubles.

Alors, cette grand-mère ? Comment se passe ta vie avec elle ?

Enfin une personne sensée, se disait Jade, et quelle joie de sentir dans sa question une vraie curiosité et non ces horribles doutes et mises en perspective d'une vie gâchée. Aline était son amie. Elle l'était depuis dix ans. Elles adoraient jusqu'aux petits défauts l'une de l'autre. Jade l'avait rencontrée dans le contexte le plus banal qui soit : Aline concevait les décors de la pièce dont Jade devait écrire un compte rendu. Comme les acteurs en étaient très connus, très inaccessibles et très imbus de leur personne, Aline avait sauvé son article en lui racontant anecdotes et détails artistiques de la mise en scène, l'envers du décor en somme. S'était ensuivie une amitié indéfectible, un plaisir immense de se retrouver et de partager. Aline était une de celles qui avaient poussé Jade à envoyer son roman à des maisons d'édition quand elle lui avait donné à lire. Aline avait trouvé originale cette série de chapitres conçus comme des nouvelles à deux personnages qui finissaient tous par se rejoindre dans le même avion pour une aventure inédite. Elle avait aussi réconforté Jade quand elle avait reçu les premières lettres négatives. Quoi, tu ne vas pas te décourager pour si peu ? N'oublie pas les dizaines de refus qu'ont essuyés des écrivains très connus aujourd'hui et qui seraient bien incapables de dire pourquoi on n'a pas voulu de leurs livres. Et songe un peu à *Courrier Sud*, publié lui, mais trois exemplaires vendus ! Et regarde *Harry Potter !* Ah non ! Jade avait éclaté de rire. Pourquoi fallait-il qu'on donne toujours en exemple des écrivains qui vendaient des milliers d'exemplaires, qui étaient traduits en vingt-cinq langues et qui étaient devenus les plus grosses fortunes de la littérature... Pourquoi ne parlait-on pas de ceux qui étaient restés dans l'ombre et n'auraient aucune chance ou malchance d'en sortir ? Au regard malicieux de son amie, Jade avait compris qu'elle avait tenté de la piéger et qu'elle avait réussi.

— Tu sais pour Mamoune, je m'aperçois que j'ai pris ma décision sans deviner sur quel chemin elle allait m'entraîner.

— Tu veux dire celui d'un autre temps que le tien ?

— Peut-être. Mamoune, je croyais la connaître, mais je ne la voyais pas comme une femme. C'était juste ma grand-mère. C'est ridicule, je sais, mais en vivant avec elle je suis remplie de questions, de curiosités et même d'indiscrétions. C'est comme si j'avais sous la main un trésor et que je ne sache pas encore bien ce que je peux en faire ou comment l'ouvrir... Elle sait tant de choses que j'ignore... Elle peut aussi se révéler très casse-pieds avec ses petites manies !

— Tu parles beaucoup avec elle ?

— Bien sûr. À travers les anecdotes de sa vie, je saisis les choix qu'elle n'a pas eus, quelque chose qu'on pourrait appeler le destin. Mais elle m'a révélé un de ses secrets, et pas des moindres. Elle a saisi une conversation téléphonique que j'ai eue avec Gaël, mon ami d'enfance que tu connais. Je lui racontais les lettres de refus des éditeurs, les arrangements que je devrais apporter à ce roman, tout ce que je ne sais pas modifier. Bref, Mamoune a entendu, et m'a proposé son aide...

— Je ne comprends pas ton étonnement...

— Parce que tu ne connais pas Mamoune. C'est ce qu'on appelle une brave femme de la campagne. Rien de méprisant dans ce que je te dis là, mais je ne l'ai jamais vue lire de toute ma vie. À part la Bible, enfin juste la couverture, si j'en crois ses révélations. Le secret de sa vie cachée, c'est que... C'est une lectrice. Une passionnée de lecture, et depuis soixante ans. Sa vie dans les livres est parsemée de chefs-d'œuvre aussi brillants et admirés qu'elle fut discrète et silencieuse. Une vraie lettrée !

— Quelle magnifique histoire ! Je serais toi, c'est celle-là que j'écrirais. Mais si je comprends bien, elle t'a proposé de te servir de coach avant tes nouvelles tentatives d'envoi ?

— J'adore quand tu te moques de moi avec des mots à la mode ! Elle m'a proposé son aide, et m'a parlé de ces années où elle a lu en cachette. Je ne sais même pas à quel genre d'accompagnement elle pensait. Nous avons d'abord parlé des raisons qui l'ont poussée à se dissimuler. Je voulais en savoir plus. Je la découvrais autre et ça me désemparait. Et puis, hier matin, elle m'a redit qu'elle voulait lire mon roman et m'aider si elle pouvait. Je lui ai peu parlé de l'histoire... Elle voulait savoir depuis combien de temps j'écrivais...

— Peut-être était-elle aussi troublée devant une petite-fille qui écrit que tu l'es devant une grand-mère qui lit ! Mais je ne te comprends pas. L'idée de ce partage avec ta grand-mère dont tu me parles si souvent avec tant d'affection devrait t'enthousiasmer ?

— Oui, j'imagine que je devrais en être heureuse, mais c'est compliqué. J'ai soudain devant moi une étrangère. Elle n'est plus dans sa fonction de grand-mère. Elle est une femme avec ses aspirations secrètes et... Je sais que c'est une réaction d'égoïste. Et maintenant que j'en parle avec toi, je réalise que mes peurs sont stupides. Je vais lui donner le roman à lire et pendant qu'elle fera sa lecture je m'habituerai à l'idée que je n'aimais qu'une apparence. Et... j'attendrai son avis de lectrice attentive.

— Et Julien ?

— Quoi Julien ? Tu veux savoir comment on dit à un homme qu'on ne lui cache aucun désir secret ? Qu'il aurait dû voir venir sa dernière chance ? Julien n'a rien compris, rien perçu et pour notre séparation je n'ai pas de raison dite valable à lui fournir. Toutes mes tentatives d'explications ont l'air d'être de bonnes répliques pour histoires à l'eau de rose. À croire que je teste des dialogues... Je te quitte parce que je ne pourrai jamais vivre avec toi l'excitation que j'attends de la vie. Je n'ai aucune raison d'interrompre notre histoire et je n'en ai pas plus de vivre avec toi... Mes raisons sont incompréhensibles, je le sais mais je ne veux plus de toi. Etc. Je continue ?

— Résumons ta vie trépidante. Tu viens d'échanger une vie avec un homme contre une vie avec ta grand-mère, il y a de quoi se poser des questions sur ton sens de l'aventure ?

Jade toussa et s'étouffa dans sa gorgée de café.

— Merci pour ton sens aigu de l'analyse, je sens qu'il va beaucoup m'aider.

— Non, mais je me disais…

— Quoi encore ?

— Un truc idiot : maintenant que la mère-grand vit avec le Petit Chaperon Rouge, le tout est de savoir d'où va venir le loup ?

Mamoune

Posé sur la table de la cuisine, j'ai trouvé ce matin le manuscrit de ma petite Jade. J'ai mal dormi. N'avoir aucune nouvelle de mes filles, après trois semaines passées ici, est devenu un souci qui m'a tenue en éveil une partie de la nuit. Quelque chose se prépare en douceur et cette fois j'ai bien peur que ni Jade ni moi ne puissions rien sauver. Je me suis interrogée pendant des heures sur la nécessité d'appeler Denise et Mariette en les informant de ma décision de rester à Paris pour quelque temps. Cette attitude qui aurait été la mienne autrefois n'est-elle pas devenue inutile dès l'instant ou bravant leur décision j'ai déjà pris la fuite ? Tant que je suis encore dans ma tête, enfin je le crois, je me dois d'avoir avec elles cette conversation directe. Si je les appelais, je pourrais peut-être apaiser la surprise et la colère qu'ont dû ressentir mes filles en croyant que ma fuite était organisée.

Pourquoi faut-il en venir à réclamer la permission d'exister à ses enfants ? Comme s'il ne suffisait pas déjà d'être griffée par le temps ! Je me doute que Mariette, la plus douce et l'aînée, m'aura accordé des circonstances atténuantes pour ma conduite inhabituelle. J'imagine la discussion entre les trois. Mariette en bonne avocate plaide ma peur de l'hôpital. Sa douceur et sa persuasion sont des armes aussi sûres que la combativité de Léa, la suivante qui sera tout de suite préoccupée de la conduite à tenir. Et maintenant que fait-on ? dira-t-elle. Qui va la chercher ? Comme dans la vie, chacune sera bien à sa place, la première est spécialiste en divorces et problèmes conjugaux, tandis que la seconde ne gère que les affaires des entreprises. Je n'ai aucun mal à savoir que la plus dure à mon égard sera certainement la troisième, le médecin de la famille. Elle a toujours exigé que les actes se plient à ses décisions pour qu'ils deviennent légitimes. Cette fois, j'ai outrepassé son autorité, sa prise en charge de fille et de diplômée de médecine.

Une mère voit tant de choses dans l'enfance de ses petits. Tout est déjà là ! Chez Denise par exemple, quand elle me réclamait un câlin à l'âge de deux ans, je sentais que son envie de voir l'autre capituler prenait le pas sur sa demande de tendresse. Je lui donnais toujours plus en espérant que la combler finirait par satisfaire sa soif incessante de gagner. Bien qu'étant la plus jeune de mes filles, c'était elle qui menait les autres. Mais il en était un qu'elle ne pouvait jamais posséder : c'était son frère. Le petit dernier. Un petit malin le père de Jade ! Il l'avait mise dans sa poche parce qu'il lui portait une admiration sans borne. Ma fille, flattée par cette adoration, passait à côté de l'esprit fantasque, indépendant de son frère qui a éclaté en pleine lumière au moment de son adolescence. Denise n'a rien compris quand il a soudain déclaré qu'il voulait faire des études d'arts plastiques. Mais tu as la chance d'être un garçon, fonce dans une carrière scientifique, répétait-elle à son frère. Jean et moi assistions amusés à ce combat d'un coq et d'un papillon sans donner notre avis, sans émettre le moindre jugement sur les arguments de l'un ou de l'autre. C'est qu'elle nous avait rangés depuis belle lurette dans la catégorie de ceux qui ne peuvent rien comprendre aux études supérieures de leurs enfants, la jolie Denise ! Ce qui était un peu vrai sur le fond. Il n'empêche, Serge s'y prenait bien. Comment s'opposer à quelqu'un qui vous approuve ? Conseillé par sa sœur, il nous avait fait part de sa dernière décision : s'inscrire dans une faculté de sciences. Avec son père, nous en sommes restés muets d'étonnement. Blaguait-il ? Le jour où Serge nous a informés, je me souviens qu'il avait son pinceau à la main. Il s'était installé dans la remise à outils pour faire ses tableaux et ses collages. Denise jubilait, mais il n'avait pas dit son dernier mot. Il fréquentait un grand peintre qui avait son atelier dans la région. Ce Pierre Danglasse passait à la maison voir Serge après une journée de peinture, et, poussée par mon fils, il n'était pas rare que je le retienne à dîner. Cet homme qui était la gentillesse incarnée appréciait bien ma cuisine mais surtout il impressionnait Denise. Elle avait même timidement posé pour lui. À ce grand artiste connu, elle pouvait difficilement objecter que la peinture n'était qu'un loisir sans carrière possible. Il trouvait aux tableaux de Serge une grâce qui fut son meilleur argument. En voyant un peintre reconnu de son vivant qui soutenait son jeune frère, Denise laissa tomber la bataille de la profession raisonnable. Serge reprit le chemin des arts graphiques tandis que Denise se consacrait à ses propres études de médecine, d'anesthésiste puis de chirurgienne… Elle étudiait avec rage. J'allais parfois jusqu'à la plaindre en me demandant de qui elle pouvait bien avoir envie de se venger. Je me disais qu'un jour l'exercice de la médecine lui apporterait la douceur du cœur, celle d'être confronté à la souffrance humaine et non à la réparation technique décrite dans ses livres. Je pensais à notre bon docteur qui était fier d'elle mais la regardait en fronçant les sourcils quand elle l'entreprenait sur ses cours de médecine. Il répondait en lui parlant de malades et de contacts humains. Et parfois, quand je regarde Jade, je retrouve dans son obstination certains traits qui me semblent bien plus lui venir de l'énergie féroce de sa tante que de l'indolence charmeuse de son père. Mais, à la différence de Denise, Jade ne me semble pas accorder beaucoup d'attention à l'image qu'on a d'elle. On sent qu'elle cherche, qu'elle renifle l'avenir avec prudence comme si elle avait peur de je ne sais quel piège…

Quand je lui ai décrit les différences de caractère de mes enfants, comment je les avais vus vivre les uns avec les autres, comment ils avaient grandi dans ce lien de frère et sœurs, Jade m'a tout de suite interrogée pour en savoir plus.

Quand tu me parles de tes enfants, je ne vois plus mes tantes et mon père, m'a-t-elle dit. C'est comme si tu me parlais d'autres personnes que je ne connais pas. Je les vois par tes yeux et ils ne ressemblent plus à ce que je sais d'eux. Pourquoi ne parlions-nous jamais de tout ça auparavant ? Je n'ai pas su lui répondre. Sans doute faut-il du temps pour qu'arrivent certains échanges. Et nous n'avons plus ce temps d'attendre dans nos vies d'aujourd'hui.

Depuis quelques années, et je ne sais si c'est là une caractéristique des nuits de la vieillesse que je dois prendre comme une grâce, mes insomnies sont suivies de périodes de sommeil léger dans lesquelles je revois mes enfants plus petits. J'entends leurs voix d'adolescents ou leurs rires de bébés et je redécouvre certains épisodes avec surprise avant de tomber épuisée dans un profond gouffre jusqu'au matin. En m'éveillant, je suis partagée entre la douce mélancolie de ces retrouvailles avec des années vieilles de quarante ans et le sentiment étrange qu'elles appartiennent à une autre vie que je n'aurais pas vraiment vécue. Il m'est déjà arrivé de me dire que l'un ou l'autre de mes enfants avait pris un petit coup de vieux. Est-ce que je n'oublie pas de me projeter dans mon propre vieillissement ? Il est vrai que j'avais déjà l'air plus âgée que je ne l'étais. J'ai donc gardé le même âge pendant longtemps comme un privilège accordé à ceux qu'on a privés de beauté dans leur jeunesse. En émergeant de ces nuits de souvenirs, il me semble porter sur mes épaules tout ce passé, et j'ai bien besoin d'un peu de sommeil matinal pour m'alléger un peu.

Jade est donc déjà partie et je n'ai pas pris mon café avec elle. J'ai trouvé sur la table un petit-déjeuner tout prêt et son manuscrit. Ainsi, elle a préféré me le laisser sans rien m'en dire, répondant par ce geste à ma proposition d'aide. Je n'ai jamais connu d'écrivain. Est-ce que ça change la lecture de bien connaître l'auteur ? Le cherche-t-on dans l'histoire ou entre les lignes ? Et pourrais-je dire que je connais si bien Jade ? Au point d'avoir ignoré pendant des années qu'elle s'intéressait à l'écriture ?

Je commence à réaliser que la tâche ne sera pas facile. J'ai spontanément proposé mes services, mais je ne sais si ma grande passion pour la lecture sera suffisante pour juger d'un roman et surtout accompagner son auteur dans les arrangements qui pourraient lui faire rendre un son qu'il n'a pas encore. Jade est, je crois, une fille solide et si elle n'est pas triste, je sens son cœur blessé, ses failles. Elle ne geint pas, ne repousse pas sa solitude. Jade manque de bonheur mais ne s'en plaint pas. C'est plus émouvant encore. Elle aspire juste à l'amour. Cette fragilité émeut mon cœur de femme d'un autre âge. Comment vais-je m'y prendre pour faire part à Jade de mes critiques ? Plus encore, saurais-je, sans la vexer, lui apporter une aide qui lui permette de modifier ce roman de la bonne manière ? Je devine toutes ces embûches avant même d'avoir ouvert le manuscrit posé devant moi. Il me semble soudain d'une incandescence qui va faire emprunter à notre relation de dangereux chemins.

Jade regrettait. Elle se sentait lâche. Elle se disait qu'elle aurait dû expliquer le manuscrit à Mamoune, lui remettre en main propre et non le laisser sur la table de la cuisine comme si elle avait oublié de lui en parler. Elle aurait dû lui raconter le déroulement du récit avec ces personnages qui vont partir aux Antilles et ne se connaissent pas. Sa grand-mère allait-elle comprendre qu'ils allaient tous se trouver dans le même avion pour y vivre une expérience unique ? Résumée ainsi son histoire lui parut idiote et invraisemblable. Dans son roman, on découvrait des couples dans leur histoire sur plusieurs chapitres. « Trop de personnages », lui disait une lettre d'un éditeur, « pas de trame romanesque », disait une autre, « une intrigue trop tardive »... Jade avait joint au roman les commentaires des retours qu'elle avait obtenus en envoyant son manuscrit. Qu'allait en dire Mamoune ? Tant pis. Après tout, elle découvrirait seule. Si l'auteur devait être à côté des lecteurs pour justifier ses intentions, c'est que le livre ne tenait pas. Il n'empêche, Jade avait une de ces peurs de le donner ainsi à lire à sa grand-mère ! Et en plus... Une idée venait de lui traverser l'esprit, qui ne l'avait pas du tout effleurée avant. Elle sentit se former une barre d'inquiétude sur son front. Mamoune allait lire ces passages trop érotiques, choquants peut-être. Stop, se dit-elle. Il faut que j'arrête. Je ne peux pas censurer mon roman sous prétexte que ma grand-mère va le lire. C'est une lectrice. Elle m'a proposé son aide. Elle m'adore… Justement non. Jade ne voulait pas que Mamoune l'aimât pendant sa lecture. Elle voulait être jugée comme n'importe quel auteur que sa grand-mère aurait lu par hasard. Mais jusqu'à quel point allait-elle le supporter ? Mamoune pouvait-elle oublier que ce livre était celui de sa petite-fille ? Jusqu'à maintenant les deux ou trois personnes proches qui l'avaient lu avaient conseillé à Jade de l'envoyer. Mais s'ils s'étaient trompés en toute amitié ? Gaël, Clara qui s'occupait de la rubrique livres de son journal féminin et un ami journaliste. Et bien sûr, Julien qui en avait eu la primeur pendant qu'elle l'écrivait. Jade fronça les sourcils en repensant à lui. Il le trouvait toujours très bien, son roman. Pfft, se disait-elle, ça aurait dû m'alerter cette inconditionnelle admiration du conjoint !

En se repassant les petites histoires de ses personnages, Jade essayait de retrouver le fil du départ de son roman. Elle se souvenait qu'elle avait aimé séparer en multitudes de destinées ces vies qui bourdonnaient dans sa tête avant de se coucher sur la page. Aujourd'hui en y repensant, elle voyait une pieuvre avec ses tentacules mais ce n'était pas une sensation effrayante, au contraire. Elle écrivait depuis l'adolescence, des poèmes ou des textes courts, et soudain, à vingt-neuf ans, elle s'était retrouvée emportée dans trois cents pages sans l'avoir décidé. Fallait-il vivre un peu avant de mettre un pas sur la terre inconnue du roman ?

Mais elle n'avait pas tant vécu. Le début d'un amour, mais était-ce bien l'amour cette liaison dont elle pressentait que la chute précéderait l'éclosion d'une autre histoire ? Tout était en devenir et rien ne semblait venir. On se croit sortie de l'enfance et de la brume de mort de l'adolescence et l'on n'est nulle part, se disait-elle. Certains de ses amis, des hommes plus âgés, appelaient la trentaine le mauvais âge des femmes. Pas la maturité encore, mais plus l'innocence des vingt ans.

À cet instant de ses réflexions, elle sentit qu'on la regardait. Elle quitta la vitre sans paysage du métro pour découvrir les yeux qu'elle sentait fixés sur elle. Puis elle voulut détourner le regard par discrétion, mais de ces yeux-là on ne pouvait s'échapper… d'autant qu'un immense sourire illuminait le visage du garçon qui lui faisait face. Elle, qui était devenue aussi taciturne que les Parisiens du matin et du soir, lui rendit son sourire. Plus étrange encore dans un métro, il lui tendit une main fine et se présenta. Je m'appelle Rajiv, je suis d'origine suédoise et je poursuis mes études à Paris. Tant de spontanéité la fit rire. C'était si peu courant dans cette ville ! Elle avait devant elle un Indien aux yeux noirs, aux cheveux bleutés tant ils étaient sombres. Ses origines suédoises ne semblaient pas flagrantes ! Suédois vraiment ? fit-elle tout en haussant un sourcil. Ses cheveux coupés un peu court lui donnaient un air de petit garçon sage. Je suis né en Suède et j'y ai passé les deux premières années de ma vie. Ma mère est de ce pays froid. Sa voix était grave et contenait quelque chose de rauque qui la fit frissonner. Le silence se fit dans cette partie du compartiment où les voyageurs eurent l'air de s'intéresser soudain à cette rencontre en direct comme à un feuilleton qui se serait tourné sous leurs yeux. Gênée, Jade se leva un peu précipitamment pour anticiper l'arrivée de sa station. Enchantée Rajiv, moi je m'appelle Jade. Je descends à la prochaine. À bientôt Jade, et il insista sur la prononciation de son prénom avec l'air de se réjouir, faisons confiance au hasard, ajouta-t-il plus bas en lui décochant à nouveau ce sourire aussi étincelant qu'irrésistible. À la vérité, Jade pensait qu'elle n'avait jamais vu un sourire aussi impressionnant. Il lui partageait parfaitement le visage et l'on ne pouvait pas en refuser la spontanéité. Elle avait le sentiment qu'il s'était posé directement sur son cœur. Jade resta debout devant la porte qui ne s'ouvrirait qu'à la station suivante mais cette dernière ne semblait jamais vouloir arriver. Jade se sentait embarrassée d'avoir fui, honteuse du regard complice que lui lançaient ses ex-voisins et furieuse de voir que Rajiv continuait à lui sourire avec une tranquille bienveillance. Et encore plus énervée d'être ravie de tout ça ! Heureusement qu'il ne lui avait pas demandé ses coordonnées devant tout le monde. En marchant d'un pas ferme jusqu'au bâtiment qui abritait le journal, elle n'arrivait pas à se débarrasser de sa colère ni à identifier son origine. Eh bien quoi ? Un type avec un beau sourire lui avait gentiment dit bonjour et son prénom dans le métro et elle était dans cet état fébrile ! Quel genre de fille suis-je devenue ? se demandait-elle. Sauvage, fuyante ? Empêtrée ? Pourtant elle avait adoré voyager, rencontrer les autres. N'était-ce pas pour cette raison qu'elle avait choisi ce métier ? Lors d'un voyage à l'île Maurice, elle avait déjà été séduite par ces Indiens toujours souriants, par leurs regards de lumière dans lequel ils semblaient tous arborer leur âme. Mais il ne s'agissait pas de cela, elle le sentait bien. C'était une tout autre chose qui s'était jouée là. Elle avait encore dans l'oreille le son de sa voix grave, quelque chose de magnétique et troublant qui la dépassait. Elle pensa à changer d'heure le lendemain pour ne plus le rencontrer. Et du coup, elle se demanda l'heure, la station… Quand cet homme s'était-il rapproché d'elle ? Et son agacement persistait. En arrivant, elle avait lancé à la cantonade qu'elle avait rencontré un Suédois dans le métro, et de surcroît métis et indien et là, en voyant les réactions des filles du journal, elle comprit pourquoi elle était exaspérée. Voilà ce qui la gênait. À partir de trente ans, les rencontres n'étaient plus innocentes, elles étaient investies par les femmes d'un avenir possible. Ce n'était plus un type sympa qu'on avait croisé dans la rue ou ailleurs, c'était peut-être La Rencontre de la trentenaire célibataire avec « le futur », comme l'auraient appelé les voisines de Mamoune. Autrefois joyeuses et sans arrière-pensées, les filles se jetaient dans une sorte d'enjeu permanent, se construisant des avenirs avec le moindre individu du sexe opposé. Dans l'antichambre de ces lendemains accompagnés, elles perdaient l'humour et la raison mais pas la parole ! Voilà pourquoi Jade se disait qu'elle avait entretenu avec vigueur ce couple fantoche dont elle ne voulait plus. Ce n'était qu'une association pour échapper à ce qu'elle voyait là : des filles émoustillées à la moindre histoire sympathique d'un garçon croisé dans le métro. Quand on était en couple, on échappait à ces papotages de célibataires au bureau et l'on pouvait rencontrer qui l'on voulait, peinard !

Jade avait des rêves de magie, de grandiose, d'imprévu, de regards sur écran géant avec de vrais dialogues et un cœur chaviré. En prendre conscience lui donnait envie de pleurer. Ce n'était vraiment pas un bon jour !

Absente, elle croisa une journaliste de la rédaction qui l'arrêta pour lui expliquer le contenu de son prochain papier. Très excitée à l'idée d'enquêter sur la polygamie en France, elle ne remarqua pas le froncement de sourcils de Jade qu'un nouvel accès de colère venait de submerger. Cette jolie brunette fraîchement sortie de son école était en train de lui décrire le sujet que Jade avait proposé quelques semaines plus tôt ! Aller voir la rédactrice en chef n'aurait rien changé. Elle lui aurait servi ce petit rire apaisant qu'elle destinait à ceux qu'elle balayait d'un geste après leur avoir fait subir quelque mauvais coup. Jade pouvait juste constater que le temps où l'on n'aurait jamais doublé une des plus anciennes collaboratrices du journal en lui piquant son sujet pour le réaliser sans elle était révolu. Elle savait que la responsable de cette trahison allait lui afficher une mine désolée en lui promettant un formidable retour d'ascenseur pour un autre reportage décidé par le journal.

Jade regardait d'un air perplexe la jolie fleur engagée un an auparavant par piston au service mode. Elle essaya de l'imaginer vêtue de son tailleur Chanel, lors de sa future enquête dans les quartiers de l'immigration africaine. Dans un sourire, elle lui glissa qu'elle détenait tous les contacts pour ce reportage dont elle était l'initiatrice et se demanda un rien perverse comment ses supérieurs allaient opérer pour les lui réclamer ! Il lui suffisait d'attendre. Jade savait, pour avoir déjà un peu travaillé sur le sujet, qu'il était difficile, tabou même, et que les familles n'étaient pas prêtes à ouvrir leurs portes à des journalistes. Si la patience ne suffisait pas, elle irait vendre son idée et ses contacts à la concurrence, signant là sa rupture avec ce journal. Mais cette fois elle avait envie de répondre à l'impolitesse, au manque de considération. Elle courait toutefois le risque de se couper de sa source principale de revenus. Ce n'est vraiment pas le moment, lui soufflait une petite voix, n'oublie pas que tu as charge de grand-mère. Et puis l'expérience t'a enseigné une règle d'or : ne jamais partir contre. Il fallait bien y réfléchir.

Après avoir remis le dernier portrait d'une série qu'elle venait d'écrire sur les femmes françaises les plus en vue du monde économique, elle quitta le journal assez tôt sans dire au revoir à personne. Elle se sentait trahie et… en colère. Comme à son arrivée, mais les raisons n'étaient plus les mêmes. Le temps était radieux. Elle décida de ne pas replonger sous terre pour rentrer chez elle.

Mamoune

Si j'avais pu deviner qu'un jour cette petite Jade, cinquième de mes neuf petits-enfants, serait celle qui viendrait me chercher ! Petite, c'était une gamine enjouée et très capricieuse avec sa mère qui ne semblait pas s'en apercevoir.

Lisa, la compagne de mon fils, m'avait paru si étrange la première fois que je l'avais vue. Elle était très fine, à la limite de la maigreur, avec des grands yeux Véronèse qui semblaient ne jamais voir personne. Elle était gentille et absente. Son visage, encadré de boucles blondes, avait quelque chose d'une madone. Ils formaient un joli couple avec mon Serge, grand et blond comme elle, mais aussi carré et sportif qu'elle était chétive. Elle est jolie, mais il faut qu'elle se remplume, m'avait dit Jean avec son regard d'homme, et pour le reste elle est comme Serge, c'est une artiste, comme s'il y avait là un genre qui échappait à toute évaluation de sa part.

Au début, je pensais que c'était Serge, ébloui par son premier nourrisson, qui accaparait Jade. Puis je me suis rendu compte que Lisa ne s'en occupait jamais. Elle l'oubliait comme si ce bébé n'avait pas existé dans sa vie. Elle n'était même pas agacée par sa présence ou angoissée comme certaines mères le sont devant leur premier enfant. Elle n'était pas là. Elle vivait dans sa peinture ou dans son amour pour Serge. La petite était comme un animal bien nourri qu'elle trouvait attendrissant de temps en temps. Jade était donc une petite fille toujours accrochée à son père et jamais dans les bras de sa mère.

En regardant ce très jeune couple évoluer durant ses années d'insouciance, je m'apercevais que Serge avait un carnet rempli de croquis de sa fille. Il était fasciné par cette enfant pleine de charme mais pas très efficace pour l'élever. Ennuyée de leur désarroi, je leur prenais la petite le plus souvent possible. Comme ils étaient très jeunes tous les deux et que ce bébé était arrivé sans avoir été vraiment prévu, je crois qu'ils étaient soulagés que je les aide. Je ne sais pas si Jade aujourd'hui se souvient à quel point elle fut élevée chez moi dans sa toute petite enfance. Je la revois, toujours collée à mes jupes. Elle passait du jardin à la cuisine, ne paraissait heureuse qu'en me suivant partout et partageait toutes mes activités. Par n'importe quel temps, elle sortait avec moi pour chercher des œufs dans le poulailler ou rentrer les chèvres. Quand elle fut en âge d'apprendre à lire, elle ne réclama plus sa mère et ne lui fit plus aucun caprice. Elle était devenue comme absorbée par un monde qui n'appartenait qu'à elle. Elle passait de longues heures avec le tableau noir qu'avait acheté Jean. Jade jouait à la maîtresse avec ses poupées, inventait des histoires invraisemblables pour ses élèves de plastique. Je l'écoutais sans qu'elle s'aperçoive de ma présence et me régalais de la richesse de son imagination.

Pendant sept ans, l'enfant unique de Serge et Lisa vécut dans son monde et beaucoup chez moi. Puis arrivèrent ses deux frères qui naquirent à trois ans d'intervalle. Ils eurent le bon effet de réveiller chez la mère de Jade un instinct maternel qu'on aurait pu croire inexistant ; Jade n'en conçut aucune jalousie. La différence était si flagrante que j'avais toujours peur qu'elle n'en soit peinée. Ce devait être trop tard. Elle aimait bien sa mère, mais la tenait dans une indifférence presque semblable à celle qu'elle avait reçue. Même en vivant désormais au sein de sa famille agrandie, elle entretenait avec moi une relation de fille et de petite-fille.

Ce fut elle qui découvrit avant les autres petits-enfants le carton de livres que m'avait donné la femme du notaire. Elle entreprit de couvrir les étagères de velours rouge pour poser là « les livres de chez Mamoune » qu'elle ne voulait jamais emporter chez elle, comme si elle avait eu peur de les métamorphoser en me les empruntant. Elle venait toujours me demander le dictionnaire placé trop haut pour elle. Quand je l'aidais à chercher un mot, elle riait car je me trompais dans l'ordre des lettres de l'alphabet. C'est vrai, elle ignorait combien il m'avait fallu d'efforts, à l'âge de vingt-cinq ans, pour pénétrer dans les livres, arrêter de suivre du doigt, puis y prendre du plaisir au point d'oublier mes années d'école et le fameux alphabet si mal appris. Oui, depuis toujours, j'inversais les lettres en parcourant le dictionnaire et ce n'était pas faute d'y avoir cherché des centaines de mots ! À tel point que, prise de honte devant mon manque de vocabulaire, j'avais fini par l'adopter comme un de mes livres favoris. J'apprenais chaque jour en buvant mon premier café à cinq heures des mots inconnus dont je notais la signification sur de petites feuilles volantes que je glissais dans mon tablier. Plusieurs fois par jour, je les relisais, je m'imprégnais de leurs sons et de leur sens pour les engranger dans ma mémoire. Le soir venu, je jetais les papiers dans le feu. Je ne me laissais pas le choix, il fallait les retenir. Certains sont restés à jamais associés à mes activités du jour et aux circonstances de la journée. *Apocryphe* désigne pour moi autant ces textes bibliques non reconnus par l'Eglise que les draps mouillés qui sentaient la lavande et que j'étendais un jour de juillet, sous un soleil de plomb. Et *roquentin*, ce vieillard ridicule qui prétend jouer au jeune homme et dont les origines obscures m'ont plongé dans une profonde méditation sur la vie des mots et leurs évolutions. Ce roquentin-là a posé sa marque sur la confection d'une quiche aux poireaux, un dimanche d'août où le ciel déversa son contenu d'eau sur mes tulipes automnales fraîchement plantées. Et que dire de *félon*, *contingence* ou *intrinsèque*, devenus des soirs d'été à l'heure des moustiques ?

Il était tôt. Trop tôt dans cette sale journée dont elle voulait s'échapper. Jade décida de traverser la ville en bus, ainsi elle penserait à Mamoune avant de la retrouver. Est-ce qu'elle avait ouvert son livre ? Lu quelques passages ? La fin peut-être ? Non il ne fallait pas lire la fin d'abord… Jade aimait chasser les mauvais moments en arrêtant de courir. Elle se laissait flotter et parcourait la ville. Elle avait choisi le bus pour ne pas replonger sous terre, pour observer Paris et les Parisiens comme l'aurait fait un voyageur. Elle ruminait encore les événements fâcheux de sa matinée et le décor lui échappa pendant le début du trajet mais à partir du Pont-Neuf son regard se concentra à nouveau sur les grandes artères et les jardins fleuris de ce début de printemps. Jade remarqua, mais n'était-ce pas le cas chaque année, que les jardiniers municipaux avaient mêlé toutes sortes de couleurs dans les massifs.

Depuis qu'elle vivait avec Mamoune, elle regardait mieux les espaces verts. Elle se fit soudain la réflexion que ces arbustes coupés au carré selon la rectitude imposée aux jardins à la française n'avaient rien de « mamounesque ». Tout de même quelle histoire cette grand-mère qui se planquait derrière sa bible pour lire et parcourait la montagne avec ses amants de papier ! Jade se souvint d'un jour où elle avait parlé à Mamoune de ce roman, *La case de l'oncle Tom*. Elle avait été fascinée par ces Noirs qui se battaient pour apprendre à lire en cachette et accéder à ce que leur refusaient les Blancs. Comme Jade s'étonnait de voir une larme sur sa joue, sa grand-mère lui désigna les légumes qu'elle était en train d'éplucher. Mais malgré l'excuse des oignons l'image lui était restée et Jade y trouvait un sens aujourd'hui. Peut-être avait-elle deviné sans le savoir que les larmes de Mamoune concernaient bien cette histoire, se battre pour avoir de l'instruction.

Jade avait déjà changé une fois de bus et prenait des chemins qui l'emmenaient vers des quartiers qu'elle avait envie de retraverser. Elle se disait qu'elle avait ignoré pendant plusieurs années certains endroits de Paris qu'elle fréquentait à une autre époque. C'était le charme d'une grande ville. Retourner sur certains lieux, c'était l'assurance de remonter le temps, de retrouver les traces de son passé. D'où lui venait l'intuition que son avenir était certainement à des milliers de kilomètres de là ? N'était-ce pas cette aspiration à l'aventure qui l'avait poussée à quitter Julien ? À refuser ce sombre enlisement dans le prévisible ? Tout la tourmentait bien plus qu'elle ne l'aurait voulu. Et cela l'étonnait. Il y avait là un tournant à négocier, mais elle ne savait même pas sur quel genre de route elle s'était engagée. Tout s'emmêlait : inquiétudes pour Mamoune, peur d'avoir commis une erreur en lui confiant son manuscrit, sentiment d'avoir été trahie professionnellement… À tout cela s'ajoutait cette rencontre qu'elle interprétait mal mais qui lui montrait bien que sitôt séparée d'un homme elle n'était pas guérie d'être attachée à l'amour ou à quelque chose qui y ressemblait.

Malgré le charme de la balade, son malaise n'arrivait pas s'estomper ; c'était une légère angoisse dont l'origine lui échappait. Elle éprouva soudain le besoin de rentrer plus vite qu'elle ne l'avait prévu. Elle acheta quelques légumes, mais pas de plat préparé ; elle se méfiait de Mamoune, capable de lui cuisiner un de ses fameux dîners-surprises. Elle poussa la porte en criant « Mamoune, c'est moi ». Elle entra dans la cuisine pour déposer les courses et remarqua un sac et une veste posés dans l'entrée.

Dans la pièce principale, Jade aperçut tout de suite sa tante Denise, assise sur le canapé, qui arborait un air pincé et interrogatif. Jade se dit que sa tante avait l'air d'avoir vieilli depuis leur dernière entrevue qui devait remonter à moins d'un an. Comme à son habitude elle était stricte, vêtue d'un tailleur gris et noir qui allongeait encore sa silhouette mince. Elle avait coupé ses cheveux très court. Elle les teignait en noir corbeau, ce qui accentuait la dureté de ses traits. Dans le coin de la pièce, Mamoune avait l'air d'une petite fille. Elle triturait du bout des doigts les perles d'un collier qu'elle portait depuis que Jade l'avait enlevée, mais qu'elle ne lui avait jamais vu auparavant. Elle aperçut dans son regard un brin de soulagement.

Denise avait mis vingt et un jours pour débarquer après l'enlèvement de Mamoune. Cette sale journée n'était donc pas finie ! Jade s'avança pour l'embrasser et lui proposa quelque chose à boire. Sa tante répondit négativement et Jade perçut de l'impatience dans sa voix autoritaire. Elle avait déjà bu un verre d'eau. Mamoune avait déjà gagné du temps ! À la voir ainsi sur le qui-vive, Jade avait compris que Denise voulait qu'elles abordent le sujet qui l'avait poussée jusqu'à Paris. Pour se donner un court espace de réflexion, elle s'éclipsa dans la cuisine en prétextant que c'était l'heure de l'apéritif. Avant de quitter la pièce, elle vit Denise lever les yeux au ciel. Quand elle revint avec un plateau sur lequel étaient posés un bol d'olives, une bouteille de rosé et trois verres, elle se sentait prête pour la discussion. Elle servit Mamoune qui la remercia avec un sourire complice. Sa tante fit la moue puis finit par prendre un demi-verre comme pour se mettre à l'unisson. N'y tenant plus, Denise attaqua en décrivant sa déception quand elle s'était aperçue de l'absence de sa mère, puis son inquiétude… Inquiétude qui n'avait pas pu durer bien longtemps, se dit Jade qui savait que son père Serge avait appelé sa sœur de Polynésie pour lui dire où s'était réfugiée Mamoune. Denise fit part ensuite de son incompréhension devant une situation qui aurait été simple si elle, Jade, qui ne connaissait rien à la prise en charge de personnes âgées, n'avait mis en doute son dévouement envers sa propre mère. Cette conduite puérile contre son avis de médecin et celui de ses sœurs qui avaient partagé cette responsabilité était ridicule. Bref, toute sa rancœur accumulée par trois semaines de silence explosa et Jade la laissa parler sachant que lorsqu'elle aurait tout expulsé il lui serait plus facile de répondre. À sa grande surprise, quand elle se tut, ce fut Mamoune qui prit la parole :

— Denise ma pitchoune, personne n'a voulu s'opposer à ta décision ou à celle de tes sœurs.

Mamoune ne se rendait sûrement pas compte qu'il y avait plusieurs façons d'interpréter cette déclaration.

— Vous êtes mes filles, continua-t-elle, et vous avez fait ce qui vous paraissait le meilleur pour moi. Tout est allé très vite et je n'ai pas eu le temps de vous dire ce que j'en pensais. Comme aucune de vous ne pouvait me garder et que je ne suis pas encore complètement gâteuse, je me suis senti le droit d'accepter la proposition de ma petite-fille qui fut rapide et spontanée.

S'ensuivit une montée d'agressivité de la part de Denise. Dans son discours se mélangèrent l'état de Mamoune, le danger pour elle d'un séjour non médicalisé, l'éloignement de sa région, de son médecin et de sa famille. Denise n'oublia pas de dénoncer la conduite irresponsable de sa nièce et la légèreté de sa mère. À ce moment-là, Mamoune leva une main en signe d'apaisement.

— Que je sache, il y a de grands hôpitaux à Paris et si je ne vais pas bien, si ma présence est un poids pour Jade, nous aurons tout le temps de revenir à d'autres propositions. Pour l'instant ma chérie (Jade aurait mieux compris « ma furie », mais Mamoune était d'un calme absolu), laisse encore croire à ta vieille mère qu'elle peut décider seule de sa vie. Je ne suis pas sûre que ce soit une bonne chose que nos relations soient liées à des choix qui impliquent ta profession. Tu es déjà ma fille, et nous voilà rendues à un moment de ma vie où je préférerais que tu ne sois pas mon médecin. Ainsi, tu garderas jusqu'au bout le souvenir d'une mère qui ne sera pas mise à distance par l'image d'une patiente.

Mamoune employait des mots nouveaux, allongeait ses phrases. Elle était d'une sérénité glaciale et sa détermination, loin de sa bonhomie habituelle un peu gauche, l'avait métamorphosée en une sorte d'aristocrate énonçant ses volontés. Elle s'était levée et se tenait toute droite face à Denise qui était restée assise. Elle avait accroché ses mains au rebord d'une chaise et les jointures de ses phalanges se crispaient au fur et à mesure de son discours. Jade s'attendait presque à ce qu'elle lui balançât du « ma chère enfant ».

— Tu l'apprendras sans doute en abordant ta propre vieillesse. Notre vie est bâtie comme une série de pays reliés par des ponts. Et je les ai presque tous franchis, ces ponts. À l'âge où je suis, empêchée de revenir sur certains de ces territoires, plus je vais, plus les souvenirs suffisent à ce que je deviens. Mais je crois que choisir son lieu de vie et les êtres qui sont autour de soi est la dernière dignité qui reste à un être vieillissant… Jusqu'à ce que même ce choix-là ne lui soit plus accordé… Pour résumer, ta liberté sur moi commencera quand je serai sénile et ce jour n'est pas encore venu.

Mamoune sembla marquer une pause comme si elle se projetait dans ce temps de l'abandon. Denise était blanche, elle s'était levée puis rassise devant le flot des réflexions de cette inconnue dont elle n'avait jamais soupçonné la présence derrière le visage paisible de sa mère. Sa mère à elle, Jeanne, Mamoune, était une femme simple, une paysanne dont les paroles accompagnaient le quotidien… Mais alors qui était celle-là qui déclamait qu'elle avait pris en main sa vie et son avenir ? Mamoune continua son discours sans se soucier le moins du monde du regard stupéfait de sa fille.

— Il ne peut y avoir de décisions innocentes quand les enfants deviennent les parents de leurs parents. J'ai maintenant cessé d'être votre refuge pour devenir votre fardeau. Et Jade a décidé de s'occuper de moi, car je ne lui ai jamais rien demandé tu t'en doutes. Il ne peut y avoir de grands dangers à essayer cette solution pour l'instant, non ? Pour ma part, je ne reviendrai pas sur la décision que j'ai prise. Que ce soit clair pour toi et pour tes sœurs. Je reste chez Jade.

À ce moment-là, un papillon entra dans la pièce et il y en a si peu à Paris que Jade ne put s'empêcher d'y voir un signe du destin. Elle ne savait pas si Denise pouvait s'en rendre compte mais elle jeta un regard hébété aux bonds joyeux de l'insecte sur les plantes et regarda à nouveau sa mère cherchant sourcil froncé ce qui avait bien pu lui échapper en côtoyant cette inconnue pendant toutes ces années. Elle resta silencieuse un long moment après que Mamoune se fut tue. Jade n'avait jamais assisté à une scène où le langage se changeait dans un style que le combattant n'attendait pas et réduisait ainsi à néant l'agressivité ou la colère à ce point. Elle retint un rire nerveux qui lui venait malgré elle. Est-ce que Mamoune avait répété son texte ou lui était-il venu spontanément ?

Cela faisait sourire Jade de penser que Denise allait être obligée de reconsidérer sa mère avec tout ce qu'elle ignorait d'elle. Mais comment Denise aurait-elle pu imaginer les connaissances philosophiques de Mamoune, elle qui avait toujours pensé que sa mère ignorait jusqu'au sens de ce mot ? Son visage, son beau visage aux pommettes hautes, au contour impeccable, excepté son nez refait, aurait dit Mamoune, était devenu une toile où Jade avait vu se peindre l'incrédulité, l'incompréhension, la colère, le doute et peut-être un peu de joie tendre, mais si peu. Comme si Denise en voulait à sa mère d'être un tantinet de son monde et de ne jamais l'en avoir informée.

Mamoune

Mes mots d'avant, ma simplicité, mon bon sens, tout ce que je suis et qui sort de la terre sur laquelle j'ai vécu n'auraient pas suffi à m'accorder du crédit auprès d'une fille que j'ai poussée à vivre en ville et qui en a adopté les usages et presque du mépris pour ceux de la campagne. Même Jade plus préparée par nos dix jours d'échanges francs semblait pétrifiée quand j'ai parlé. Pourtant elle m'avait paru soulagée de me voir prendre les devants. Elle n'était pas de taille à affronter seule une femme comme Denise. Et je peux concevoir qu'il lui est difficile de justifier l'enlèvement de sa grand-mère devant une tante médecin qui a trente ans de plus qu'elle. Je me dis que si Denise n'avait pas été ma fille, j'aurais éprouvé plus de plaisir à ce coup de théâtre. Mais je ne me suis dévoilée que pour avoir le droit de vivre comme bon me semble.

Je ne sais pourquoi, mais les événements de ce soir ne cessent de se rejouer devant mes yeux comme s'ils étaient le départ d'une autre vie.

Après un très long silence, Denise m'a dit qu'elle n'avait jamais voulu m'empêcher de choisir la vie que je désirais maintenant que j'étais âgée. Parfait, l'ai-je coupée en souriant. J'ai fait semblant de croire que la discussion était close. J'ai changé de sujet tandis qu'elle tentait de reparler. Nous pourrions peut-être aller manger dans un de ces petits restaurants simples dont Jade connaît les propriétaires. C'est que je n'ai pas si souvent ma fille et l'une de mes petites-filles avec moi. Trois générations ! Je vous inviterais bien toutes les deux. J'ai faim ! ai-je rajouté en quittant la pièce pour rejoindre ma chambre.

Pendant le court trajet qui nous emmène vers le restaurant marocain annoncé par Jade, ma fille me scrute et je la sens traversée par toutes les questions qu'elle n'ose pas me poser. Depuis trois semaines que je suis à Paris, nous vivons des jours ensoleillés. Les quelques nuages ne sont pas de ceux qui peuvent assombrir le ciel et les vingt-cinq degrés quotidiens ne disparaissent qu'à la nuit tombée et font place à une douce fraîcheur un peu humide. Les terrasses des cafés sont pleines et souvent on y entend des musiciens. Seule la luminosité forte de la ville interdit d'admirer les étoiles. Moi qui habite depuis si longtemps en province, je m'étonne chaque soir de voir tant de monde dehors. Ça bavarde, ça rit comme si toute la ville était en vacances. En nous parlant de tout et de rien, Jade nous a guidées chez Wally le Saharien, un homme franc et vif qui accueille ma petite-fille en l'appelant son renard des sables. Wally réussit la meilleure semoule que je connaisse, déclare Jade en nous le présentant tandis que nous prenons place à une table ronde, blottie dans une niche. Une table pour amoureux ou pour trois amies qui auraient quelques secrets à partager, me dis-je en moi-même. Jade affiche un air heureux qui je crois n'est pas feint. Elle est jeune. Elle ne sent pas ce qui crispe le visage de sa tante et attriste mon cœur à ce moment précis.

Pauvre Denise, qui a grandi campée sur des positions rigides, prête à mourir dans le combat qu'on n'ose jamais lui livrer. Elle est pourtant une autre femme que celle-là, dont elle a pris le masque pour l'afficher dans sa vie irréprochable. Une femme qui a souffert de voir son mari s'enfuir avec une plus jeune, une femme qui a tout assumé : ses deux enfants et sa vie professionnelle. Face au chagrin, elle paraissait intouchable. Elle a ensuite refusé de vivre l'amour avec un homme marié auquel elle tenait pour ne pas faire subir à une autre ce qu'elle venait de traverser. Je ne devrais pas penser cela, mais ils auraient formé un beau couple, elle et ce chirurgien baraqué au cheveu hirsute. Je les avais aperçus une fois ensemble dans le vieux quartier d'Annecy et je les avais regardés traverser la rue, rire et se tenir par la main. J'avais failli ne pas la reconnaître ainsi épanouie, mais je ne lui avais rien dit bien sûr. Surtout pas que je la voyais mieux avec celui-là qu'avec ce triste directeur de clinique qui était le père de ses enfants. Ah Denise ! Capable de toutes les volontés pour avoir raison et mener sa vie ou celle des autres à sa guise.

Elle a encore mille choses en elle que j'ignore mais qui ne pourraient pas me surprendre parce que je connais l'étendue de mon ignorance. Nous sommes aveugles et ce que nous voyons chez nos plus proches c'est ce que nous croyons savoir d'eux. Combien de fois sommes-nous trompés par ces étiquettes dont nous avons affublé nos amis ou ceux de notre famille ? Pourquoi ne voulons-nous pas tenir compte de ces mouvements et revirements qui agitent les humains et les font changer ?

Voilà ce que vit ma fille ce soir. Sa mère lui a échappé et elle est venue la chercher sans penser que cette fuite ne date pas de quelques jours. Cette femme qui s'est enfuie est la révélation d'une autre dont elle ne sait rien. Elle découvre à cinquante-sept ans, elle qui se croyait grande depuis l'âge de quinze ans, que son monde est celui d'une petite fille. Suis-je responsable ? Sans doute un peu. Dans la mesure où je ne l'ai pas violemment détrompée. J'ai essayé, autrefois, de lui suggérer de ne pas juger à l'emporte-pièce. Tu verras bien, lui disais-je. Laisse du temps… Mais elle balayait mes avis d'un revers de la main. À six ans déjà, elle ne croyait rien de ce que son père ou moi pouvions lui dire. La seule qui a pu de temps en temps la tempérer, c'est sa sœur Mariette, son aînée de quatre ans. Aussi petite que Denise est grande, toute en rondeur et charme, Mariette est la plus gracieuse de mes filles. Boucles brunes, air rieur et bouche pulpeuse, elle a toujours fasciné Denise par son intelligence fulgurante. Tout d'abord dans leurs jeux, puis dans les facultés d'analyse très fine qu'elle développait dans n'importe quelle situation.

Contrairement à sa sœur cadette, Mariette est à l'écoute des êtres. Elle seule a perçu sans l'expliquer le changement qui s'opérait en moi tandis que je me laissais envahir par le monde des livres. Petite, elle me considérait gravement et plus tard semblait me sonder de mille questions. Et toi comment ferais-tu si… Que penses-tu d'un tel et de telle situation ? Et la mère de celle-là qui a dit que le père de… J'esquivais comme je pouvais. Je n'aimais ni les ragots ni les jugements qui fatalement par le biais des gosses gonflent la rumeur et lui donnent des tournants fâcheux.

Mais Mariette ne colportait rien. Elle enquêtait. Elle cherchait ce que pouvait bien cacher cette mère qui lui donnait tout son amour, mais seulement une parcelle de sa vie personnelle. Elle devinait le double fond, elle me poussait à dévoiler ces destins de papier qui aiguisaient mon regard sur la vraie vie. Je reconnaissais la petite-fille de ma mère. Accoucheuse en diable qui aurait bien mis au jour la femme d'esprit qui se dissimulait en moi. Elle pourchassait mon silence avec sa soif d'en savoir plus sur ce que lui soufflait son intuition. C'était plus que je ne pouvais donner. J'étais emmurée dans mon mensonge. Fort heureusement Léa, ma deuxième fille, ne me harcelait pas comme sa sœur. Elle était plus indépendante et plus lointaine. Physiquement, elle ressemblait à Serge. Grande, blonde, sportive, elle était aussi renfermée que son père. Elles étaient toutes trois d'excellentes skieuses qui en saison passaient tout leur temps libre sur les pentes. Avec le recul, je bénis ce terrain sur lequel elles pouvaient se retrouver malgré leurs caractères si dissemblables. Elles en revenaient joyeuses, les joues rouges et complices. Je leur faisais des crêpes ou une tartiflette que nous dégustions ensemble. Comment ne pas avoir la nostalgie de cette harmonie ?

Après le dîner, Denise était partie dormir chez une amie. C'était sûrement la seule chose qui s'était déroulée selon ses plans. Quelques coups d'œil furtifs au visage de sa tante pendant le repas avaient appris à Jade qu'elle était encore sous le choc du monologue maternel. Il y avait de quoi. Jade avait eu l'impression que Mamoune avait bénéficié d'un prompteur pour caler son rythme de voix et l'assurance de ses propos. Elle n'avait jamais vu sa tante si désemparée ni sa grand-mère irradiant cette royale assurance. Les anecdotes que Mamoune racontait dans son style habituel pour égayer leur dîner avaient l'air de plonger Denise dans une plus grande perplexité encore. Elle semblait flotter dans un brouillard indéfini. Jade, pour sa part, s'était sentie soulagée par la reddition de sa tante et se réjouissait d'annoncer à son père que le terrible combat était mort dans l'œuf et tout ça grâce à un coup de théâtre de Mamoune. Les difficultés de sa journée s'étaient envolées. Elle qui avait tant redouté d'avoir à justifier son enlèvement, et qui avait eu si peur de n'avoir aucun argument pour empêcher qu'on ne ramène Mamoune dans son mouroir !

Sa grand-mère, elle, n'avait rien laissé paraître de son état intérieur et pendant le temps du dîner chaque fois que Jade l'observait elle lui adressait ce sourire bienveillant qu'elle lui connaissait depuis toujours. C'était en la voyant ce soir à nouveau dans ce rôle lisse que Jade avait compris à quel point Mamoune avait été habituée à cacher cette autre femme fine et complexe qui était apparue le temps d'une indignation. Peut-être était-ce cette femme qui avait vécu toute sa vie sans jamais se montrer qui était la vraie Mamoune ?

Pour éviter de donner à cet affrontement familial des apparences de victoire triomphante, Jade avait embrassé gentiment sa tante, lui avait assuré qu'elle ne manquerait pas de lui donner des nouvelles régulières et même de l'avertir en priorité si quelque chose d'inquiétant survenait. Mais Denise avait répondu d'une voix cassante que sa mère avait raison et qu'il y avait d'excellents hôpitaux à Paris. Mamoune, pendant ce temps, avait fait mine de s'intéresser aux vitrines d'objets exotiques de la boutique qu'elles étaient en train de dépasser. Puis Denise avait hélé un taxi. Après un baiser rapide sur la joue de sa mère, rien pour sa nièce et sans se retourner pour les saluer, elle avait disparu dans la nuit pas encore noire.

Bientôt les fêtes de la Saint-Jean, avait murmuré Mamoune. Jade avait souri. Elle savait que cette fête dansée à la campagne au temps de la jeunesse de sa grand-mère était pour elle un souvenir heureux. Elle racontait le début de leur histoire avec son grand-père. Jade prit tendrement sa Mamoune par les épaules. Il faudra que tu me racontes tes bals de jeune fille. J'ai du mal à t'imaginer en robe blanche, aguichant les garçons du village. Sa grand-mère riait.

— J'étais moins timide que tu ne penses. J'ai été jeune moi aussi, je n'ai pas toujours été une mamie à l'allure sage. J'étais comme toi.

Selon Mamoune, ce n'était pas la jeunesse qui passait avec le temps. C'était une certaine façon de la considérer.

— À l'intérieur du corps vieilli, le feu qui nous a consumés n'est jamais complètement éteint. Et tu vois, c'est ce qui rend injuste le regard porté sur notre âge. On s'indigne de ce corps qui ne suit pas les impétueux mouvements du désir. Aller d'un point à un autre pour suivre les chemins de l'aspiration. C'est ce qui nous pousse ma chérie. Ne pas mourir, vivre vieux, la belle affaire ! Ce n'est pas le corps qui décide. C'est autre chose. C'est quand l'âme se refuse le plaisir de vouloir encore, malgré le poids de l'âge, que tout s'en va en lambeaux. Ainsi depuis que je vis avec toi, je n'ai plus d'efforts à faire pour oublier que je suis vieille. J'en conclus que j'ai dû rajeunir !

— Mais c'est vrai. Regarde-toi Mamoune, tu me sembles plus jeune que Denise.

Jade eut l'impression d'avoir gaffé. Un voile de tristesse était passé devant les yeux de sa grand-mère. Puis elle avait repris son air placide pour signifier sans mot qu'une mère a sans doute des limites. Son haussement d'épaules et le grand soupir qui l'avait accompagné avaient procuré un désagréable frisson à Jade. On était donc si impuissant dans sa tentative d'accompagner les êtres qu'on mettait au monde ? Jamais auparavant elle n'y avait songé. Elle était encore la fille de ses parents et tout allait de soi. S'il lui arrivait de passer des nuits blanches, elles n'étaient pas celles de l'inquiétude pour l'enfant que l'on a mis au monde, quel que soit son âge !

Jade s'était moquée de ses amies trentenaires, célibataires sans enfant, angoissées. Et voilà qu'elle comprenait ce soir comment cette vermine de temps rangeait les humains dans des catégories. L'âge rythmait la vie et une certaine légèreté était en train de quitter le sien. Elles marchaient silencieusement, remontant la rue toujours aussi animée et Jade cala son pas sur celui de Mamoune. Un brouhaha léger de conversations s'échappait des terrasses. En remontant sa rue plus calme, elles entendirent une des études de Chopin que Jade affectionnait particulièrement. Écoute, c'est un de mes morceaux préférés. Mamoune s'arrêta pour tendre l'oreille et lui fit remarquer d'un ton gêné qu'elle trouvait cela joli, mais qu'elle n'entendait pas grand-chose à la grande musique…

— Ton père écoutait ce genre de musique classique quand il habitait la maison et j'aimais bien. Je lui demandais de laisser sa porte ouverte.

— Je te ferai connaître ces morceaux Mamoune. Je crois savoir quels compositeurs écoutait papa. Nous les écouterons ensemble. Ce n'est pas normal que personne ne se soit jamais préoccupé de t'offrir ces disques. Je me souviens de toi, écoutant la radio pendant que tu repassais le linge. Je n'ai jamais entendu chez toi d'autre musique que celles que diffusait ce petit poste rouge qui grésillait.

— C'est vrai et je me suis souvent contentée du chant des oiseaux. Je pourrais t'en dire les noms, même quand ils se mélangent. Mais tu vois depuis la mort de Jean, je n'écoutais même plus la radio le matin en faisant mon ménage comme autrefois. Je n'avais plus le cœur… Peut-être que j'avais peur que ce ne soit comme avant, quand Jean était encore là, dans la pièce à côté et qu'il me suffisait d'entrer pour l'embrasser.

Sa voix s'était noyée dans l'émotion qui la ramenait au souvenir de son mari et des moments qu'ils avaient passés ensemble ; Jade était désemparée.

Que pourrais-je dire pour la consoler, moi qui ne sais rien du deuil de l'être avec lequel on a partagé une vie entière ? se disait Jade. Où la rejoindre, dans ce chagrin si profond de l'être aimé ? Elle serra la main de sa grand-mère dans la sienne. Viens, je vais te préparer le thé que Denise n'a pas voulu boire chez Wally. Du thé à la menthe, comme j'ai appris à le faire dans le Sahara, avec les femmes, sous les étoiles du désert. Et puis nous le boirons en écoutant les suites pour violoncelle de Bach. Jade posa ses lèvres sur la tempe de Mamoune, là où ses cheveux avaient cette odeur de violette et de rose qu'elle aimait tant. Elle était sûre de n'avoir jamais respiré ce parfum-là sur personne. Cette fragrance serait pour toujours sa grand-mère. Elle glissa son coude sous le sien pour la ramener et la douceur de la peau de Mamoune sur son bras nu souleva son cœur de tendresse.

Mais quand elle entra dans l'appartement Jade eut la sensation que le malaise de sa journée était revenu. Elle la connaissait par cœur, cette envie de fuir quand elle lui prenait la gorge avec des allures d'ultimatum. L'étau se resserrait et ne relâchait son étreinte que dans un départ à l'autre bout de la planète. N'était-ce pas elle qui avait présidé au choix de son métier ? L'autre bout du monde, vivre sous d'autres climats avec d'autres êtres, jusqu'à se remplir de saveurs inconnues pour tromper ces questions essentielles qui rampaient vers elle… ou pour y répondre en les connaissant mieux à travers l'exil ? Avait-elle eu l'illusion de tromper ce besoin de fuite en devenant sédentaire pour Mamoune ?

Mamoune

Toute révélation contient un acte d'amour mais est-ce bien ce que voit celui qui connaît désormais notre secret ? Je ne sais pas pourquoi cette phrase tourne dans ma tête. Tout ça est sans importance… Quelle journée ! Je sens que je vais retrouver mon lit avec bonheur ! Quelque chose m'échappe dans le comportement de Jade. Après avoir paru soulagée de ne pas affronter sa tante à cause de moi, elle s'est refermée sur je ne sais quel chagrin en fin de soirée. Tandis qu'elle tentait de grands efforts pour m'entourer d'une affection que je sentais sincère, une part d'elle-même semblait errer dans une forêt de tristesses infinies. Je voyais comme des ondes d'agacement ou d'absence se succéder dans chacun de ses gestes. Elle ne m'aurait pas étonnée si elle avait cédé à une crise de larmes tant sa mâchoire serrée ressemblait à une digue retenant l'assaut d'un fleuve en crue. Je ne peux m'empêcher de rapprocher cet état de ce que je sais d'elle maintenant que j'ai avancé dans la lecture de son roman. Zut ! Avec toutes ces émotions, je ne lui en ai même pas parlé !

Ce matin, juste avant la venue surprise de Denise, j'ai commencé ma lecture. Avec bien moins de doute sur elle que sur moi… Vais-je avoir la capacité de mener cet accompagnement que je lui ai trop vite proposé ? me disais-je.

Rapidement le plaisir de la lire a pris le dessus. J'ai aimé ces personnages et me suis attachée à certains d'entre eux. Puis j'ai été agacée de certaines facilités d'écriture de Jade que j'attribue à sa plume journalistique. Prise au jeu de ces histoires gigognes, de ces couples qu'on découvre puis qu'on abandonne pour en connaître d'autres, j'ai rencontré au milieu du roman le désir que leurs histoires se rejoignent enfin. J'aurais voulu que l'étrange intrigue soit un peu moins lointaine afin que je n'aie pas envie de m'en détacher. J'ai veillé à ne pas laisser la découverte emporter le reste car je suis consciente qu'une première lecture est unique et que les prochaines seront nourries de cette première impression. Aussi ai-je écrit, en numérotant les pages, les idées qui me venaient et que je ne voulais pas annoter dans son manuscrit avant d'avoir trouvé comment les lui formuler.

J'en étais arrivée aux trois quarts de l'histoire quand Denise a sonné à la porte sans même avoir téléphoné. J'ai ouvert en pensant que c'était Jade… qu'elle avait dû oublier sa clé. Et je suis restée hébétée, le manuscrit ouvert sur la table et mon crayon à papier entre les dents. J'ai rapidement poussé mon cahier de notes et le roman vers la pile des dossiers de Jade, racontant je ne sais quoi sur le travail qu'elle avait en cours et que j'essayais de ranger pour nettoyer la poussière. Je me sentais comme une gamine prise en faute, télévision allumée devant un programme défendu. Pour renforcer le tout, Denise me regardait avec cet air qu'on prend pour signifier aux enfants qu'ils sont irréfléchis et elle ne m'a même pas saluée avant de me demander ce qui m'avait pris de m'enfuir ainsi de chez moi !

J'essayais bien de réfléchir, mais rien ne venait. Juste une tranquille assurance face à son envie d'en découdre. Il doit me rester un fond de café ou peut-être veux-tu du thé ou de l'eau fraîche ? Tu es arrivée directement de Lyon ? Denise a préféré de l'eau fraîche et s'est assise. Elle regardait autour d'elle, le décor chaleureux, les plantes, les tissus africains, la bibliothèque, ce joyeux désordre vivant, comme si l'appartement de Jade allait lui révéler les raisons de ma fuite. Elle devait sûrement percevoir son énervement à travers mon calme. Je suis sûre qu'il existe entre les êtres d'une même famille qui se connaissent depuis toujours et dont l'un a mis au monde l'autre des langages secrets. Je l'observais dans sa tenue de ville. Le tissu, la coupe de sa veste et de sa jupe racontaient une femme qui vit dans une certaine aisance. Je la revoyais petite, avec ses idées arrêtées sur ce qu'elle voulait porter pour aller à l'école. (Certains jours, elle tapait du pied.) Puis plus tard, dans son décor à elle, contemporain, dénudé, noir et blanc, clinique.

Malgré les souvenirs qui m'assaillaient – il faut toujours qu'ils aient un mot à dire dans le présent ceux-là –, je ne perdais pas de vue que j'étais en ce moment même la mère qui s'était enfuie, celle qui lui était inconnue. Je la voyais prendre des précautions malgré sa colère, qui me semblaient dictées par la surprise de cette découverte. Ajoutons à cela que je n'étais pas encore totalement revenue de ma lecture. Je m'étais immergée dans le roman de Jade depuis le matin, j'avais grignoté sans cesser de lire ce que je pouvais trouver dans le réfrigérateur ou la coupe à fruits. Ma fille me semblait donc un personnage de plus, surgi à l'improviste, et je ne pouvais m'empêcher de la voir, comme dans un coup de théâtre, dont j'avais envie qu'il se déroulât sous mes yeux de lectrice sans que je sois investie d'aucun rôle. Je lui servis donc son verre d'eau attendant posément que le deuxième personnage entre en scène et c'est ce moment-là que choisit Jade pour glisser sa clé dans la serrure.

Il y a longtemps que je le sais. On ne veut plus rien savoir de la mort de nos jours. Et maintenant voilà qu'on cherche à gommer le temps qui la précède. On voudrait pour cela soustraire les vieux vivants que nous sommes, de peur qu'ils n'encombrent le regard de ceux qui veulent oublier que toute destinée a une fin.

Et comment nous cacher, nous et nos décrépitudes flagrantes sinon en nous rassemblant dans des maisons loin des regards ?

Je n'ai pas voulu être trop cruelle en rappelant à ma fille qu'à l'époque où j'étais jeune l'âge qu'elle vient d'atteindre était canonique. Pour une jeune fille, les sexagénaires de mon temps étaient dans le même panier que les octogénaires, des mamies ! C'était autre chose que je voulais lui faire entendre aujourd'hui.

Depuis que je lui ai parlé, je me sens libérée d'un grand poids. Elle ne m'a jamais posé de questions sur la façon dont je peux vivre l'absence de Jean. Son père est mort et cela suppose que sa mère est effondrée par la perte de son compagnon. Cela ne va pas plus loin. Restons à la surface des sentiments. Elle dont l'avenir n'est peut-être plus de vivre sa vieillesse aux côtés d'un homme, puisqu'il est parti, que sait-elle de la solitude ? Mais non, je pense là des bêtises. On ne se projette jamais trop loin dans une réalité quand on aborde le début de sa vieillesse. On se croit jeune longtemps. On se planifie. On est d'une indulgence... ! Mais je me demande comment fait Denise, elle qui est l'ennemie du passé et du futur ?

Quand il lui arrivait de revenir dans ma maison qui a été celle de son enfance, elle n'était pas chez elle, ne retrouvait pas ce domaine où elle avait grandi. Elle n'avait pas l'air d'en rechercher les parfums comme Mariette, Léa ou même Jade. Elle était la seule à ne pas cueillir les premiers fruits du jardin. Je ne l'ai jamais surprise en train de humer les draps de l'armoire. Elle n'a jamais fait la moindre allusion à son enfance à nos côtés. Comme je la connais comme si je l'avais fabriquée, je devine qu'elle a organisé ses activités professionnelles pour les quarante années à venir au moins, ce qui devrait la mettre à l'abri de penser à tout ça... C'est sa grande expression quand sa sœur Mariette l'interroge... « Si on devait penser à tout ça... » Mais ce « tout ça », elle y pense fatalement. Quand je songe à mes filles, car j'ai plus de mal à me projeter dans la vie de mon garçon, je vois combien il est intéressant de regarder vieillir ses enfants. Bébés, ils me ramenaient à tous ces petits êtres que ma mère mettait au monde et qu'elle passait voir ensuite pour vérifier si tout allait bien. Plus tard, quand ils se sont mis à grandir, ils m'interrogeaient sur la façon dont la vie nous pousse. Pourquoi prendre cette direction ? Et cette autre voie, est-ce bien moi qui la décide ou quelque chose d'autre qui m'échappe ?

Parmi les rêves qui ont hanté mes nuits entre trente et quarante ans, il y en avait un, celui d'une forêt, assez belle et remplie de chemins merveilleux tous plus tentants les uns que les autres. Je ne voulais prendre aucun de ces chemins et quand j'y repense je peux revivre la force de ce désir : je voulais couper à travers bois, je voulais suivre la lumière qui filtrait entre les branchages, marcher avec un carré de ciel bleu pour boussole. Je refusais de mettre mes pas dans ces petits lacets bordés de mousse. Chaque fois que ce rêve revenait, je finissais par m'éveiller avec le sentiment désagréable que je n'avais pas eu le temps de voir si mon refus menait véritablement à une promenade plus passionnante que celle que me proposaient les chemins balisés.

Je n'ai jamais réussi à me souvenir de la suite du rêve ou peut-être n'ai-je jamais continué ce songe étrange. Une seule chose variait. Plus ce rêve me poursuivait, moins j'étais frustrée par le manque de temps. Comme si désormais j'avais vaincu mon envie de céder à la tentation du chemin déjà tracé, en laissant le projet fou de fendre la nature à travers bois.

Un jour de fin d'été, en pliant les draps des lits de la maison, dans laquelle nous venions de recevoir pas mal de monde, j'ai réalisé que mon rêve de forêt avait cessé depuis quelques mois. J'avais alors une quarantaine d'années. Longtemps, j'ai espéré qu'il revînt et que je sache enfin qu'elle était la suite de l'histoire. Mais ce ne fut pas le cas. Cela m'inquiétait. En avais-je déjà fini de me battre avec les chemins choisis et les désirs de vagabondage ? Je n'ai jamais osé aller au bout d'une interprétation hâtive mais les frissons, les émotions intenses que me communiquait ce rêve me manquaient. Avec son souvenir collé aux tempes, j'écoutais battre mon cœur et sa simple évocation me disait sans les révéler les secrets intimes qu'il semblait me cacher.

Dans la lecture parfois, je retrouvais cette exaltation, ce désir immense qui emportait mon estomac jusqu'au ciel. J'ai été comme enfermée dans ma vie douce, dans un corps lent et serein tandis qu'à l'intérieur dormait un volcan. Cette terre n'allait-elle jamais exploser ? La lecture et ce rêve en étaient les fragments les plus visibles, mais rien ne trahissait l'aventurière endormie. Je ne regrette rien. J'ai été heureuse de ma vie simple près de cet homme tout en mesure. J'étais épanouie par tous ces enfants qui défilaient. Je les accompagnais pendant ces années où les adultes ne semblaient pas toujours percevoir toute l'étendue de promesses qu'ils portaient en eux. Ainsi j'avais le sentiment d'être la gardienne d'un trésor. À ce titre, ils étaient aussi mystérieux et passionnants que les romans qui m'emportaient. Ils étaient comme des pages blanches avec toutes les histoires possibles ; ils étaient une infinité de vies et parfois je jouais à imaginer avec le visage que je leur connaissais les méandres des aventures qu'il leur restait à écrire... Quand je repense à ces petits maintenant, je me dis... Euh je me dis. Voyons... Je ne sais plus... Que c'est ennuyeux ! Comme hier, je viens de perdre une idée entre la table de la cuisine et le petit bureau de l'entrée. J'ai toujours la sensation qu'il me suffit de refaire le trajet en sens inverse pour la retrouver, comme si elle avait glissé par terre et qu'elle soit encore là, abandonnée sur le plancher.

Parfois j'en viens à me demander à quoi servent les souvenirs qui reviennent avec tant d'acuité quand on perd la mémoire de la veille. Ils sont comme des vols d'oiseaux migrateurs. Ils ne préviennent pas de leur retour. On en saisit chaque détail avec émotion quand ils passent. Et puis c'est fini.

J'ai appris en lisant des milliers de pages qui racontaient les destinées de héros de papier à n'avoir pas peur de convoquer le passé. C'est nécessaire pour apprendre comment les événements s'enchevêtrent, tissent la trame sur laquelle se déploie le présent. Nos vies de parents, d'ancêtres et d'enfants se superposent dans l'ignorance que chacun entretient patiemment avec l'histoire des autres. C'est sans doute ce que nous tricotons avec bonheur, Jade et moi, dans notre drôle de vie en commun : une découverte passionnée de l'autre, au-delà de ce que nous en savons.

Jade n'avait pas eu à attendre bien longtemps. En fin de matinée, la rédactrice en chef du journal l'avait appelée et d'une voix sucrée lui avait demandé si elle pouvait jeter un œil à l'enquête de la journaliste qui s'occupait de la polygamie… Jade n'aimait pas beaucoup discuter par téléphone. Dans le combat, elle préférait le face à face. Si la discussion devait tourner à l'aigre, elle se voyait bien lui dire qu'elle n'était pas une girouette. Pour ce papier qu'elle avait proposé et qu'on avait décidé d'écrire sans la consulter, elle n'était pas prête à jouer les béquilles. Dans le métro, elle abandonna un instant ses fureurs professionnelles et se mit à sourire en se demandant à quelle station avait bien pu monter l'Indien suédois. Quelle midinette je fais ! se dit-elle en notant l'heure et demie de décalage. Elle avait peu de chance d'aider le hasard comme il le lui avait suggéré la veille ! En se replongeant dans la journée précédente, Jade réalisa qu'elle avait complètement oublié de parler de son manuscrit à Mamoune, mais cette dernière avait dû le trouver puisqu'il n'était plus sur la table. Mais l'avait-elle commencé ? Ce matin Mamoune avait poussé un petit cri de joie en apercevant un des livres de la bibliothèque de Jade. Elle l'avait sorti et feuilleté avec l'émerveillement d'une petite fille qui retrouve un jouet perdu. Comme Jade la regardait un peu étonnée, Mamoune lui avait parlé de ces étapes importantes qu'avaient représentées certains livres dans sa vie de lectrice. Comme la plupart des romans qu'avait lus Mamoune, cette œuvre de Virginia Woolf avait rejoint la bibliothèque municipale mais elle était restée en bonne place sur les étagères imaginaires de son cœur. Je vais le relire, déclara sa grand-mère, avec deux immenses plaisirs : celui de le redécouvrir et celui de me souvenir du jour où je le découvris pour la première fois. Plaisir, mémoire de plaisir. Jade jeta un coup d'œil furtif au réveil posé dans l'entrée, sursauta et saisit sa veste. Nous parlerons littérature ce soir, Mamoune, je suis en retard. Elle quitta l'appartement en courant. Je suis comme ces parents préoccupés qui expédient leurs enfants, songea-t-elle un peu honteuse...

Mais déjà elle était reprise par les arguments qu'elle voulait faire valoir à propos de cet article. Le titre du roman qui semblait tant réjouir Mamoune lui échappa.

Avant qu'elle n'invite sa grand-mère à vivre avec elle, Jade était souvent à son domicile pour écrire ses articles une fois que ses enquêtes étaient terminées. Était-ce la présence de Mamoune qui changeait la façon dont elle voyait sa tanière ? Quand elle vivait avec Julien, il n'était jamais là durant la journée et c'était donc naturel de faire de sa maison un bureau. Mais maintenant ? Avait-elle besoin de fuir pour savoir que sa liberté ne lui avait pas été enlevée par la présence de Mamoune ? Presque chaque jour de la semaine, Jade était partie. Elle aurait pu passer plus de temps dans l'appartement avec Mamoune. De quoi avait-elle peur pour vérifier sans se le dire qu'elle n'était pas obligée de la materner heure par heure ? Avait-elle désiré vivre avec Mamoune ? Que lui renvoyait sa présence au moment même où sa vie était en train de devenir celle d'une femme libre ouverte à une multitude de destins ?

Ses pas l'avaient menée dans les couloirs gris du métro et elle avait changé de ligne sans y penser. Pourquoi Mamoune ne lui avait-elle pas parlé du manuscrit ? Peut-être ne l'avait-elle pas encore ouvert. Jade essayait de l'imaginer dans le fauteuil en cuir du salon qui était tout de suite devenu le sien. Elle y avait même installé une pèlerine et l'avait retirée presque fautive le lendemain. Jade l'y avait remise à la première occasion. Par ce geste discret, elle espérait dire à Mamoune qu'elle pouvait se considérer comme chez elle et que cette prise de territoire intime lui plaisait.

Dans le métro, il n'y avait jamais de jours ensoleillés, tout y est toujours en nuance de noir et gris à part… Ce sourire immense qui de nouveau venait d'éclipser tous les autres. L'Indien suédois, à moins que ce ne fût l'inverse, venait de s'asseoir en face d'elle. Jade remarqua qu'il y avait dans ses yeux noirs un brin de jubilation quand il lui annonça : Vous ne prenez pas le métro tous les jours à la même heure. Et vous non plus on dirait, répondit Jade… Comment résister à ce visage ouvert qui semblait alimenté en continu par une lumière intérieure puissante ?

— Rajiv était sûr qu'il fallait faire confiance au hasard ! Est-ce que Jade croit au destin ?

Hier il avait dit « destin ». Aujourd'hui « hasard », pour peu que les deux soient liés… Elle nota qu'il avait retenu son prénom et le lui signifiait tout en lui rappelant le sien. Jade essaya de lui sourire. Elle se dit que ce devait être d'une fadeur effrayante. Je crois qu'il faut toujours aider le destin, déclara-t-elle sur le même ton que lui. Ça c'est une bonne idée, il est toujours très heureux quand on l'aide ! Ça ne lui arrivait jamais de rire avec un inconnu dans le métro et c'était si agréable. Ils conversèrent comme de vieilles connaissances. Jade lui posa des questions sur sa vie à Paris. Il était étudiant en biologie ou quelque chose d'approchant. Quel âge pouvait-il bien avoir ? se demandait-elle en tournant entre ses doigts une mèche de ses cheveux blonds. Il avait une fougue et une jeunesse dans les traits et, d'instinct, elle ne lui aurait pas donné plus de vingt-trois ans, mais la profondeur qui se dégageait de tout son être la surprenait. Chacune de ses phrases était ambiguë et il semblait prendre un malin plaisir à la voir s'interroger sur son sens réel. Et toujours cette voix rauque qui semblait sortir du fond de son être. Une station avant celle où devait descendre Jade, Rajiv se pencha vers elle. Il n'avait pas oublié sa fuite d'hier. Si vous ne voulez pas trop mettre à l'épreuve l'infinie patience indienne, peut-être pourriez-vous me dire à quelle heure vous comptez prendre le métro demain ? Elle se redit que ce sourire allait lui porter la poisse et mettre à sac son processus de décision mais lui glissa rapidement sa carte avec son numéro de téléphone. Au cas où le destin serait aussi fatigué que le hasard, choisissons la simplicité. Avec une petite inclination de la tête, il mit la carte dans la poche de sa veste en jean. À nouveau, elle s'enfuit vers la porte et descendit sans se retourner mais quand la rame passa près d'elle tandis qu'elle marchait le long du quai le cœur battant, elle ne put s'empêcher de jeter un coup d'œil à la fenêtre et aperçut

Rajiv toujours souriant qui lui adressait un petit signe de la main. Elle savait que pendant les minutes qui allaient suivre une partie d'elle se traiterait d'idiote : qu'est-ce qui lui avait pris de donner son numéro de téléphone à un inconnu ! Mais à l'autre bout de sa tête ça sifflotait un air, ça riait et raillait le malaise qui s'évaporait avec quelques certitudes exaspérantes. Pour un peu elle aurait acheté un cahier tout blanc pour le couvrir d'histoires invraisemblables. Et puis c'était vrai qu'il avait raison, Rajiv, avec son destin. Ne voulait-elle pas, la veille encore, se perdre dans un pays inconnu ? N'était-ce pas le clin d'œil de ce fameux destin de lui envoyer un Indien qu'elle rencontrait deux fois par... hasard ? À bien y réfléchir, elle était un peu trop étrange cette coïncidence de métro... À moins que lui...

Mamoune

Ah si je pouvais enregistrer tout ce qui me passe par la tête ! Je serais comme l'ordinateur de Jade et il me suffirait d'un petit clic pour retrouver mes pensées sans effort. Il faudrait que je continue à noter ce que je voudrais lui dire de son roman et peut-être aussi ce que je voudrais éviter de lui dire en le gardant de côté pour l'instant. C'est bizarre, il me semblait qu'il restait un paquet de café que j'ai rangé quelque part. Je me serais trompée de place et elle de son côté. Peut-être dans ce placard-là…

Depuis que j'ai commencé à le lire, je suis certaine qu'un écrivain se niche dans le roman de Jade. Ceux qui écrivent ont une façon si particulière de porter leurs yeux sur ce que nous ne saurions voir. Je suis une lectrice. Je ne serai jamais capable d'écrire le moindre texte, mais quand je lis le roman d'un écrivain, je suis toujours frappée de ce regard singulier : cette façon de saisir la banalité et d'en rendre compte sous un angle insolite, cet art de tisser un lien entre des choses qui n'ont pas l'air d'en avoir. Plus il m'emporte dans une histoire qui me semble vraie, plus il est insaisissable.

Dans ce qui me séduit, je vois toujours les pensées des personnages et la capacité de l'auteur à m'embarquer pour les visiter. Et puis ces pages sont pleines, mais elles m'offrent une part dans laquelle peut courir ma propre pensée, l'histoire que je construis dans l'histoire... Et si je n'écris pas de roman, mon imagination récrit ceux que j'ai aimés avec un amour respectueux. La part de rêve que m'offre la lecture me révèle une réalité, la mienne. Je ne sais pas ce que trouve l'auteur en écrivant, mais je devine dans ce qu'il tait une réserve où puiser mes plus belles rencontres avec ce que j'ignore de moi-même. Et dans ce roman de Jade, à certains moments de ma lecture, je me suis retrouvée empêchée de partir dans cet envol. J'étais attachée à des chemins, à des interprétations que je n'aurais pas faites. Comment le lui faire sentir ?

Quand je lis, je n'ai plus d'âge, je suis à temps dans la vie des personnages, j'épouse, me sépare, je trahis aussi, ou je me trompe. Jeune, quand il m'arrivait de lire une épopée, je vieillissais avec les héros en traversant avec eux les turpitudes de la vie. Aujourd'hui je remonte le temps avec eux, je rajeunis, mais, nourrie de mon expérience, je perçois les écueils, je sais les pièges dans lesquels ils se précipitent. Je me suis déjà sentie moins vivante que ces personnages dont je suivais la vie avec tant de passion. Quand je refermais le livre, un sursaut me faisait penser qu'après tout je pouvais moi aussi inventer ma vie et lui donner la couleur d'une romance... Et pendant quelques jours, mon existence n'était plus la même... Je dois lui dire que j'ai été séduite par ces couples qui forment dans son roman de petites histoires, mais j'ai fini par confondre certains de ses personnages qui sont trop semblables.

Il faut que je me repose un peu. Je ne sais pas ce que j'ai ce matin. Je n'arrête pas de m'activer alors que je sens bien que mes jambes ne veulent plus me porter. Ah ! me voilà mieux assise. Tiens, j'ai l'impression que le ficus nous donne de nouvelles branches. Il a l'air de bien apprécier son arrosage quotidien, le nettoyage de ses feuilles… Et les histoires que je lui raconte le matin.

Dans son roman, Jade plonge le lecteur dans la découverte de personnages et l'on sait qu'il leur reste à tous peu de temps à vivre, ce qu'ils ignorent. Son intrigue se noue à cette seule condition : emportés par les petites vies de chacun, nous oublions leur prochaine disparition et chaque fois le narrateur nous replonge avec un brin de mystère et plus d'angoisse dans l'imminence de ce qui les attend. On le voit bien chaque jour dans nos pauvres petites existences. On oublie si facilement que tout peut s'arrêter d'un moment à l'autre.

Et moi qui rumine là des leçons de romancière avec l'innocence de l'éternité devant moi, que trament donc mes artères pendant que je tricote mes pensées du jour ? Ah, et il ne faut pas que j'oublie de dire à ma petite chérie que je ne crois pas tout à fait à la fin de son livre. Mon Dieu, mais comment je vais organiser ces remarques et critiques pour les asséner à ma petite-fille, elle qui a donné tant de temps pour sortir de son cœur ce roman ? Ça c'est un mystère ! J'imagine à quel point cette écriture a pu la mettre dans une situation de peur d'être lue et me voilà grand-mère presque impotente, gentiment hébergée, sauvée du pire, sous prétexte d'être une lectrice avertie qui vient jouer l'inspecteur des travaux finis en éprouvant sa fragilité d'auteur !

Je ne suis qu'une lectrice parmi d'autres qui trouveraient peut-être à leur goût les écrits de ma petite-fille. Est-ce que je ne serais pas devenue trop exigeante ? Ou alors j'aurais évolué au fil des livres, va savoir ? J'ai parfois abandonné une lecture qui s'est poursuivie avec bonheur quelques années plus tard. Et que dire de mes premiers romans presque ânonnés sur le coin de la table avec la certitude qu'une fluidité allait venir et que je tenais là un infime morceau du tissu de l'univers ? Il s'est produit quelque chose qui a grandi, qui de livre en livre s'est mis à accaparer mes yeux, mon souvenir et toutes les parties de mon corps. Je me souviens d'avoir été fascinée par le miracle des bons livres qui arrivaient au bon moment de la vie. Ceux qui parfois tombaient des étagères pour venir répondre à des questions que me posait l'existence. J'ai récupéré ainsi la patience à une époque où je serais partie dans l'exaspération, découvert les vertus de l'amour rêvé, abandonné le voyage à d'autres vies, rangé le meurtre au rayon de l'impossible. J'ai tout vécu, j'ai mille ans et je le dois aux livres.

J'aimerais tellement l'aider et lui dire où j'ai été dérangée dans ma lecture sans l'offenser. C'est comme cette enfant que je gardais. Comment s'appelait-elle déjà ? Elle commençait tout juste à marcher. Je revois bien sa mère, une petite brune pétillante avec laquelle nous faisions un brin de causette en évoquant les progrès de sa fille quand elle venait la récupérer chaque soir. Elle m'avait décrit un jour son embarras devant les pas hésitants de son enfant qui allaient plus souvent vers la chute que vers l'équilibre. J'aimerais tant mettre mes bras, se plaignait-elle, mais je lui dirais alors par ce geste qu'elle n'est pas capable de marcher seule, que je sais qu'elle va tomber. Je ne veux pas qu'elle sache que j'ai peur, il faudrait que je puisse croire en ses premiers pas. Vous me comprenez Mamoune, qu'elle sente ma confiance et que je puisse la rattraper juste avant qu'elle ne tombe, afin qu'elle n'ait pas mal. Cela m'avait fait sourire. Ce que vous venez de me dire là, c'est toute la vie d'une mère pendant longtemps, lui avais-je répondu.

Peut-être ai-je ce même désir en lisant le roman de Jade. Je me souviens aux premiers temps de mes lectures, et c'est ce qui donne du charme aux débuts tardifs, d'avoir admiré comme on peut se servir de la langue pour la tourner en pensées magiques. Ce français-là que j'employais tous les jours devenait presque une autre langue. Je ne pouvais m'empêcher d'être éblouie, de comparer ce savoir-faire à celui d'un grand cuisinier qui, avec les mêmes ingrédients que moi, préparait des plats hors de ma portée et mélangeait des saveurs dont j'étais incapable d'analyser la teneur. Parfois quand j'étais véritablement emportée par la beauté d'une écriture, j'écoutais autrement les conversations du quotidien, j'essayais de traduire dans le style de l'auteur les phrases banales que j'étais en train d'entendre. Je me demandais ce que seraient devenues les conversations des uns et des autres sous la plume de tel ou tel auteur magnifique. Est-ce bien à cela que ma petite-fille aspire ? Ou si la vie réelle n'est jamais absente de la vie imaginaire, découvrir à quel point l'inverse peut devenir vrai ?

Rajiv avait emmené Jade dans un restaurant indien d'une petite rue du 10e arrondissement. Toutes les boutiques y avaient des parfums d'épices. Ils étaient dans l'arrière-salle du restaurant, dans un décor de film exotique, de stucs et de tissus brodés d'or. Là, le patron que Rajiv connaissait bien recevait ses invités personnels. C'est la salle des mariages, lui signala Rajiv avec malice.

— Choix ou hasard ?

— C'est le restaurant que je préfère. On est à la fois à Paris, à Londres et en Inde.

— Et pas en Suède ?

— Je n'y ai vécu que deux ans. Quand il m'arrive de dire à une fille rencontrée dans le métro que je suis suédois, c'est plutôt pour me rendre intéressant. Je n'en ai pas gardé un grand souvenir... Mais j'aime bien y retourner avec ma mère.

— Ah ! Et tu rencontres beaucoup de filles dans le métro ?

— Oh oui ! Des wagons entiers tous les matins, avoua-t-il en lui tendant un *nan*.

Les plats se succédaient. Jade n'avait rien commandé. Rajiv non plus. Elle avait noté qu'il avait juste dit quelques mots au patron en hindi et que leur table s'était couverte de petits plats, tous plus attirants les uns que les autres.

Deux jours. Elle n'a mis que deux jours pour lire mon roman. Elle a dû s'abîmer les yeux, le dévorer et même elle a précisé qu'elle avait relu certains passages plusieurs fois pour ne pas se tromper dans ce qu'elle voulait m'en dire.

Jade ne savait pas pourquoi elle avait très vite éprouvé le besoin de raconter à Rajiv qu'elle vivait avec sa grand-mère et que cette dernière lui avait proposé son aide afin qu'elle soit un jour publiée. Elle avait tout de suite aimé ce regard lumineux qui plongeait dans le sien. Elle s'entendit raconter à Rajiv son étonnement devant les commentaires de sa grand-mère.

La discussion sur le roman avait curieusement commencé. Jade en rentrant du journal n'avait pas osé lui demander si elle l'avait lu et comme si de rien n'était, en fin de repas, en croquant une poire, Mamoune avait lancé : Si nous parlions de ton roman ? Ah, tu l'as déjà fini ? avait articulé Jade soudain intimidée. Mamoune avait souri. Moi j'ai fini de le lire, mais toi pas encore de le modifier pour qu'il devienne ce que tu veux qu'on y lise...

Cette scène s'était déroulée la veille et Jade avait eu besoin de décrire à Rajiv la voix posée, la réserve, presque la gravité de Mamoune quand elle lui avait dit à quel point elle pensait que son livre méritait d'être repris et amélioré. Elle était inquiète que Jade la comprenne mal. Ce roman était, selon elle, le premier jet d'un écrivain. Elle en était sûre. Et Jade avait été troublée du soin qu'avait pris Mamoune pour lui rapporter avec une grande exactitude ce qu'elle sentait de la façon dont il avait été écrit : sa gourmandise, son envie de tout dire, de jeter sur le papier à tout va. Mamoune avait entendu tout cela, ces cascades, ces chutes, cette eau libre mais aussi ces lacs tranquilles où quelque chose était selon elle en gestation. Mamoune lui avait glissé de façon presque anodine cette phrase étrange qui avait perturbé Jade. *Ne laisse pas la journaliste dévorer l'écrivain.*

De cette précision, Jade ne souffla pas un mot à Rajiv. Elle était tout au plaisir de parler avec lui et d'éprouver à quel point cette rencontre était différente de tout ce qu'elle avait connu auparavant. Elle était à nouveau dans l'envie de connaître l'autre, de se dévoiler à lui. Elle découvrait avec étonnement que ce genre de désir l'avait, à son insu, quittée depuis longtemps. Tout en lui posant des questions sur son enfance à Londres, sur sa découverte de l'Inde à l'âge de dix-sept ans, elle observait le mouvement de ses mains dans l'espace, les traits de son visage, les lueurs de son regard. Dans un étrange mélange, il lui semblait percevoir les parfums des plats, le grain de sa voix rauque, les épices qu'elle goûtait et... les désirs de son corps qui valsait dans la ronde de ces sensations agréables.

Rajiv lui conta son retour en Europe, profondément bouleversé par sa rencontre avec ses origines, ses études à Londres puis à Paris. Il était moins jeune qu'il n'y paraissait.

— Pour les Indiens, je suis un vieux garçon qui devrait être marié depuis longtemps. J'ai presque trente ans. Mais toi là-bas ce serait pire, on penserait que tes parents n'ont aucun argent pour te marier ou que personne ne veut de toi ! En Inde c'est une insulte de dire à quelqu'un, je vous souhaite d'avoir beaucoup de filles et qu'elles fassent toutes un beau mariage !

En parlant avec Rajiv, Jade s'apercevait qu'elle n'avait plus échangé des pensées avec autant de liberté depuis qu'elle vivait avec Julien. Bien sûr, elle avait continué à rencontrer des hommes, avec lui ou même seule. Mais jamais elle ne perdait cette sensation « d'être deux ». Être accompagnée avait modifié son comportement et sans doute celui des autres. C'était devenu l'alibi qui masquait la rencontre dans une vérité plus troublante. Elle ne disait plus rien d'elle et n'avait aucune envie d'en savoir plus sur eux. Son métier, c'était de poser des questions pour découvrir les êtres mais sa vie, c'était de ne rien demander et de ne pas s'impliquer. Voilà des années que je reste planquée derrière mon stylo, pensait-elle.

La curiosité de Rajiv était nue. Il mettait tout en lumière et ce qui aurait pu passer pour de l'indiscrétion venant d'un autre paraissait dans son innocence à lui une curiosité naturelle. Il lui demanda si sa grand-mère s'était mariée par amour et comment elle vivait le deuil de son mari... Des questions que Jade ne s'était jamais posées ! Il dit aussi qu'avec son histoire de lectrice cachée, sa grand-mère était une Indienne et qu'on disait que tout homme avait été indien dans une autre vie. Jade aima ce qu'il disait parce que personne dans son entourage ne s'exprimait ainsi. Tout en lui parlant, il s'était mis à effleurer sa main, son bras ou sa joue, sans avoir l'air d'y penser, juste avec une tendresse naturelle. Le contact de sa peau mate la faisait frissonner. Sous son regard, elle se sentait de plus en plus nue dans ses vêtements. Elle songea qu'à peine deux soirs auparavant elle s'était demandé à quoi pouvait bien servir la vie. Tout lui paraissait vain. Avoir des enfants, avoir un couple, avoir un amant... De toute façon, pour se retrouver vieux, seul et malade, il n'y avait pas de quoi continuer... Elle s'était dit encore que sa vie allait se dérouler dans la solitude, le voyage ; qu'elle serait sans attache. Et voilà qu'aujourd'hui, illuminée par la certitude de sa grand-mère qu'elle était un écrivain, elle se sentait belle dans les yeux de nuit de cet homme ardent, elle était une femme éclairée par un radieux sourire et le désir dévorant de vivre.

Elle rentra chez elle après son déjeuner avec Rajiv, et voilà que les personnages de son roman revinrent danser devant ses yeux. Elle commença à repenser à leur vie, à leur rôle dans l'histoire, essayant de savoir lesquels supprimer ou comment les modifier. Comme elle avait terminé son livre huit mois auparavant, c'était un peu comme s'il n'était plus le sien. Elle n'avait pas été vexée par les remarques de Mamoune. Il faut que tu grandisses, que tu apprennes à dompter ce flot qui m'a tout l'air de te venir facilement, lui avait dit sa grand-mère, mais mazette, quelle imagination ! Et Jade avait pensé que Mamoune était un peu sorcière ! Elle était née de la terre, elle savait ce que savent les sages et elle avait appris la magie des livres sans se brûler les yeux. Elle n'avait pas perdu le prix de ce qui est invisible dans les mots. Elle était sa bonne fée. Jade avait cru la sauver en l'arrachant à la maison de repos, mais c'était elle qui était en train de la repêcher dans l'océan de tristesse au fond duquel Jade se sentait prisonnière. À travers ce que Mamoune avait dit de son roman, Jade saisissait mieux ce qu'elle ne pouvait voir ou entendre en se relisant. Ce qu'elle n'avait pas pu ou pas voulu comprendre dans les quelques lettres de refus qu'elle avait reçues des éditeurs. Elle avait interprété ces renvois comme une blessure. On ne voulait pas de son livre et il n'était pas publiable.

Elle avait imaginé que les écrits sans joie, sans style et sans intérêt qui sont imprimés chaque jour valaient mieux que ce roman qu'elle croyait avoir écrit. La leçon était dure !

Mamoune était arrivée là comme la fée de Cendrillon qui vient chercher la princesse sous les haillons. Et voilà qu'elle lui tendait des aiguilles, des étoffes et des rubans et lui disait qu'il y avait là une parure à mettre autour de ce que Jade sentait vibrer comme un appel.

Quand Jade avait écrit ce premier roman, elle avait vécu dans un état de béatitude. Et quand elle sortait avec ses amis le soir, après une journée plongée en eau profonde, il lui arrivait de dire qu'elle était en train d'écrire un livre. Elle voyait de l'incrédulité ou de la moquerie dans les regards. On ne la croyait pas. Un écrivain, c'était aux yeux des autres quelqu'un qui avait déjà publié ! Mais Jade ne voulait pas qu'on la prît pour un écrivain… Elle écrivait. Toutefois, on soulignait son courage d'être passée à l'acte. Tout le monde voulait écrire, tout le monde croyait avoir quelque chose à dire avec des mots. Est-ce que pour autant cela ferait des livres ?

Avec son regard tout à la fois acéré et bienveillant, Mamoune avait changé sa façon d'interpréter ce qui n'était au départ qu'un acte irréfléchi.

Sa grand-mère lui avait dit d'un air presque sévère : Si tu as choisi d'envoyer ton roman à des éditeurs, il faut que tu n'oublies jamais ton désir de le donner à lire et l'exigence que cela suppose ! Et cela, Jade ne l'avait jamais réalisé avant de voir Mamoune engagée dans sa croisade de lectrice accompagnatrice. Jade sentait, sur son épaule, l'ombre de sa grand-mère qui la poussait à explorer en elle des territoires inconnus et, qui sait, peut-être dangereux.

Et elle-même, Jade quelle lectrice avait-elle été ? Elle était obligée de se le demander tant elle percevait que lire et écrire se tenaient dans les lignes d'une seule main. Était-ce Mamoune qui dévorant des livres en secret l'avait poussée à écrire à travers ce lien silencieux tissé entre une petite-fille et sa grand-mère ?

Jade s'était depuis toujours immergée dans la lecture. Elle en était sortie parfois hébétée, se refusant à lire certains passages parce qu'elle avait peur, parce qu'elle ne voulait pas que cela arrive. Elle était aveuglée par le désir que des personnages qui la touchaient profondément ne rentrent pas dans des fantasmes qui l'effrayaient. Elle aurait voulu qu'ils échappent à un destin qui avait toujours l'air de se superposer au sien. Adolescente, elle l'avait compris dans ces pages, c'était elle qui passait les bornes, elle qui frôlait la violence, se jetait dans le sexe, elle qui ne savait plus où les limites doivent se poser. L'impossible. Était-ce la rencontre qu'elle avait espérée en se mettant à écrire ? Celle d'une inconnue qu'elle abritait à son insu, une femme qui allait lui révéler ses désirs les plus secrets ? Et dans ce cas était-ce bien approprié de rentrer dans cette aventure au bras de sa grand-mère ?

Mamoune

Jade n'est pas encore rentrée. Elle travaille au journal. Quand je suis seule dans son appartement, je renoue avec ma solitude et cela me procure un bien nécessaire. Je ne veux pas peser sur sa vie de jeune femme et son absence me raconte qu'elle continue à vivre normalement. Ça me rassure de savoir qu'elle est confiante, qu'elle ne craint pas de me laisser seule. Elle m'appelle quand elle est retardée, me tient au courant de ses horaires mais laisse toujours une marge d'une heure ou deux, ainsi ni elle ni moi ne sommes dans l'obligation d'attendre l'autre. Elle m'a dit qu'elle avait rencontré un jeune homme dans le métro et elle doit déjeuner avec lui aujourd'hui. Elle m'a confié cela en s'habillant, comme si c'était anodin, mais j'ai senti dans sa voix une joie, une pointe d'excitation mêlée d'inquiétude. Pourvu que ce ne soit pas dangereux pour elle… Non, elle est trop fine pour ce genre de bêtise.

Elle ne sait pas à quoi j'ai échappé en venant vivre ici avec elle. C'est une jeune femme des villes. Elle ne connaît pas les mesquineries de certains campagnards. Ces vieilles un peu trop isolées que la famille ou les voisins prennent sous leurs ailes en fin de vie. Sous le fallacieux prétexte de s'occuper d'elles, de les materner, on leur soutire en douce leurs bijoux, leur autonomie. On vide les tiroirs à leur insu, de leur vivant, pour devancer les héritiers. On est dévoué aux bonnes œuvres, et l'on pille le magot du trousseau de l'ex-mariée devenue veuve. Combien en ai-je vu de ces mamies naïves confiées par le curé de la paroisse à de proches voisines qui s'installaient dans la maison, les veillaient à l'heure de la sieste en inspectant leurs armoires ? Et ces jeunes soudain ranimés par l'envie de voir la grand-mère avant l'extinction, pour accomplir l'extrême ponction de ses biens.

En ayant mon premier malaise, j'ai tiré le signal d'alarme des prédateurs. Famille ou voisins, je n'aurais pas aimé découvrir chez les miens ce qui m'avait tant choquée chez les autres. Jade, elle, n'est pas une fille intéressée, et si je dois m'éteindre ici, ou un jour y perdre la tête avec un reste de lucidité, je serai à l'abri de la déception.

Je ne remercierai jamais assez la lecture qui m'a permis de vivre au-dessus de ma condition, me montrant ce que je côtoyais tous les jours comme si j'étais au spectacle. Ces personnages étriqués et avares qui remplissent nos campagnes avec des allures de notable. Leur concupiscence m'est apparue comme mise en lumière dans les pages. Quand je relevais la tête, je les voyais soudain, plus vrais que nature. Je pouvais leur mettre d'autres noms, mais les mobiles étaient les mêmes. Parfois les mots ressemblaient à ceux que j'entendais mais ils tissaient les destins en les pointant du doigt et je bénissais les écrivains qui me dévoilaient ma vie de village que je voyais soudain avec d'autres yeux.

À partir de cette grâce, j'ai cessé de me demander si j'avais droit aux livres, si ces histoires n'étaient pas réservées aux cultivés, aux gens de la ville. J'ai compris que le miroir offert par ces fictions me serait désormais indispensable. L'école de Jules Ferry m'avait appris à lire, celle de la lecture allait m'apprendre à vivre.

Je ne me sens pas fatiguée... Je n'ai plus cette lassitude que j'avais quand j'étais seule dans ma maison à l'approche de l'anniversaire de la mort de Jean. Je me surveille quand Jade est absente. Je m'astreins à me reposer, à sortir sans aller trop loin. J'essaie de ne provoquer aucune situation dont je ne puisse me sortir seule. Je choisis de prendre ma douche ou mon bain quand Jade n'est pas loin, et apparemment je fais bien. Ce soir, j'étais assise dans la baignoire et mes jambes refusaient de bouger. Comme je ne ferme jamais la porte à clé, j'ai tout de suite appelé, je sentais battre mon cœur si rapidement et si fort qu'il aurait pu sortir de ma poitrine. Il me semblait que ma voix était au maximum et que je criais mais Jade a dit m'avoir à peine entendue, comme un souffle. Elle passait dans le couloir, tout près de la porte. Elle est entrée et m'a sortie de la baignoire, soutenue, aidée, bercée. Je m'excusais et sentais des larmes qui étaient de l'impuissance mêlée à la honte que j'avais de lui imposer ma vieille carcasse. Mamoune, ma douce Mamoune, murmurait-elle, laisse-moi m'occuper de toi. C'est pour que tu ne sois pas avec des étrangers que j'ai voulu te choyer, te donner un peu de cette attention que tu mérites. Tu m'as tant apporté de tendresse quand j'étais petite et encore aujourd'hui. Mamoune chérie, de quoi as-tu peur ? Que te reproches-tu ?

Ta vieillesse ne me dérange pas. Tu n'as pas d'âge, tu sens le lait, la violette, la vanille. Laisse-moi coiffer tes cheveux. Elle m'a habillée, peignée, comme si j'étais une enfant, une poupée. Je ne savais pas quoi penser de tant de gentillesse. À la fois réconfort et souffrance, elle était la preuve que maintenant je ne pourrai plus vivre seule.

Je suis fichue. On devra désormais me surveiller. Mais j'ai moins peur de disparaître que de lui peser. Je crains que Jade ne réalise qu'elle a fait une sottise en m'invitant à vivre avec elle et je me dois de la libérer, de l'informer de ma décision d'aller de mon plein gré dans cette maison. Elle a dérangé un médecin qu'elle connaissait et il ne m'a rien trouvé d'extraordinaire. Une tension un peu basse, de la fatigue. Rien d'anormal à votre âge, a-t-il précisé. Je le sais bien, c'est l'âge qui est anormal. Me voilà devenue inadaptée, et pleinement consciente. Mais je ne vais pas me laisser avoir. J'ai encore quelque chose à accomplir avant de m'installer dans un fauteuil où j'attendrai qu'on me pousse. Je veux aider Jade pour son roman. Dieu merci, les yeux marchent. Je lui ai redit ce soir, après le départ de ce médecin. Quand elle aura repris son livre, elle me donnera les adresses, les enveloppes. Je m'occuperai des envois. Je relirai les épreuves, je posterai les manuscrits. Ça ne me demandera aucun effort. Je serai tranquille à la maison. Je crois que son roman peut devenir… Oh je ne sais pas bien à quoi je joue là, mais je crois que je suis en train de me convaincre que mon inutilité peut être repoussée à demain. J'ai toujours été si tranquille, si sereine, si blottie dans la vie, même si parfois je n'étais pas sûre que ce fût tout à fait la mienne. Je suis vieille et demande grâce. Je réclame au ciel ces quelques semaines ou quelques mois. Des heures où je puisse compter les minutes, du temps pour le temps. Celui qu'on regarde s'écouler dans une simple béatitude. Le temps présent me sera précieux parce que bondir en avant ne me servirait qu'à tomber dans le gouffre qui m'attend. Et cette sensation ne me donne plus rien de serein. Dans ma jeunesse, je croyais les vieux résignés, je les croyais sages, prêts à mourir en silence. Comme préparés... Peut-être l'étaient-ils après tout. Et moi, que les autres voient comme une femme calme et mesurée, déjà si mûre pour son âge, disait ma mère à l'époque. Si elle me voyait aujourd'hui ! Pauvre oiseau affolé se cognant à ses années perdues comme aux murs de la fatalité.

La voisine de Jade, une Espagnole de Grenade, qui savait qu'elle vivait maintenant avec sa grand-mère, avait vu la voiture du médecin. Elle leur apporta des *churros* tout chauds et resta quelques minutes pour leur donner quelques conseils sur la confection du meilleur chocolat dans lequel les *churros* puissent tenir debout. Si je n'en avais pas tant mangé, j'aurais encore ma taille de danseuse, mais c'est le meilleur remède que je connaisse pour sortir d'une petite faiblesse, leur assura-t-elle. En regardant la petite femme potelée tandis qu'elle déposait ses friandises sur une assiette, Mamoune se dit qu'elle avait dû surmonter pas mal de ces *petites faiblesses*. Jade surveillait sa grand-mère du coin de l'œil. Elle avait l'air très fatiguée, mais elle souriait. Elle lui avait fait si peur avec son malaise dans la baignoire. Elle était toute blanche quand elle l'avait sortie de l'eau dont elle n'arrivait pas à s'extraire toute seule. Et maintenant, posée comme une poupée docile sur le canapé, Mamoune paraissait fragile. Jade lui avait tressé ses cheveux blancs au lieu de les lui remonter en chignon. Cette coiffure lui donnait un air juvénile. Sa grand-mère regardait les *churros* d'un air gourmand et, quand la voisine se retira pour ne pas la fatiguer, Jade l'interrogea en se moquant un peu.

— Dis-moi, je ne te savais pas friande de ces petits-déjeuners espagnols si lourds.

Sa grand-mère sourit et lui répondit avec les yeux dans le vague que c'était un souvenir de son voyage de noces.

— Je ne suis jamais allée nulle part sauf en Espagne. En Andalousie. Nous mangions tous les jours de ces *churros* et, à mon retour, j'avais pris au moins trois kilos que j'ai abandonnés en crapahutant dans la montagne ! C'était un long voyage avec la voiture d'un ami, une traction avant datant de la Libération que nous avions reçue en cadeau de mariage. Jean avait passé son permis.

— Et vous aviez quel âge à ce moment-là ?

— Lui vingt-quatre ans et moi l'âge de la majorité. Mes parents n'avaient pas eu à signer la dérogation pour notre union comme nous le leur demandions depuis un an. Nous nous aimions depuis si longtemps ! À vingt ans, tu penses bien que nos cinq petites années d'amour étaient toute une éternité. Toute la famille s'inquiétait de nous voir partir si loin, motorisés de si fraîche date. Nous avons franchi les Pyrénées, l'autre montagne de France que je ne savais pas si belle. Nous devions voir la mer, mais nous avons préféré continuer jusqu'en Andalousie, après avoir perdu quelques jours à réparer la voiture qui était tombée en panne dans un village perdu. Malgré quelques péripéties, c'était un beau voyage.

Dans la transparence de ses yeux bleus, Jade voyait en cet instant la jeune femme qu'elle avait dû être à l'époque. Son regard semblait porté vers d'autres souvenirs qui ne passaient pas la barrière de ce sourire mystérieux flottant sur ses lèvres pâles. Oui, reprit-elle en lui revenant, à notre retour nous avions décidé de partir en voyage chaque année et je suis tombée enceinte de Mariette… Puis il y a eu Léa, Denise et ton père. À vingt-six ans, j'avais déjà quatre enfants et il fallait travailler pour les nourrir. Nous ne sommes jamais repartis.

Elle se tut, fronça les sourcils puis regarda sa petite-fille en souriant à nouveau. Dans ton roman, Jean et Jeanne c'est bien nous, n'est-ce pas ? Tu ne savais pas que nous avions eu droit au voyage de noces ? Jade bredouillait, embarrassée. Disons que je me suis bien sûr inspirée de ce que je connaissais de vous deux, mais j'ai accommodé le réel, tu sais…

— Non je ne sais pas ! répondit-elle brusquement. Je ne connais que la vraie vie ou la réalité des livres. Je ne sais pas ce que c'est d'écrire la vie, de la traduire sur un mode imaginaire. Je ne connais pas d'écrivain à part toi. Et pour tout te dire, au début, je ne me suis pas reconnue. Il m'a fallu un peu de temps pour comprendre comment tu me voyais.

— Ah et comment selon toi ?

— Comme une paysanne un peu enfermée dans son instinct maternel je crois.

— Est-ce que ce personnage plaisait à la lectrice que tu es ?

Mamoune rit.

— Pour être franche avec l'auteur, il m'agaçait un peu. Tu vois à quel point je ne me suis pas reconnue ! Je le trouvais trop lisse. Tu vois, dans la vie, on ne dit pas tout ce qu'on pense, on ne pense pas tout ce qu'on dit et l'on ne fait pas non plus tout ce qu'on croit. Cette femme me semblait toute d'un bloc sans mystère. Elle n'avait pas cet espace intime qui donne l'impression au lecteur d'interpréter librement les secrets des personnages de romans… qui sont un peu les nôtres.

Mamoune avec un plaisir visible s'absorba dans la dégustation d'un *churro*. Et cette fois, Jade vit la petite fille qu'elle avait dû être ! Jade savait qu'elle était en train d'imiter Mamoune. C'était avec elle qu'elle avait appris cela : c'était beaucoup plus instructif d'imaginer les êtres à un autre âge que celui où on les a figés. Pourquoi n'a-t-on jamais l'idée de rencontrer ceux que l'on connaît bien avec tout ce qu'on ne sait pas d'eux, au lieu de leur coller l'étiquette qu'on leur attribue depuis toujours ? lui répétait sa grand-mère. Et au début, Jade avait cru que c'était une façon de se faire pardonner d'avoir été autre, d'avoir un peu menti. Puis Jade avait compris que c'était tout simplement pour Mamoune une façon de vivre et d'être ouvert.

— Et les autres personnages, les as-tu créés ou sont-ils comme Jean et Jeanne des jumeaux de ton entourage ?

— C'est un mélange pour certains, une entière création pour d'autres. Je n'ai pas vraiment décidé tel ou tel modèle. Je voulais avoir une variété de couples en âges et en caractères, maris et femmes, amants, amis, frères et sœurs, voisins ennemis. Mais certains se sont un peu trop rejoints dans l'emportement de l'écriture et dans ce que tu me dis je comprends que je n'ai pas réussi à marquer assez bien cette différence.

Mamoune était silencieuse, enlacée à des pensées que Jade devinait proches de la lecture qu'elle avait faite de son roman et de ce qu'elle voulait bien lui en dire. Mamoune sortit de son silence comme inspirée par une pensée.

— Que se passe-t-il quand tu te relis ? Découvres-tu quelque chose ou parcours-tu un texte que tu pourrais citer par cœur si on te l'enlevait ?

— Je crois que je le découvre mais que je peux le citer si on me l'enlève...

— ... Et ce qui vient du cœur a du mal à se juger, remarqua sa grand-mère. Tu devrais essayer de te relire en allant très lentement, en supprimant des passages pour essayer. Je te dis ça, mais c'est bien difficile de te dire quoi et comment faire ! Je lis moi, je n'écris pas.

— Mais justement, ça m'aide ce que tu me dis. Tu as peur de mal me conseiller ?

— Un peu. Mais tout de même tu es trop bavarde, voilà l'impression que j'ai. Laisse-nous deviner tes personnages. Ne nous embrouille pas. Je crois que tu vas découvrir qu'un bijou se cache à l'intérieur de ce texte que tu crois être ton roman et qui n'est que son enveloppe.

— Ce que tu me dis Mamoune me semble presque incroyable. Si je cache un vrai roman dans ce premier jet que j'ai envoyé par courrier, que dire de la dizaine d'éditeurs qui ne m'ont pas proposé ces corrections ou ces conseils de lecture. Tu es un vrai prof éditeur toi !

Mamoune rit.

— Ça devrait plutôt t'inquiéter ! Quant aux autres, je ne sais pas ma chérie. Ma mère disait qu'on ne peut pas à la fois vendre des tomates et les faire pousser. On ne sait pas qui lit, qui décide. Tes lettres sont la plupart du temps anonymes. On ne trouve que deux noms dans la dizaine de refus que tu m'as confiés et comme par hasard les conseils de ces deux-là sont assez justes. Ou alors, je me trompe complètement et ton livre est à jeter dans une poubelle.

Mamoune la regardait en plissant ses yeux avec malice. Jade fronça les sourcils.

— Je préfère penser que tu as raison et me remettre au travail en faisant des coupures. Après tout je viens d'un monde où l'on ampute mes articles pour des raisons publicitaires. Pour une fois, je n'aurai pas trop de peine en réalisant cette opération chirurgicale pour venir en aide au récit.

— Les scènes de vie exotiques sont très réussies. Moi qui ne connais rien de ces îles dont tu parles, j'ai beaucoup aimé ces passages. Ces couleurs, ces parfums... la vie quotidienne.

Un instant, Jade eut le visage de Rajiv devant les yeux. Leur déjeuner, la belle couleur de sa peau éclairée par ce sourire irrésistible qui lui venait à chaque phrase. Elle eut l'impression que Mamoune avait lu dans ses pensées.

— À propos, je ne t'ai pas demandé comment s'était passé ton déjeuner, tout occupée que j'étais à essayer des glissades dans ta baignoire.

— Bien, très bien... C'était... Tout à fait... Sympathique...

Mamoune la regardait avec attention et un petit air sceptique. Elle avait l'air d'avoir retrouvé quelques couleurs. Que pourrais-je lui en dire ? se demandait Jade. Elle redécouvrait en elle quelque chose qu'elle avait cru perdu, une émotion dont elle ignorait même l'existence. La distance qui la séparait d'elle-même était si grande mais si facile à franchir qu'elle en était déconcertée. Elle ne savait pas en quoi elle avait été séduite par Rajiv et elle s'en fichait. Elle venait de passer les quatre heures les plus intéressantes de sa vie avec un homme qui faisait battre son cœur anormalement. Elle se moquait bien de ce qui pouvait arriver ensuite. Pour détourner un peu la conversation, Jade essaya d'expliquer à Mamoune comment vivaient certaines filles de son âge à Paris. Celles qui n'étaient pas blotties dans leur couple avaient une sorte de mal-être qui les poussait à rechercher le bon moyen de trouver l'âme sœur à tout prix… même quand elles avaient mis au point un numéro qui racontait qu'elles se sentaient merveilleusement bien toutes seules. Jade raconta à sa grand-mère ces sites de rencontres sur Internet, ces cafés où s'organisaient des entrevues pour célibataires. Elle décrivit les fiches à remplir, les rendez-vous minutés pour se connaître, s'apprécier et plus si affinités. Mamoune l'écoutait à la fois incrédule et consternée.

— Mais toi petite Jade, as-tu besoin de ces sparadraps pour le cœur ? Toi qui es si jolie, si enjouée ?

— Non Mamoune, je n'ai eu besoin de rien, ni envie de rencontrer personne jusqu'à ce que je quitte Julien et que je sois balancée dans des relations dont j'avais perdu le fil. Il m'était arrivé d'accompagner des amies, d'écrire des articles pour mon journal sur ce genre de rencontres. Les nouveaux hommes, les anciennes femmes et les prochaines relations ! Depuis que je suis seule, je découvre que je ne suis plus invitée par certains, je devrais dire certaines. Je suis peut-être devenue synonyme d'un danger pour les couples.

Jade ne précisa pas à sa grand-mère qu'au début elle en avait été très affectée, puis elle avait considéré que c'était une façon de faire le tri entre les vrais amis et les autres. Jade portait un regard mi-narquois mi-effrayé sur l'absence de magie de ces rencontres. Ces histoires lui faisaient horreur tant elles disaient le naufrage du désir, le plaisir englouti des premiers regards. Les hommes et les femmes n'étaient plus dans la séduction charmante mais dans une sorte de cahier des charges.

Rencontre amoureuse ? Certes non. Conquête, guerre, challenge, terrain de jeu cruel, le tout teinté d'une course au fric insupportable. J'ai bien reçu votre déclaration d'amour mais pourriez-vous me passer votre déclaration de revenus dans votre prochain courriel.

Jade mesurait le gouffre entre ces frénétiques recherches de l'âme sœur et l'innocence surannée de Rajiv qui avait guetté pendant plus d'une heure le métro qu'elle avait pris la veille. Sur la table trônait un bouquet de roses, il devait bien y en avoir une quarantaine, qu'on lui avait porté après leur déjeuner. Les fleurs étaient arrivées en même temps que le médecin qu'elle avait appelé pour Mamoune qui ne l'avait pas quittée des yeux pendant l'examen médical attentif, qu'elle avait tenu à passer en présence de sa petite-fille. Dites-moi docteur, à ce stade, c'est une autopsie ? Je n'ai eu qu'une petite perte d'énergie, vous savez… Mamoune prenait tout avec joie, elle adressait des clins d'œil à Jade tout en accusant le médecin de la chatouiller. Et dans son regard, Jade admirait cette bienveillance encore et toujours…

Elle n'avait aucun mépris pour ce que Jade venait de lui raconter. Même si elle se désolait de ces nouveaux amoureux dont les rencontres lui paraissaient sans joie, elle s'informait, fronçait un sourcil, cherchait à comprendre le désarroi sur lequel reposait cette situation qui était très loin de ce qu'elle avait connu jeune fille.

— Chaque époque a ses hérésies soupira Mamoune. De mon temps, on se mariait pour échapper à sa famille, ce n'était pas plus drôle. Les filles ne savaient rien. Certaines ne connaissaient même pas leur propre corps. La féerie de la jeunesse était notre seul phare dans les eaux tourmentées de nos ignorances. J'avais la chance d'avoir une mère sage-femme qui très tôt m'a raconté la vie intime des femmes. Elle était sévère mais d'une grande malice. Elle adorait mon père qui était le seul à pouvoir la dérider quand elle était en colère. Je grandissais dans leur amour mais autour de moi c'était l'hécatombe. Mariages décidés sans consentement, incompréhensions, viols cachés, avortements clandestins et ratés, bâtards dont personne ne voulait. Le bateau des amours prenait l'eau bien souvent ; et si tu ajoutes à cela guerres, misère et pauvreté, on ne peut pas dire que ton époque est pire que la mienne ! Elle est autre. Les femmes y ont sans doute une meilleure place, quant aux hommes, ils ont ma foi l'air de s'en chercher une. En tout cas, ces roses sont fort belles. Il y a encore des hommes qui savent vivre dans ton monde !

Ses yeux bleus pétillaient en regardant le bouquet. Il est indien, Mamoune. Il vient d'un pays qui ne méprise pas les vieux !

Jade savait que sa grand-mère avait été flattée de la carte où Rajiv avait écrit que chaque rose avait été un joli moment de leur déjeuner et que ce bouquet illuminerait la maison de Jade et... sa magnifique grand-mère. Il n'avait pas tort. En passant dans la pièce, Jade éprouvait chaque fois un petit pincement au cœur devant cette explosion de nuances du rose au prune.

Ce soir-là, Jade borda sa grand-mère dans son lit et lui posa quelques poésies sur sa table de chevet, au cas où elle aurait des insomnies. Mamoune lui avoua qu'elle n'avait jamais mangé un bol entier de ce dessert de bananes écrasées à la fleur d'oranger qu'elle leur préparait quand ils étaient petits, et que Jade venait de lui servir à son tour sur un plateau.

Jade ne trouva pas triste d'être ce soir-là la petite mère de sa grand-mère. Elle se souvenait d'avoir entendu parler de ce désespoir de devenir soudain le parent de son parent, de s'occuper de ces vieux bébés qu'on doit choyer et qui n'inspirent plus que de la pitié. Ces descriptions se terminaient toujours par « si c'est pas malheureux d'avoir été jeune pour en arriver là ». Mais ce que Jade trouvait malheureux, c'était d'avoir pensé un jour qu'on était autre chose que ça : ce petit corps fragile voué à disparaître. Elle avait accompagné Mamoune jusqu'à son lit, lui avait massé doucement les pieds à l'huile d'amande douce. Elle l'avait aidée à enfiler sa chemise blanche en coton brodé. Chaque geste avait la lenteur de son âge. Et Jade, qui ne savait pas vivre autrement qu'en courant, s'était mise au pas de la tendresse. Elle l'avait serrée dans ses bras et tout ce petit cérémonial, qui ressemblait selon Mamoune à celui d'une reine, avait distillé des minutes d'or sur la nuit à venir. Ce qu'elle avait lu dans le regard de sa grand-mère en lui posant un dernier baiser sur le front avait balayé de honte ses anciennes peurs. Mamoune l'avait rappelée avant qu'elle ne ferme la porte pour la remercier d'avoir partagé avec elles toutes ces histoires auxquelles elle n'entendait plus rien, mais qui, par sa bouche, avait-elle dit, lui rendait un chant plus juste du monde dans lequel sa petite-fille vivait. Et Jade s'était à nouveau demandé comment cette femme avait bien pu se taire pendant toutes ces années, elle qui avait tant à dire.

Mamoune

Jade est attentive. Je sais qu'elle s'inquiète pour moi. Je me sens pourtant très bien. Mieux qu'il n'y paraît sans doute. Je ne perds jamais de vue que ceux de mon âge s'estiment en bonne santé quand les soucis de leur corps ne les clouent pas au lit. Si j'étais pessimiste, je considérerais ce que ma mère ne supportait plus à la fin de sa vie comme ma vérité d'aujourd'hui : je passe de petits maux en petites maladies et je varie les soucis de la carcasse. Quand j'ai commencé à lire et pendant tout le temps où j'ai passé ma vie cachée entre deux pages, je découvrais que certains mots n'appartiennent qu'à une catégorie de gens. L'assouvissement et la volupté sont de ceux-là. Mais il est un âge où, tous milieux confondus, notre seule aspiration est d'accéder à une vie douce. Parfois la mémoire me trahit et je ne sais plus si c'est grâce à de vraies rencontres ou à des personnages de roman que j'ai appris ce que je sais aujourd'hui. Je garde comme un précieux souvenir ces amis qui ont été un temps à mes côtés, bien que je n'aie rien vécu avec eux. Ils ont rejoint ceux qui ont disparu de ma vraie vie. Et je serais bien en peine de distinguer maintenant ceux que j'ai aimés dans les livres sans leur parler de mes amis réels. Sont-ils moins importants que les autres ? Pourquoi les imaginer morts alors que je peux retrouver ces personnages de papier et me glisser à nouveau dans les pages de leurs aventures ? Je crois qu'ils ont traversé ma vie sans distinction. Mais ils n'auraient plus aujourd'hui cette saveur de la première fois, de la bonne réponse qu'ils ont apportée à ma vie quand je le leur demandais. Ils ont comme perdu ce pouvoir qui leur a donné naissance dans ma mémoire comme de vrais êtres vivants.

J'ai promis à ma petite-fille de me tenir tranquille aujourd'hui et ne suis pas encore sortie. J'ai pris mon café, assise sur le balcon, pour profiter d'un rayon de soleil matinal et écouter si je pouvais distinguer plus de trois chants d'oiseaux différents dans ce petit havre de verdure. J'ai relu quelques passages de son roman et j'ai pris de nouvelles notes que je lui remettrai après les avoir vérifiées pour être bien sûre. Je me suis cette fois concentrée sur ce qui me semble sortir du cadre de la littérature pour rentrer dans celui de la banalité. Grâce à notre conversation sur les jeunes hommes et femmes d'aujourd'hui et leurs rencontres amoureuses, j'ai mieux appris à lire entre les lignes du roman de Jade.

Il serait prétentieux de penser que je fus moi-même portée par quelque chose de plus grand, que les jeunes d'aujourd'hui ne semblent pas connaître. Quand Jade m'a interrogée hier sur la guerre et m'a demandé si, à vingt ans, j'étais patriote et ce que signifiait pour moi ce mot qui lui semblait obsolète, je me suis écriée : Grand Dieu non ! Le patriotisme était dans ma jeunesse un truc de vieux combattant de la dernière guerre ! J'étais une jeune fille tranquille. Ce qui m'a propulsée dans la Résistance, c'est le bruit des bottes, cette langue que je ne connaissais pas et qui ordonnait autour de moi, ces types en costume de guerre qui sont arrivés un matin en déclarant qu'ils étaient chez eux. C'est cela qui m'a rendue patriote, ce sont eux qui ont fait de moi une jeune fille persuadée que ce pays était ma terre et que je devais la défendre. La nécessité de l'urgence... Quant à la croyance patriotique, elle est restée une histoire de discours.

Plus tard, ce qui m'a semblé désirable parce que je venais d'un milieu très modeste, ce ne fut pas l'argent ou une quelconque réussite mais l'accès à l'érudition. Oui, j'enviais cette aisance que donne le savoir, cette façon dont l'esprit peut se mouvoir sans effort. Savoir apprendre depuis toujours donne un suprême avantage au cerveau. C'est cette agilité de l'intelligence qui me transperçait de l'envie d'y arriver et de la peur de ne jamais y parvenir. Je ne sais pas si je suis arrivée à bien lui faire saisir l'ampleur de ce désir et le rêve qu'il m'a procuré.

Je rumine encore cette discussion que j'ai eue avec Jade, tranquillement calée dans un fauteuil quand, après avoir allumé la télévision au milieu de l'après-midi, je tombe sur eux. Une bande de vieux japonais centenaires. Un scientifique explique ce qu'il a trouvé en étudiant leurs cerveaux grâce à l'imagerie médicale. L'un d'entre eux a commencé, à soixante-quinze ans, l'apprentissage du taïwanais et du chinois. Grâce à cela, il a considérablement augmenté un espace de mémoire dans son cerveau qui, à son âge, n'aurait dû représenter qu'un point minuscule sur l'image. L'effort qu'exige cet exercice quotidien, les gymnastiques intellectuelles que s'imposent ces hommes pour soigner et maintenir l'intérieur de leur tête me tiennent en haleine depuis plus d'une heure. Je n'ai pas entendu la porte s'ouvrir... Je sursaute en voyant à contre-jour une silhouette masculine. Je tends la main en priant qu'elle tombe en aveugle sur quelque chose de solide voire de tranchant et une voix douce s'élève.

— Excusez-moi Mamoune. Je ne voulais pas vous effrayer. C'est Julien, vous vous souvenez de moi ? Je suis le petit ami de Jade... Enfin l'ex-fiancé, si vous préférez.

Le ton de sa voix et sa manière de me rappeler son identité me forcent à me souvenir de mon âge. Forcément, face à mes Japonais centenaires, je me sens depuis une heure comme une jeunette, à l'écoute de leurs secrets pour le rester.

— Ah oui Julien, bien sûr mon petit, dis-je en adoptant un ton de circonstance.

Il a l'air gêné soudain de se retrouver au milieu de la salle à manger. Il se balance d'un pied sur l'autre sans oser s'avancer pour me saluer ou me serrer la main. J'en profite pour l'observer. C'est un grand garçon à l'allure sportive. Une masse de cheveux blonds de chaque côté de son visage lui donne un air d'angelot. Gentillesse et indécision sont les premiers mots qui viennent à l'esprit en le regardant. Je tente en vain de le mettre à l'aise et lui demande s'il va bien, sans paraître étonnée de sa présence. Il ne me répond pas.

— J'aurais dû téléphoner, je ne savais pas que vous étiez là. Je pensais que Jade travaillait aujourd'hui, elle est toujours au journal le jeudi et, à dire vrai, je comptais sur son absence. Je voulais juste récupérer quelques trucs que je n'ai pas encore emportés. Je préférais ne pas la croiser. Ce sont des objets personnels. Je n'aurais rien pris sans son accord.

— Je ne sais rien de ce qui concerne votre vie ou votre séparation Julien, ni même de ce qui vous appartient dans cette maison, mais je crois qu'il serait mieux d'appeler Jade si vous désirez prendre quelque chose…

— Oui je devrais la joindre mais… Je vais juste emporter mon matériel de plongée.

Il est hésitant et si perdu qu'il ne me paraît pas avoir besoin de matériel pour plonger. Il me fait presque pitié. Il me tourne le dos et il commence à fouiller dans un des placards de l'entrée. Puis il me lance :

— Elle a quelqu'un n'est-ce pas ?

— Ma foi j'habite ici depuis plus d'un mois maintenant et Jade m'a évité la maison pour les vieux. Si c'est ce que vous appelez *avoir quelqu'un* mon petit, alors oui, elle a quelqu'un, et plus de la première jeunesse.

Julien paraît se détendre.

— Non Mamoune, ce n'était pas ce que je voulais dire mais je suis content pour vous. Jade est une personne généreuse et elle vous adore.

Sa spontanéité se mue en paroles dites à contre-cœur, comme un être qui se croit obligé de vanter l'ami qui l'a trahi et réalise soudain que son propos n'est pas en harmonie avec sa relation posthume. Il tire avec empressement un sac de sport d'un deuxième placard et vérifie son contenu. J'ai l'impression d'avoir affaire à un voleur débutant qui hésite entre le cambriolage et l'emménagement dans un lieu inoccupé. Il s'attarde encore un peu, me demande la permission de boire un verre d'eau. Il se dirige vers la cuisine et semble redécouvrir la proximité avec ce lieu qui fut le sien. Un instant, la douleur de cette découverte crispe son visage. Son regard a fixé un emplacement marqué sur le mur de l'entrée où a dû exister un tableau ou une photo qui n'y est plus et c'est en serrant les mâchoires qu'il me salue avant de sortir.

Je suis à peu près sûre qu'il n'appellera pas Jade et je me demande si je dois parler à ma petite-fille de cette visite qui ne manquera pas de la mettre en colère. Mais pourquoi a-t-il encore les clés ? Je sais qu'il aurait voulu me questionner sur la vie de Jade, comprendre ce qui lui a échappé dans cette infortune qu'il n'a pas vue venir. Mais c'est un garçon fin qui a senti que je n'avais pas la moindre réponse à lui délivrer. Il a compris ma distance, ma façon de ne pas rejoindre les avances de ses regards muets. Il a sondé l'appartement en y mendiant une trace de sa vie avec Jade ou, pire encore, de ce qui s'en était évanoui. Sa détresse m'a émue, mais je ne peux m'immiscer dans les histoires de cœur de ma petite-fille. Elle-même me semble si décontenancée par sa propre vie depuis sa rupture. Ces nouveaux modes de rencontre loin du romantisme qui la caractérise et qu'elle cache avec soin la troublent bien plus qu'elle ne veut l'avouer. Sous prétexte de me ménager, moi et mon ancienneté, elle affecte des airs gênés en avouant les tares de sa génération, dont je pense qu'elles sont l'expression d'une autre forme de relations entre les êtres. Dans son roman, pointe cette flamme ancienne et belle de l'amour romanesque qu'elle s'obstine parfois à dissimuler sous la vulgarité d'une écriture de papier journal. Ah, si elle laissait libre cours à cette élégance sans déguiser ses personnages en marionnettes caricaturales… Si elle pouvait mettre cette pureté au service de la judicieuse intuition qu'elle a des êtres humains… Mais je ne sais si mon exhortation à plus de simplicité va la heurter ou la séduire.

Jade était installée avec Elisa à la terrasse d'un café près du canal Saint-Martin, un lieu qui lui évoquait l'été à Paris. Elle n'y venait jamais l'hiver comme s'il était un café migrateur qui n'existait qu'aux premiers jours du printemps. Depuis qu'elle avait quitté Julien, elle avait cessé de voir ses amis en bandes joyeuses. Elle avait des rapports d'amitié plus individuels, plus intimistes. Avec Elisa, elles parlaient de leur métier de journaliste. Ce n'était pas tout à fait le même car l'une l'exerçait à la télévision et l'autre dans les journaux. Là où Jade écrivait dans l'anonymat, Elisa présentait dans la lumière. À l'époque où elles s'étaient rencontrées, trois ou quatre ans auparavant, elles ne savaient même pas quel était le métier exercé par l'autre. Elles avaient commencé à tisser les fils de la coïncidence et du rire en apprenant la salsa dans le même cours. Les défaillances du mouvement de leurs hanches, les œillades du beau Ricardo, leur professeur cubain, la musique et les sorties dans les cafés *calientes* les avaient tout d'abord rapprochées, avant que leurs discussions n'abordent par hasard leur activité professionnelle. Depuis qu'elles avaient découvert qu'elles étaient reporters, elles se voyaient en dehors des fêtes et des heures de cours et dans leurs conversations se mélangeaient danse et métier. Ce jour-là, Jade était amère.

— Peut-être n'ai-je rien à accomplir dans le journalisme ? Voici que maintenant je me demande comment j'ai choisi cette voie et pourquoi. Il n'est pas impossible que cette envie d'enquêter sur des histoires de société n'ait été qu'un alibi pour me fournir des personnages réels à imiter...

— Eh là, tu me parais bien pessimiste aujourd'hui ! C'est la fin de ton histoire avec Julien qui te plonge dans une telle perplexité professionnelle ?

— Pendant les quelques mois qui ont précédé ma rupture, je croyais que c'était avec lui que je m'encroûtais. Mais tu vois, je m'aperçois qu'il servait de paravent à ma propre absence. Je lui reprochais d'être pépère dans une relation que je sentais vieillir avant même qu'elle soit dans l'explosion passionnelle. Il me disait : Je ne te comprends pas. Nous faisons du sport, nous partons en week-end sur des bateaux, nous bougeons... Tu me saisis, toi, non ?

— Oh que oui ! Tout était prévisible... Les copains, les fêtes d'anniversaire, la vie jeune et trépidante de jeunes bourgeois de province installés à Paris...

Voilà pourquoi Jade avait tout de suite aimé Elisa. Elle rebondissait en deux mots et au quart de tour sur ce qui ne frappait pas les autres.

— ... Pas d'aventure, pas l'impression d'une vie qui exalte en toi des sentiments inconnus, t'emporte vers des chemins secrets ou dangereux.

— Oui oui tout ça oui ! Contrairement aux héros des romans qui n'échappent pas à leur destin, et Jade avait pris un ton mélodramatique qui convenait à sa déclaration, je crois que dans la vraie vie on a toutes les chances de passer à côté, pour peu qu'on n'y prenne pas garde. Et voilà, moi qui me sentais vouée à l'exil, à l'aventure, je me suis retrouvée dans un couple à deux balles avec appartement à crédit. Tout y était garanti cent ans, surtout l'ennui !

— Et maintenant ? l'interrompit Elisa qui avait lu sur son visage que le départ de Julien n'était pas la seule nouveauté de ces dernières semaines.

— Maintenant je vis avec une octogénaire et c'est plus surprenant que mon couple asphyxié !

Jade lui raconta Mamoune, ce qu'elle découvrait auprès de sa lectrice grand-mère sans oublier de lui glisser sa rencontre avec Rajiv. En le décrivant à Elisa, Jade sentait qu'il représentait encore un mystère. Comme une amoureuse désordonnée et dans sa fièvre de l'autre (mais qui était cet autre ?), elle mélangeait la description de ses mains, les histoires de sa famille et les émois qui la traversaient tout en soutenant le regard amusé d'Elisa qui comprenait, accompagnait de la tête. Elle lui avait toujours paru d'un grand naturel et dotée d'une faculté d'écoute rare. Jade reconnaissait dans ce qu'elle déployait à son égard la même douceur que celle qu'elle affichait à l'écran. C'était ce qui la rendait si crédible. Elle ne jouait pas l'intéressée, elle était dans une découverte passionnée des êtres humains. Quand Jade à son tour la questionna sur une vie intime qu'elle semblait avoir récupérée depuis peu, elle confirma. Elle était à nouveau amoureuse. Il était plus âgé, ne travaillait pas du tout dans le milieu de la télévision et ce fut dit avec une sorte de soulagement, il était tendre et attentif. Jade savait qu'Elisa avait souffert d'une relation distante avec un intermittent du couple. Un grand courageux qui la trouvait trop bien pour lui, trop fidèle pour s'engager, trop belle pour vivre avec, trop vivante pour lui offrir son quotidien. Mordue, elle avait soupiré pendant trois ans, avait espéré, puis s'était éloignée sans parvenir à le quitter. Voir le visage d'Elisa rayonner à nouveau tandis qu'elle parlait d'amour conforta Jade dans la douceur de cette soirée. Elles recommandèrent un deuxième cocktail, *Cuba libre,* pour fêter l'anniversaire de leur rencontre salsa et les bonnes nouvelles de leurs vies. Elisa savoura une gorgée et redevint soudain grave.

— Je crois que je l'ai toujours su mais j'en suis sûre maintenant : j'ai choisi d'être à l'antenne pour être aimée. Et tu vois, je n'ai jamais autant travaillé que ces trois dernières années où, comme tu le sais, ma vie personnelle était sous le signe d'une attente impossible. Bref, aujourd'hui tout baigne et je viens de faire une découverte susceptible de causer du tort à l'épanouissement féminin. Je me demande juste si je dois continuer à présenter des émissions !

Jade superposa les paroles de son amie à ses propres interrogations professionnelles et se demanda si une certaine catégorie de femmes ne comblaient pas dans le travail les détresses de leurs vies amoureuses. La révélation avait de quoi faire hurler les féministes. Mais pourquoi ne pas accorder aux femmes le droit d'être de grandes amoureuses et de ne passer leur temps qu'à cette langueur ? Ça se tient, non ? se disait Jade... Elle partagea avec Elisa cette réflexion et quelques niaiseries dues à leur état euphorique suivirent. Puis elles en vinrent rapidement aux hommes. Vivaient-ils la même chose ? Non, certes. Ils semblaient avoir inscrit dans leurs gènes la poursuite d'une réussite professionnelle, des ambitions sociales à mener malgré l'amour... Leur désir à elles venait-il d'une indifférence plus nette pour l'argent et la reconnaissance ? Elles se demandèrent ce qu'elles poursuivaient que l'amour ne pouvait leur donner. Et qu'auraient-elles été prêtes à abandonner pour peu que l'amour survienne ? Jade savait que certaines de ses proches auraient dit « rien » et elle le déplorait. Le visage de sa grand-mère s'interposa comme si elle était la réponse à toutes ses interrogations de vie. Elle s'aperçut qu'elle la créditait d'un savoir qui dépassait celui qu'elle, Mamoune, lui avait avoué avoir acquis dans les livres. Elle se souvint que, petite, elle ne pouvait jamais lui résister. C'était la seule personne au monde qu'elle avait vue apprivoiser des enfants monstres qui se roulaient par terre de colère et refusaient de se coucher. Mamoune les métamorphosait en petits anges. Ils disaient poliment bonsoir et ne semblaient rien désirer d'autre que la suivre aveuglément pour obtenir d'elle une histoire qu'elle leur murmurait de sa voix douce et enveloppante quand ils se blottissaient entre ses bras.

Depuis que Mamoune habitait avec elle, Jade ne pensait plus à la mort. Ni à la sienne, ni à celle des êtres qu'elle aimait. Il lui en restait juste une pensée floue. Celle qui tourmente certains êtres qui portent en eux, à chaque instant, qu'un jour tout est fini. Elle n'osait pas en parler avec sa grand-mère comme si elle voulait conjurer cette préoccupation incongrue en la taisant. Elle avait peur sans doute que Mamoune ne se croie responsable de ses pensées. Mais Jade avait surtout la crainte d'aborder un sujet qui lui semblait légitimement plus proche de l'âge de Mamoune que du sien. Elle n'excluait pas la cruauté qu'il y avait à converser d'une disparition que sa grand-mère avait peut-être déjà à l'esprit bien qu'elle n'en ait jamais soufflé un mot. Et pourtant, Jade brûlait d'aborder avec Mamoune cet aspect de la vie. Elle voulait savoir si à son âge, enfin, on avait résolu ces questions cruciales : Que vivre ici ? Pendant combien de temps ? Pourquoi ? Avec qui ?

La sonnerie de son portable interrompit leurs discussions philosophiques. Jade s'excusa et jeta un coup d'œil en pensant à Mamoune. Elisa lui fit un signe d'approbation. Elles avaient toutes deux en horreur ces personnes qui ne peuvent se passer de leur téléphone. C'était Rajiv et il lui sembla qu'en voyant son nom s'afficher une soudaine rougeur s'était emparée de ses joues. Jade reposa le petit carré noir sur le coin de la table. Elle écouta son cœur qui battit jusqu'à ce qu'une petite sonnerie lui signale qu'il avait laissé un message. Elisa ne l'avait pas quittée des yeux et son air moqueur avait l'air d'en savoir long sur les états d'âme de son amie. Tu peux écouter le message si tu veux… Jade répondit non, reposa puis reprit l'appareil tout en détaillant Elisa. Cheveux courts, auburn, pommettes hautes, yeux bleu et vert, sourire… Qui n'avait rien à envier à celui de Rajiv. Était-elle influencée par sa voix ? Leurs deux sourires se superposèrent. Jade raccrocha.

— Il me propose d'assister au concert d'un pianiste. Jazz, a-t-il précisé, enfin pas classique… Demain soir. Je caresse respectueusement vos pieds en espérant que votre réponse soit positive. Tu connais un homme qui dit ça sur un répondeur toi ?

— Non mais ce n'est pas forcément une mauvaise nouvelle ! Il est un peu loufoque non ?

Jade leva un sourcil et son verre en même temps : *Salud !*

Deux hommes passèrent et lorgnèrent ces deux filles qui riaient et trinquaient dans le soleil couchant. Ils se murmurèrent quelques mots et leur adressèrent des petits signes. Pourquoi ne pas se contenter de cette légèreté de vie, de l'insouciance de l'âge en repoussant aux frontières de la vieillesse ce parfum d'orages qui plane sur la vie ? se disait Jade. Pour la première fois, elle entrevoyait une réponse à la fois terrible et rassurante. Parce que rien ne changeait. Quelque chose était là qui n'avait pas d'âge justement, une sorte de sentiment diffus qui resterait longtemps dans l'illusion d'être immortel et de n'avoir jamais vieilli. Quelque chose qu'il était important de nommer, mais quoi ?

Mamoune

Jade se replonge dans son roman. Je la vois soupirer devant son ordinateur, griffonner sur l'exemplaire que je lui ai annoté, barrer rageusement de grands passages, sortir sur le balcon pour regarder comment évoluent les dernières plantations dans les pots… J'ai tout d'abord pensé « dans les mots ». Est-ce qu'on ne pense pas avec des images ? Comment se fait-il que je voie soudain des phrases écrites ? Il faudra que je me surveille. Tiens la voilà qui touche du bout des doigts une feuille tandis qu'elle a les yeux dans le vague ; rien ne semble la sortir de cet état d'hébétude qui me fait croire qu'elle est bien en train de se relire. Est-ce qu'elle se retrouve nue devant le texte qui est sorti d'elle et qu'elle n'a pas voulu voir jusqu'alors ? Cette situation m'émeut car elle porte en miroir les écrivains que j'ai aimés, ce qu'ils disent de la littérature dont je comprends en regardant ma petite-fille les affres, gouffres, pics de plaisir, jouissances d'altitudes, ivresses des profondeurs. Elle semble absente aux appels téléphoniques bien qu'elle jette un œil sur leurs origines. Au moins une fois par jour, elle m'interroge et s'inquiète.

— Mamoune, penses-tu que je sois planquée derrière ce que j'écris ?

— Je crois qu'il vaut mieux cela que si tu es visible derrière ce que tu écris, comme tu dis.

— Tu sais, je comprends bien ce que tu me dis, mais je ne sais pas comment identifier cela dans mon roman.

Elle me regarde sourcils froncés avec cet air penaud qu'elle avait petite quand elle me récitait une poésie mal apprise.

— Sers-toi de tes défauts ma chérie. Comme dans la vie. Retourne la pièce pour qu'on en voie le côté doré…

— Où vas-tu chercher tout ça Mamoune ?

— Je suis née vieille déjà. Je ne te l'avais pas dit ? J'ai mille cent quatre-vingts ans.

— Sais-tu que parfois j'essaie de m'imaginer quand j'aurai ton âge ?

— Oui oui moi aussi, je m'imagine quand j'avais le tien.

— Mamoune ! Tu as très bien compris. Tu sais bien comment était le mien, mais moi je m'interroge.

— Je ne crois pas que ce soit nécessaire. Profite, vis ton présent !

— Il n'empêche, tu n'es pas comme la plupart des grand-mères.

— Tu veux dire emmerdante et pieuse ?

— Par exemple…

— Ne désespère pas, ça peut venir… Enfin… Surtout la première partie parce que pour le bon Dieu… On a de sacrés comptes à régler ! Allez remets-toi au travail, je te prépare un goûter.

Tandis que je mets les pommes au four, je me souviens que Jade m'a prévenue de sa sortie avec Rajiv ce soir. Elle s'est inquiétée de ma bonne forme. Je me coucherai tôt, je lirai quelques pages, que veux-tu qu'il m'arrive ? ai-je répondu. Jade tient à ce que je prévienne la voisine espagnole si je ne me sens pas bien. Elle ne semble pas agacée de voir sa liberté mise en péril par ma présence. J'admire sa fermeté et son sens de l'organisation. Elle fera une bonne mère ! Elle a tenu à préparer mon dîner avant de sortir. Je me laisse dorloter ; je sens que sa tranquillité d'esprit à mon égard est à cette seule condition. Ma chute de tension l'a mise en doute dans son choix de vivre avec moi. Je respecte sa peur et j'essaie autant que faire se peut de la protéger de ce que pourraient lui reprocher ses tantes s'il m'arrivait quelque chose.

Ma petite-fille m'interroge beaucoup sur mes années de lectrice cachée. Je ne te voyais qu'avec ta bible, où te cachais-tu pour lire ? Avais-tu des livres que tu désirais garder et dans ce cas où les mettais-tu ? Elle veut en savoir plus sur le contenu de mes lectures.

Elle oublie que j'ai gardé un bon nombre d'enfants très jeunes qui n'étaient pas troublés de me voir penchée sur des recettes de cuisine ou sur tout autre ouvrage non identifié. Elle ne se rappelle plus les longs après-midi de dimanche où je partais à l'église, les échappées dans la montagne où la bergerie de mon père m'accueillait avec les quelques livres que je pouvais conserver à l'abri des regards. J'ai lu si souvent dans la nature qu'elle est devenue mon souvenir de bibliothèque le plus intense. Sur les étagères des nuages, installée contre le tapis d'herbe volant ou le dos calé contre un rocher dans la forêt, je mélangeais les parfums des alpages à ceux de mes lectures.

Et puis il y a eu la rencontre avec celui qui allait devenir mon grand ami, mon seul confident dans cet amour des livres. Il m'avait demandé de venir jusqu'à son château, près d'Annecy. Il venait de subir une opération pénible, et ne pouvait plus garder sa petite-fille. Il connaissait ma réputation de maman de remplacement et voulait que j'emmène sa petite Clémentine quinze jours dans notre ferme des alpages. Il devait avoir autour de soixante-dix ans. Moi j'en avais à l'époque plus de cinquante-cinq. La rencontre fut étrange. Il était grand. Il avait dans ses gestes la classe d'un aristocrate sans en avoir l'arrogance. Il m'a reçue dans sa bibliothèque. Quel souvenir cet endroit ! Je n'avais jamais vu tant de beaux livres ; quand il s'est absenté pour demander qu'on nous apporte un café, j'ai été comme hypnotisée. Je me suis levée et, comme dans un rêve, j'ai emprunté un des petits escaliers de bois qui couraient le long des rayonnages. J'ai caressé doucement les couvertures avant d'oser sortir un des ouvrages. Je respirais l'intérieur des pages qui me semblaient distiller un parfum de secret vénérable. Je ne pouvais pas détacher mes yeux de tant de beauté. J'avalais du regard les titres jusqu'à ce que je rencontre Montaigne dans une reliure si belle que je n'ai pas osé la prendre tout de suite pour l'ouvrir. Enfin le cœur battant, toute notion de temps envolée, je m'en suis saisie. Les pages étaient fines, susceptibles de se fendre dans un frôlement pour passer à la suivante. Un léger raclement de gorge, le comte était là et me regardait en silence. Gênée, j'ai remis le livre à sa place dans un geste que j'espérais le plus naturel possible. Quand je suis descendue m'asseoir en face de lui, il m'a fixée avec une grande intensité. Et je me suis aperçue alors que celui que j'étais venue voir, le vieux grand-père affaibli de Clémentine, avait laissé sa place au plus bel homme qu'il m'ait été donné de rencontrer. Il souriait et sa chevelure blanche ondulait, lui donnant l'air d'un sage. Dans son regard d'un bleu d'acier, une lueur de malice s'était allumée. J'ai senti mes joues en feu incendier mon visage. J'avais presque soixante ans et je fondais sous le regard ardent d'un châtelain. Je me suis noyée dans ma tasse de café. Il n'avait toujours rien dit et ce silence était enivrant. Vous aimez la lecture n'est-ce pas ? Vous aimez les livres ?... J'ai reçu la question comme une gifle. Habituée à mon immense solitude de lectrice, je n'avais rien compris. Il était ému de rencontrer quelqu'un d'aussi passionné que lui. Il a continué d'une voix vibrante. Vous êtes comme moi. Vous aimez l'accident d'un rêve enseveli dans un roman. Vous aimez que l'écriture accroche la douleur aux ténèbres pour en faire de la lumière. Je le sais, je le sens. Je vous ai observée, vous savez, depuis ce moment où vous êtes montée sur cette échelle. En vous voyant aller vers eux, j'ai compris qui vous étiez. Vous aimez deviner ce qui se joue entre un écrivain et son lecteur, ce regard infiniment long qu'ils échangent sans jamais que leurs yeux ne se croisent. Vous aimez dévorer ces mondes où sont inscrites nos autres vies, celles qui ont un destin...

Tant d'années après, je ne crois pas beaucoup me tromper quand je repense à ce qu'Henri m'a dit ce jour-là. Je l'écoutais bouche bée. Ses mots se gravaient en moi comme s'ils ne devaient plus s'effacer. Personne ne m'avait jamais parlé ainsi. Je ne songeais même plus à mon exploration impolie de sa bibliothèque. Il attendait que je lui réponde. Je suis sûre d'avoir bégayé, Je crois que c'est tout cela. Oui... Merci de me l'avoir dit... Si bien. Mais... J'ai rêvé d'être un écrivain Jeanne, vous permettez que je vous appelle Jeanne n'est-ce pas ? Il a semblé un instant se perdre dans son passé. Je voulais lui dire qu'il venait de découvrir mon secret. Ce que vous m'avez dit… Vous êtes le seul à savoir… À savoir quoi ? C'est difficile à expliquer, dans mon milieu… Ah je sais Jeanne… Le droit à l'érudition appartient aux riches. Pour les pauvres, avoir appris à lire, c'est savoir ânonner plus ou moins bien, nager dans l'univers des lettres, celles de l'alphabet et non celles de la littérature ! Et pour les plus perspicaces, c'est juste un moyen d'entrevoir avec nostalgie les beaux textes dont ils ne sauront jamais rien. Je sais toute cette bassesse Jeanne. Il s'est tu un instant, les yeux perdus dans le vague, puis il a continué. Il est possible que je lise dans les êtres ; il n'y a que ma propre femme que je n'ai jamais pu déchiffrer. Elle s'est toujours exclusivement intéressée à la broderie. Et moi qui ne m'occupe que de ceux qui brodent ! Nous aurions dû trouver là un terrain d'entente. Mais vous l'avez épousée, ai-je dit timidement. Son rire était triste. Oh non ma chère Jeanne, dans nos familles ce sont les terres qui s'épousent ; les humains s'accommodent.

Je crois qu'ensuite nous avons parlé de lecture et d'écrivains. Le temps s'est écoulé… Il m'a semblé court, mais il fut très long. Je m'en aperçus en le quittant. Il faisait presque nuit. À un moment de la conversation, il m'a dit qu'il était content que ce soit moi qui prenne en charge la petite Clémentine. Je vous l'amènerai samedi à l'heure convenue pour partir à la montagne. Ma femme n'est pas assez en forme pour s'occuper seule de la petite, et moi… Je vais essayer de prendre mon mal en patience, ma convalescence. Il a eu un geste fatigué puis s'est repris en souriant. Je suis heureux de vous connaître enfin Jeanne.

Au moment où je prenais congé, il m'a glissé deux clés en m'expliquant que la plus grande était celle du portail, la dorée, celle de la porte de la tour qui menait à la bibliothèque, sans passer par le chemin que nous avions pris à travers le château. Je vais vous montrer en sortant. Venez quand vous voulez. Empruntez ce dont vous avez envie ou besoin. J'avertirai le personnel que vous travaillez pour moi, que vous m'aidez à classer les livres ou à effectuer des recherches. Rien ne me venait pour le remercier qui fût à la hauteur de ma joie et de mon trouble. C'était presque douloureux. Pourquoi faites-vous ça ? Chère Jeanne. Vous êtes jeune encore et je ne sais pas pour combien de temps je suis encore sur cette terre. Vous êtes sans doute la compagne de lecture que j'ai espéré rencontrer depuis des années. Et je ne vous ai pas encore dit ce que je souhaiterais que vous me donniez en échange de ces clés. J'ai bredouillé que j'espérais que ce ne soit rien que je sois obligée de lui refuser. Il semblait beaucoup s'amuser. Accordez-moi la grâce d'un café de temps en temps pour que nous parlions de vos lectures préférées, comme aujourd'hui. Il y a bien longtemps quand j'étais un jeune homme, j'ai connu quelques femmes qui portaient sur les livres le même regard que vous, empli d'une émotion qui aurait pu rendre jaloux bien des hommes, mais qu'ils ne semblaient pas percevoir. Vous savez comment sont les hommes ? À toujours guetter l'ennemi là où ils pensent qu'il se cache sans soupçonner un instant ni sa vraie force ni sa vraie place. Votre mari sait-il que vous êtes une grande amoureuse de la littérature ?

Mon regard affolé devait être assez éloquent pour lui raconter l'ampleur du mensonge. Je ne vois pas en quoi cela vous regarde ! Il a éclaté de rire.

Quoi qu'il en soit, ne craignez pas que je vende la mèche. Vous qui avez pris les livres pour amants, vous pouvez bien prendre un propriétaire de livres pour ami. Vous êtes le cadeau que le ciel m'envoie. Je vous en prie Jeanne, acceptez ces clés et confiez-moi vos impressions de lectrice. Et surtout appelez-moi Henri et jamais monsieur le comte.

C'est comme ça qu'a commencé cette belle relation. Je ne sais pas si je la raconterai à Jade. Elle ne manquera sûrement pas de me demander si j'ai aimé cet homme. Sans doute. À ma façon. C'était une amitié pure ; le sentiment amoureux n'y avait pas sa place. J'étais une femme modeste dont l'ascension n'aurait impressionné personne puisqu'elle n'était pas sociale. Dans ce coin de France montagnard où les paysans confondent érudition et niveau de richesse, je me sentais en possession d'un trésor plein de lumière, celle des mots.

Mamoune n'avait presque rien dit de la journée. Jade s'aperçut qu'elle semblait absorbée, ennuyée même. Toute la matinée, elle avait rangé un peu puis lu les journaux tandis que Jade s'était remise à travailler sur son roman. À l'heure du déjeuner, elle avait proposé à sa petite-fille une salade composée qu'elle avait préparée. Elle avait cassé une assiette, avait juré en ramassant les morceaux et depuis le début du repas elle était silencieuse.

— Quelque chose ne va pas Mamoune ?

— Rien de grave, marmonna-t-elle. Ça va me passer…

— Tu ne veux rien m'en dire ? avait demandé Jade.

Mamoune la regarda dans les yeux longuement avant de parler.

— Depuis que les femmes ont le droit de vote, je ne me suis jamais abstenue de voter. Et là, c'était une élection présidentielle…

— Mais tu aurais dû m'en parler. Nous aurions fait les démarches pour que tu votes par procuration. Pourquoi n'as-tu rien dit ? Je n'ai pas pensé que c'était si important pour toi.

— Ah mais pardon. C'était la première fois que nous aurions pu élire une femme. Ce n'est pas rien cela !

— Oui oui, j'admets que tu as raison mais…

— Toi tu ne sais pas ce que c'est d'avoir obtenu le droit de donner son avis au même titre qu'un homme. Être enfin une vraie citoyenne ! J'avais dix-huit ans quand le droit de vote a été accordé aux femmes de ce pays, je me souviens de ma mère si fière de se rendre aux urnes.

— Toi tu n'as pas voté lors de cette première fois ?

— Non. N'oublie pas que la majorité était à vingt et un ans. Un an après que la loi est passée, quand les femmes sont allées mettre leur bulletin pour les municipales, ma mère avait tenu à ce que je l'accompagne pour marquer l'événement. Elle ne voulait pas y aller avec mon père mais avec l'autre femme de la famille. Tu aurais vu ça ! C'était drôle. Au début dans le village, les femmes avaient des petits secrets. Certaines ne voulaient pas voter comme leurs maris mais se taisaient pour qu'ils l'ignorent.

Mamoune se tut comme perdue dans ses pensées. Elles ne parlaient jamais de l'actualité ensemble. Jade considérait que cela appartenait à son métier et Mamoune lui semblait bien plus heureuse de fureter dans sa bibliothèque que de regarder chaque jour les informations. Et Jade se rendait compte soudain que sa vie avec Mamoune était comme un temps hors du temps, un refuge dans lequel elle oubliait sa vie de journaliste et les turpitudes du monde. Cette soudaine discussion politique la décontenançait, mais ne lui déplaisait pas. Encore une fois, elle découvrait une Mamoune qu'elle ne connaissait pas. Celle qui avait voté pour la première fois, une femme qui pouvait lui raconter un temps qu'elle avait vécu et qui avait disparu.

Jade se remit à son bureau en pensant que Mamoune était un sacré numéro. Il lui semblait la découvrir un peu plus chaque jour. Parler avec elle de son roman lui avait par exemple ouvert des portes sur un horizon inconnu : celui du lecteur. Si on le lui avait demandé, Jade aurait avoué qu'elle lisait pour être subjuguée. Mais quel écrivain pouvait bien écrire avec en tête l'idée d'éblouir ses lecteurs ? Cela lui paraissait trop cabot pour être honnête.

Jade ne savait pas trop comment, mais sa grand-mère avait percé ce qui lui paraissait être un secret. On pouvait être écrivain avant même de le savoir. Le regard, qu'elle obligeait sa petite-fille à porter sur ce qu'elle avait écrit, était intimidant. Et Jade savait que, même avec Mamoune perchée sur son épaule, elle était seule pour écrire ce roman, bannir de ses pages ce qui s'y glissait avec son accord et laisser s'y épanouir ce qui venait à son insu en lui donnant de l'ampleur. Que les complaisances et les fioritures ne lui sautent pas aux yeux, elle le devait à ce monde un peu artificiel des journaux où les trucs tenaient lieu et place de récit.

Avec ce roman, elle s'était mise dans un sale pétrin. Elle ne doutait pas que la partie d'elle qui lui était inconnue fût à l'origine de ce qu'elle écrivait. Mais était-ce pour s'en protéger qu'elle fuyait la relecture de ces petites histoires ? Elle se découvrait trop fière, trop chevillée à sa peur. Par ailleurs, elle reconnaissait le bien-fondé de la lecture de Mamoune. En se relisant, éclairée par ses avis dans la marge, elle se découvrait dans les yeux d'une lectrice et quel talent avait Mamoune pour décrypter ce qui manquait au livre de sa petite-fille sans en souffler mot, juste en interrogeant sa capacité à se relire.

Parfois Jade se rebellait, accusait son âge… Elle l'aurait bien traitée d'ignorante si elle avait osé mais l'éclairage brillant de ses réflexions était toujours assorti d'exemples qu'elle piochait à dessein chez de grands écrivains, dont Jade admirait les œuvres. Elle lui montrait avec humilité, tact et pertinence ce qui dans son récit appartenait au négligeable. Sans jamais être blessante, elle soulignait l'essentiel dont elle n'oubliait pas de dire les qualités. Sans compter qu'elle-même… Sur une des pages du manuscrit, elle avait écrit : « Pour peu qu'on voie l'auteur, on se demande ce qu'il fait là ; mais si au fil des pages sa chair disparaît au profit d'une belle écriture, si derrière les mots bien alignés, la langue noble, on ne sent plus son âme, alors soudain, on se demande où il est passé. »

À se relire sous la lumière que lui apportait Mamoune, Jade comprenait qu'elle ne s'était jamais demandé ce qu'elle avait bien pu vouloir dire. Pour oublier la contrainte que son métier imposait, elle avait écrit sans plan, sans savoir où elle allait, avec une joie totale, une liberté sans égale… Mais maintenant…

Dans l'appartement fleuri, elle identifiait tout de suite en se levant le matin ce léger parfum de violette et de rose de Mamoune et elle souriait de ce petit pincement au cœur qui lui racontait que sa grand-mère imprégnait maintenant son désordre de sa présence. C'était cette douceur tiède qui l'accompagnait quand elle griffonnait ses pages rageusement, quand elle se prenait pour un bûcheron, supprimant des pans entiers de son texte sans discontinuer. Mamoune lui avait bien dit que le but de l'abattage c'était d'empêcher la forêt de s'asphyxier. Il fallait sacrifier quelques arbres trop communs pour permettre aux essences rares de s'épanouir. Et Jade souriait d'entendre dans cette phrase deux femmes enlacées : Mamoune la montagnarde et Jeanne l'érudite.

Ce jour-là, Jade avait proposé à Mamoune de lui relire certains passages, mais elle avait refusé.

— Travaille ma chérie, lui dit-elle. Je préfère redécouvrir d'une traite la version finale sinon je vais m'embrouiller. J'aime beaucoup le tableau qui est dans ta chambre, ajouta-t-elle, et j'oublie toujours de te le dire.

— C'est un tableau de Klimt, lui répondit Jade toujours préoccupée par sa correction. Il s'appelle *Les trois ages de la vie*. Tu préfères vraiment tout relire à la fin ?

— *Les trois ages de la vie ?* Je ne comprends pas, il n'y a que deux personnages représentés, une mère et son enfant.

Cette fois Jade sortit le nez de son manuscrit pour lui répondre.

— La plupart des reproductions de cette peinture sont recadrées. Il y a une troisième femme dans ce tableau, quand il est entier. C'est la plus âgée...

Elle s'interrompit en se rendant compte de ce qu'elle disait.

— On me l'a offert comme ça, mais je le préfère avec les trois personnages.

Mamoune ne répondit rien. Elle hochait la tête en se frottant les mains. En la regardant Jade se dit que de jour en jour elle semblait rajeunir. Elle lui prit la main.

— Viens, je vais te montrer à quoi ressemble ce tableau quand on ne supprime pas ton âge... Et puis ça te donnera l'occasion d'apprendre comment rechercher des images sur Internet.

Quelque temps auparavant, Mamoune lui avait demandé avec un peu de timidité si elle pourrait lui apprendre à se servir de son ordinateur, mais seulement si ça ne te dérange pas, avait-elle ajouté timidement, et si je réussis à comprendre vite sans que tu y consacres trop de temps... Elle voulait, disait-elle, « s'exercer sur cette histoire d'Internet ». Surprise et ravie, Jade s'était prise au jeu... Elle lui avait expliqué comment se diriger sur l'écran, comment effectuer des recherches. Sa grand-mère était un peu maladroite pour guider la flèche et surtout d'une lenteur extrême, mais elle apprenait tout avec une telle ardeur que Jade oubliait son impatience pour l'aider à se débrouiller. Mamoune s'entraînait quand elle n'était pas là, comme Jade le lui avait conseillé. Un jour, elle perdit le fichier d'un article que venait de terminer sa petite-fille et qu'elle devait rendre.

— Tu l'as sans doute saisi dans une mauvaise manipulation et déposé ailleurs, essaie de te souvenir, disait Jade, mais Mamoune s'obstinait à dire qu'elle n'y avait pas touché, ce qui avait mis sa petite-fille dans une rage folle. Elle mit deux heures à le retrouver et, le croyant effacé ou perdu pour toujours, elle s'en prit à Mamoune au point de lui mettre les larmes aux yeux. Un peu plus tard mais trop tard, Jade s'excusa de l'avoir malmenée et elle dut la supplier de ne pas abandonner, et d'oser à nouveau se servir de « l'engin » comme l'appelait Mamoune. Elle réussit néanmoins à la convaincre en lui rappelant que seule cette pratique assidue lui donnerait une main plus heureuse et qu'elle finirait par ne plus s'égarer dans ses erreurs de manipulation. Chaque nouvelle conquête de la machine fascinait Mamoune et sa capacité d'émerveillement était un baume sur le cœur blasé de Jade. Un jour, elle trouva sa grand-mère pensive devant son écran, Jade voulut la secourir, mais elle secoua la tête en signe de dénégation.

— Je me souvenais juste du jour où l'électricité a été installée chez mes parents et de cet autre jour encore où mon frère et moi lisions dans le journal que mes parents avaient gardé le récit de Charles Lindbergh. Sa première traversée de l'Atlantique... Mes parents avaient gardé ce journal qui datait de l'année et du mois de ma naissance. C'est ce jour-là que mon frère me confia qu'il voulait être pilote.

Le frère de Mamoune, qui avait sept ans de plus qu'elle, était mort aux commandes de son avion pendant la guerre. Jade l'avait toujours entendue le décrire comme un héros, son héros personnel depuis l'enfance. Grand, brun, le plus beau jeune homme du village, disait-elle toujours. Qu'il devienne pilote n'avait été qu'une fascination de plus pour la petite Jeanne. Quand elle avait appris que son avion avait été descendu en larguant des parachutistes en mars 1944, Mamoune revenait du plateau des Glières où elle avait réussi à passer des messages. Elle y serait bien retournée pour y mourir aussi tant la mort de ce frère chéri lui fut insupportable. Fine mouche, sa mère l'avait rattrapée par le col de sa veste et recrutée d'office pour l'aider à accoucher une femme. Avec les yeux pleins de larmes, elle lui avait dit en lui collant le nourrisson à peine né dans les bras : La mort, c'est la vie aussi. La guerre t'a pris ton frère qui était mon seul fils. La vie est une salope qu'il faut chérir de toutes tes forces. Vis ma fille, prends le bonheur dans chaque instant et pleure les morts sans les rejoindre si ce n'est pas encore ton heure, c'est la moindre des dignités. Cette leçon avait l'air d'avoir profondément marqué Mamoune. Pourtant Jade ne l'avait jamais entendue raconter cet épisode de sa vie avant ce jour, les yeux perdus dans le vague devant l'ordinateur. Un grain de poussière avait suffi à réveiller le passé et le souvenir à peine convoqué reprenait une nouvelle existence, venait redonner au présent la part de ce qu'il était.

Mamoune

Parfois, je l'avoue, je prends bêtement la mouche. Comme hier où Jade m'a dit : Mamoune pour tes dents… Quoi mes dents ?… Tu es étonnée de ne pas les voir flotter dans un verre sur le lavabo, ai-je dit, mais j'ai toutes mes dents… Heureusement que Jade n'est pas rancunière. Elle a raclé sa gorge. Je voulais juste te signaler que mon dentiste habite l'immeuble et qu'il est très doux, si tu en avais besoin, mais c'est un sujet qui a l'air de te faire mordre donc dorénavant je saurai qu'il faut l'éviter !! Je me suis sentie toute bête. C'est tout de même étrange. Je n'étais pas comme ça autrefois, prête à bondir sans savoir… Mais qu'est-ce que l'âge a fait de moi bon sang !

Et pourtant, je ne me suis jamais sentie aussi bien depuis que Jean est mort. Est-ce d'habiter, après son départ, la maison où nous vécûmes toute notre vie, qui fut une erreur ? Ou tout simplement de changer de lieu qui fut un bienfait ? J'ai cessé de me retourner dans la solitude de mes questions. M'occuper du roman de Jade m'a confortée dans l'impression d'être utile… Je n'oserai jamais le dire, mais j'ai le sentiment d'avoir commencé une autre vie depuis que je suis avec ma petite-fille. Je peux aujourd'hui penser au passé sans qu'il me dévore le cœur. Jade par ses conversations, le bruissement du monde qu'elle rapporte à la maison m'oblige à ne plus dormir dans la lenteur de ce temps qui avait cessé de passer tout en m'entraînant dans ses griffes.

Sortir dans la rue d'une ville, pouvoir se glisser dans son effervescence, en observer les coulisses me donne le sentiment de ne plus être sur la première marche qui mène à la tombe. Moi qui suis si peu urbaine, j'imaginais que je serais perdue sans mon jardin de montagne et la liberté que me donnait la nature ! Je me surprends à tout aimer dans cette autre vie. Même l'anonymat qui se plaque aux habitants de la ville me convient. J'ai cessé d'être la pauvre veuve Jeanne qui traversait son village en imaginant les conversations murmurées sur sa façon de marcher sans entrain ou son sens de l'humour disparu depuis la mort de Jean. Les mêmes se seraient épanchés sur un rire ou un pas trop alerte s'ils avaient estimé que j'étais redevenue trop gaie à leur goût. Mais ne sommes-nous pas ce que les autres imaginent de nous ?

Dans ce quartier assez jeune, les regards glissent sans m'apercevoir. J'écoute sans m'en lasser les échos de ces adolescents ou jeunes adultes qui brassent des idées que je n'ai jamais eues, des problèmes que je n'ai jamais rencontrés et parfois même s'entretiennent dans une langue que je n'ai jamais parlée bien qu'elle ressemble de très loin au français. Ma vie ici m'a déniaisée. Je me sens capable de franchir d'autres montagnes que celles qui me servaient autrefois de décor et de lieux de promenade.

Ma main, qui n'est plus très sûre quand je pense à ces petits travaux d'aiguille que j'étais capable d'accomplir, passe en ce moment ses journées sur la rondeur plastifiée d'un instrument nommé souris. Pendant des heures, j'essaie de diriger une petite flèche sur un écran qui ne me semble jamais relié à ce gouvernail informatique. Tant bien que mal je m'accroche jusqu'à m'en fatiguer les yeux pour comprendre ce monde que je ne trouve pas si virtuel qu'on le dit. J'apprends cette nouvelle façon de communiquer avec un écran. Et si je me sens encore comme une vigne dans un champ de fraises, je vois bien que le plus important c'est d'avoir encore l'envie de semer et de faire pousser des plantes neuves sur cette vieille terre.

Jade m'aide, perd patience (elle a de qui tenir), veut que j'y arrive plus vite, puis finit par éclater de rire quand je lui signale que son ordinateur est doté d'un accès rapide mais que ce n'est pas le cas de la vieille carcasse qui le manipule. Parfois il me vient l'idée sans preuve que nous aurions pu partager cela avec Jean et qu'à la fin de notre vie j'aurais trouvé le courage de lui avouer mon mensonge, de mettre enfin des mots sur le pourquoi du comment… Peut-être… Il ne faut rien regretter, cela empêche de bien vivre. Ce soir Jade est sortie. Je contemple longuement *Les trois ages de la vie*, cette peinture de Klimt dont elle m'a imprimé l'original. Je me prépare la soupe qu'elle déteste parce qu'elle contient trop de poireaux, et que j'adore pour cette même raison. Je repense aux trois femmes du tableau, l'enfant dans les bras de la jeune femme ; elles sont belles, sereines avec leurs yeux fermés, peintes dans la couleur. La plus vieille est grise, décrépite et cache son visage dans ses cheveux. Je suis la plus vieille des trois, celle qu'on aurait éliminée dans le recadrage, mais je sais que je porte en moi les deux autres.

Avant de dormir, je vais commencer à lire mon cadeau. Je crois bien que c'est la première fois que ma petite-fille m'offre un roman. Elle est arrivée ce soir avec ce paquet et un petit air mystérieux. Dès l'emballage, pas de doute sur le contenu : un livre, épais. Oui, mais lequel ? me disais-je en le glissant hors du papier tandis qu'elle guettait ma réaction. *Orgueil et préjugés*, suivi de *Raison et sentiments* de Jane Austen, dans une magnifique collection en cuir. Je ne me souvenais plus d'avoir dit que j'avais envie de découvrir cet auteur que je ne connaissais pas. Tu as de la chance de ne pas les avoir encore lus, m'a lancé Jade avec cette envie impossible qu'a toute lectrice de redécouvrir pour la première fois ce qu'elle a déjà aimé.

En t'écoutant je n'arrivais pas à croire que tu joues depuis seulement huit ans. Tu as vraiment appris le piano à dix-sept ans sans toucher le moindre instrument auparavant ? Où était la musique quand tu ne jouais pas ?

— Je ne sais pas, je dormais… J'attendais quelque chose que je ne connaissais pas encore, sans doute un moyen de me connaître, de libérer mes émotions…

Rajiv regarda Jade en riant.

— Je t'avais prévenue, il est aussi insolite et séduisant que sa musique.

À la sortie de son concert, Yaron Herman, le pianiste ami de Rajiv, venait de rencontrer Jade. Dans la pénombre rouge de la salle, elle avait senti le regard de Rajiv qui semblait guetter ses réactions. Mais il n'avait pas eu besoin de l'observer longtemps pour comprendre à quel point elle était bouleversée, captive. Elle était partie dans une rêverie voluptueuse et Rajiv était à la fois heureux de voir son ami et d'avoir partagé avec elle sa musique. Ils discutaient ensemble des morceaux du concert et marchaient dans la douceur de la nuit. Rajiv leur avait proposé de prendre un verre chez lui. Ils mirent peu de temps à rejoindre son appartement à quelques rues du théâtre.

— Et vous deux, vous vous connaissez depuis longtemps ?

Il y eut un rapide coup d'œil entre eux et Jade sentit que Yaron attendait que son ami parle en premier.

— J'étais concertiste aussi… Classique… Enfin je me destinais à l'être. Contrairement à lui, j'ai appris la musique depuis très longtemps. J'étais, paraît-il, assez doué. Nous nous sommes rencontrés dans un festival…

— C'est un interprète de génie qui a décidé de mettre ses mains au service du monde, plaisanta Yaron…

— Tu veux dire que tu ne joues plus ? demanda Jade.

— Oh si, il doit encore savoir la *Lettre à Elise*, si on le lui demande gentiment.

— Oui mais plus du tout professionnellement ! précisa Rajiv en ignorant la raillerie de son ami. Je joue pour mon plaisir ou celui de ceux qui ont envie de m'entendre. Disons que j'ai choisi un autre genre de partition et que je n'en ai aucun regret. Je vais chercher quelque chose à boire… Champagne pour tout le monde ? Raconte à mademoiselle pourquoi je ne serai jamais concertiste s'il te plaît, mon frère de cœur…

Et Yaron expliqua à Jade avec une certaine admiration le voyage initiatique de Rajiv en Inde, dont ce dernier lui avait déjà livré quelques émotions en omettant toutefois son abandon de la musique. Découvrir ses racines, ce pays qui lui était inconnu pendant les six mois qu'il avait passés là-bas avait changé pour toujours Rajiv. À son retour, il avait renoncé au piano, décidé de commencer des études de médecine, puis avait bifurqué vers la recherche et s'était concentré sur les médicaments génériques. Rajiv revint avec une bouteille et des verres. Jade fut à nouveau frappée par la danse gracieuse de ses mains. Les confidences de Yaron sur son talent de concertiste le lui avaient rendu plus proche encore. Jade réalisa qu'ils n'avaient jamais parlé de musique ensemble ou tout juste pour échanger quelques noms de musiciens... Je suis sûr qu'il t'a dit plein de sottises sur moi ? Quand je m'absente, il en profite toujours pour draguer les jolies filles... Pas du tout, j'ai juste expliqué à Jade que tu es tellement intelligent que tu peux aussi bien chercher des petites molécules que jouer Scriabine. Par contre tu es vraiment nul pour servir le champagne... Laisse-moi faire... Jade épongea la table en riant. C'était la première fois qu'elle venait chez Rajiv... Ils étaient dans une grande pièce mal rangée avec des livres un peu partout, un immense lit couvert de coussins indiens et l'impression d'être dans n'importe quel appartement occupé par un célibataire d'une vingtaine d'années. Yaron s'arrêta de leur parler en fixant dans un coin de la pièce un amoncellement de vêtements et de documents qui recouvraient un meuble de laque noir...

— Tu as racheté un piano ?

— Non j'ai récupéré celui que j'avais confié à un ami qui vient de déménager... Ne rêve pas...

Puis se tournant vers elle comme s'il lui devait des explications, Rajiv lui précisa que lors de l'abandon de sa carrière musicale il avait eu besoin de ne plus avoir sous les yeux cet instrument si cher à son cœur.

— La décision en elle-même ne fut pas douloureuse, mais comme je jouais tout le temps il m'a fallu perdre le réflexe de me mettre au piano pour m'attabler à mes études. Au début, j'avais avec mon instrument le même comportement qu'un type avec sa cigarette. Aussitôt après l'avoir viré de mon appartement, j'étais capable à deux heures du matin d'écumer les bars du quartier pour trouver où pouvait traîner un piano. C'est comme ça que je me suis retrouvé à jouer les nocturnes de Chopin dans un bar à putes de Pigalle. Ce fut une vraie cure de désintoxication cette décision ! Quatre ans plus tard, me voici guéri ! Je peux me mettre au piano quand j'en ai envie ou l'oublier pendant plusieurs mois.

Son choix impressionnait Jade. Et Yaron, malgré la façon dont il le taquinait, avait l'air très respectueux de la voie prise par son ami. Quelques minutes plus tard ils lui offrirent le quatre mains le plus drôle qu'elle ait entendu dans sa vie. Puis Yaron s'éclipsa discrètement en prétextant un rendez-vous avec sa petite amie et Rajiv commença à l'espionner derrière son sourire. Il la regardait avec ses grands yeux noirs qui lui semblaient remplis d'une vérité aux mystères insondables. Penser de telles balivernes, se dit Jade, est une preuve indiscutable que je suis dans un état amoureux critique !

— Tu vois quelques semaines avant ce fameux jour où j'ai pris le métro, je savais que j'allais te rencontrer dans très peu de temps, lui souffla Rajiv.

— Et comment savais-tu ça ?

— Oh tout simplement. Quand on est habitué à écouter, on entend. Je t'ai tout de suite reconnue quand je t'ai vue… Et je sais que tu as une petite marque de naissance juste en bas du dos.

— Mais… Comment ?…

Avec ce genre de déclarations qu'au début Jade avait prises pour des plaisanteries, Rajiv avait l'art de la déstabiliser tout en titillant la sceptique qu'elle était. Ce qu'il me dit a du sens parce que Mamoune existe, se disait Jade sans trop savoir pourquoi. Il était près de deux heures du matin et elle pensait à sa grand-mère, seule dans son appartement...

Mais puisque je vous dis que je n'ai jamais su... Il l'agaçait ce type à vouloir absolument qu'elle joue du piano en invoquant quelque apprentissage lointain et cette sonnette qui ne s'arrêtait pas... N'y avait-il personne pour aller ouvrir ? Oui je viens, cria Jade dans son sommeil. Ce fut sa propre voix qui la tira de son cauchemar musical. Elle s'entrava dans ses escarpins qui traînaient au milieu du bureau et se dirigea à tâtons vers la porte d'entrée. Mais où était donc passée Mamoune ?

— Pardon, je n'imaginais pas te réveiller à onze heures et demie...

Gaël son ami d'enfance se tenait dans l'entrée, bouquet à la main, en jean et tee-shirt blanc. Jade aperçut, accroché à la porte, un papier blanc sur lequel sa grand-mère avait griffonné qu'elle était sortie faire des courses.

— Tu ne me réveilles pas. J'ai juste un peu... La fête hier soir...

— Je vois ça... Veux-tu un café, des tartines, que je pourrais te préparer pendant que tu t'habilles un peu...

Jade éclata de rire en constatant qu'elle était en petite culotte au milieu de l'entrée. OK pour le café, serré s'il te plaît, lui cria-t-elle en s'enfuyant vers la salle de bains, je suis à toi dans deux minutes.

— Je n'en attendais pas tant. Prends ton temps. Je ne connais pas bien ta cuisine et je risque d'être aussi long que toi !

Un quart d'heure plus tard, Jade se disait en regardant Gaël qu'il était irremplaçable. Elle détaillait ses cheveux bruns coupés court qui lui donnaient un air de petit garçon sage, ses yeux verts, son visage charmant malgré ses traits irréguliers et, mordant dans sa tartine de miel, elle se demanda s'il était beau. Il avait ce qu'on appelle une gueule. Elle aurait été incapable de le dire beau ou laid parce qu'ils se connaissaient depuis toujours. Il appartenait à cette catégorie d'hommes qu'elle n'avait jamais désirés, avec lesquels parler de tout était possible, sans mentir, sans jouer, bref sans faux-semblant, parce qu'ils étaient amis. Elle venait de lui raconter sa soirée et tentait de cerner l'étrangeté de sa relation avec Rajiv.

— Je crois qu'il y a des endroits du corps que nous ignorons. Ils sont pourtant à portée de regard et de main, mais nous ne savons tout simplement pas qu'ils existent, et qu'ils aspirent à être touchés, réveillés même. Ça a l'air de t'amuser ce que je te raconte ?

— Jade, je te connais depuis l'école. Je t'ai vue tomber amoureuse de nombreuses fois. Tu m'as joué la sérénade de l'embrasement des corps, la passion de la rencontre des âmes, l'homme de ta vie… Ton enthousiasme permanent pour la diversité m'amuse. Tu n'as donc pas, si j'ai bien compris, passé la nuit avec ce Rajiv ?

— Eh bien non. Après ce massage, ou plutôt festival de caresses d'au moins deux heures qui s'est arrêté à mes genoux et m'a rendue totalement folle, je suis sagement rentrée…

— Il ne t'a même pas embrassée ?

— Oh si ! L'intérieur des poignets pendant de très longues minutes... Un truc divin...

— Je ne sais pas s'il va t'emmener jusqu'au bout mais ça promet la crise cardiaque ton truc !

— Je te défends d'appeler ça un truc ! C'est une relation sublime et je n'ai pas été prise en traître... Il m'avait prévenue avant le massage... J'irai jusqu'à votre creux poplité, Jade...

— Ah parce qu'il te vouvoie en plus ?

— Mais non ! Enfin parfois, pour plaisanter ou me séduire. Tu ne peux pas comprendre. J'imaginais déjà un repli secret du lieu le plus intime. Mais ce que j'ai découvert est bien plus précieux. Chaque parcelle la plus anodine de la surface de ma jambe recèle un nombre incalculable de points stratégiques. C'est d'une indécence absolue. On devrait porter des robes longues...

— Vous avez déjà connu ce temps ma belle, il y a longtemps.

— Dire que tout a commencé quand je lui ai demandé de me jouer un morceau de piano...

— Ça t'apprendra à mettre en doute la dextérité d'un ex-futur concertiste...

— Il aurait été fantastique !

— Il l'a quand même été visiblement !

Jade était si heureuse que Gaël ait eu l'idée de passer à l'improviste qu'elle en avait oublié son réveil difficile et se moquait de ses sarcasmes. Elle avait besoin de parler de cette aventure amoureuse et charnelle à un homme qui la connaisse bien. Pourtant son ami ne lui semblait pas mesurer la portée de ce qu'elle lui racontait. C'était si difficile de ne pas tomber dans la caricature, de traduire pour un autre cette rencontre dont elle ne savait pas elle-même quoi penser.

— Pardon Jade d'être concret mais ton histoire avec Julien c'était juste platonique ?

La porte d'entrée s'était ouverte et Jade mit un doigt sur sa bouche. Mamoune, radieuse, était entrée dans la pièce. Elle portait des fleurs et traînait derrière elle un petit chariot roulant rempli de légumes et de fruits.

— Tu es réveillée ma chérie… Mon Dieu Gaël, c'est bien toi ? Comme vous avez grandi. J'ai dû vous voir pour la dernière fois quand tu avais quinze ans. Je ne sais plus si je dois te tutoyer ou te vouvoyer… Vous habitez près d'ici ?

— À deux stations de métro, c'est tout ce que mon amitié pour Jade peut supporter comme éloignement mais ne me vouvoyez pas, s'il vous plaît Mamoune. Vous avez été un peu ma grand-mère. Je suis venu tant de fois chez vous quand j'étais petit.

— Embrassez-moi mes chéris ! J'ai acheté du raisin et des figues. J'ai pensé que tu étais rentrée tard Jade, car je ne t'ai pas entendue. Quand j'ai vu que tu dormais encore ce matin, j'ai décidé de ne pas t'attendre pour acheter deux ou trois bricoles.

Jade sermonna Mamoune pour avoir charrié des paquets sans son aide, mais sa grand-mère ne semblait pas décidée à l'entendre. Elle était toute à sa joie d'arranger les fleurs dans un vase. Voilà, ces tulipes se marient très bien avec les beaux iris que tu as apportés, dit-elle à Gaël qui lui adressa un petit clin d'œil complice.

Mamoune se replia ensuite dans la cuisine avec ses emplettes en leur signalant qu'ils avaient certainement des histoires de jeunes à se raconter et qu'elle allait préparer un rôti.

Mamoune

Je crois que je commence à faire des progrès. J'ai compris que ce diabolique instrument de recherche Internet fonctionne comme les matriochkas. Il entraîne celui qui y risque un œil à emprunter un site qui l'emmène vers un autre, se prolonge ailleurs et se faufile autre part. Il me faut être à la fois organisée et méticuleuse dans ma recherche pour ne pas me laisser aspirer dans ce tunnel de sites qui m'éloigne de mes premières idées. Comme je ne suis pas encore assez dégourdie, je me retrouve parfois à ne plus savoir comment je peux revenir sur mes pas pour retrouver les pages qui finalement répondraient à mes questions. Après beaucoup de détours, je me suis établie une liste de maisons d'édition qui pourraient, il me semble, recevoir le roman de Jade, pour peu qu'il soit présenté dans une version améliorée. Je compare leurs présentations, le soin qu'ils ont et parfois n'ont pas d'inciter les auteurs à envoyer leurs manuscrits. Je note à l'attention de Jade quelques phrases glanées sur leurs pages qui me font sourire.

« Qu'est-ce qu'un éditeur de qualité aujourd'hui ? C'est être à la hauteur d'un patrimoine littéraire et de valeurs qui ont présidé à son édification. » Bien. Un autre dit : « Publier des ouvrages qui permettent de comprendre notre temps et d'imaginer ce que le monde doit devenir... » Un troisième avertit : « Comment publier un premier roman ? Avec beaucoup de courage ! Sur cinq cents manuscrits par mois, moins de cinq sont retenus. » Allons bon, nous voilà dans les chiffres déjà !

Parmi les maisons plus modestes, l'une d'elles attire mon attention. Les éditions En lieu sûr. C'est une petite maison de qualité rattachée à un groupe. Le site s'ouvre sur cette phrase d'Alberto Manguel : « Je suis convaincu que nous continuerons à lire aussi longtemps que nous persisterons à nommer le monde qui nous entoure. » Voilà bien la première fois qu'on nous parle d'abord des lecteurs et non pas des auteurs. Je poursuis donc.

À la rubrique « si vous avez décidé d'envoyer un manuscrit », on trouve en accueil la lettre d'Albert Couvin, fondateur qui, bien qu'adossé à une grande maison d'édition, semble avoir gardé sa personnalité éditoriale.

Il dit qu'on ne cesse jamais de découvrir, de se découvrir en écrivant des livres, en les éditant. Comme il est intéressant, cet éditeur qui se positionne en maillon d'une chaîne et s'adresse à de futurs auteurs ou désireux de l'être. Et il semble honnête avec ça et fier d'être subjectif... *Vous dire les critères de choix qui seront les miens quand je lis vos manuscrits n'est pas possible sans côtoyer le mensonge. Ma passion de vous lire et d'imaginer que sous l'enveloppe fragile qui contient votre texte se trouve un écrivain est la seule garantie que je puisse vous offrir...* Il signale que les lettres de retour seront signées des différents directeurs de collection de sa maison et que tout manuscrit est sévèrement commenté. Il donne un peu plus loin quelques judicieux conseils : oublier les dossards de champion, les feux de paille de la reconnaissance, le battage médiatique des stars, les discours autour de la littérature… Ainsi que le « *livre marchandise* » *dont les millions d'exemplaires vendus ne viennent rien dire, sinon des chiffres…* Et il finit sa lettre par : *Jouissez de cette écriture plus que de l'idée d'être un écrivain. Puis envoyez-moi ce que vous êtes fier d'avoir tissé avec ce vieil adage qui veut qu'on remette cent fois sur le métier l'ouvrage. Votre peut-être futur éditeur mais avant tout respectueux lecteur…*

Il m'a fallu plus d'une heure pour me remettre de cette lettre qui m'a semblé raconter à la fois ce que je sens à la lecture du roman de Jade et ce que j'ai vécu toute ma vie en tant que lectrice. Quelle émotion au détour de cette visite ! J'avais presque l'impression que ce texte nous était destiné. Voilà un homme que j'aurais plaisir à rencontrer et qui dit de l'écriture ce que je pense de la lecture. Le fondateur des éditions En lieu sûr a signé sa lettre à côté de laquelle se dessine une petite enveloppe. Et je vois, là encore, le signe d'un passionné investi dans sa maison. Il n'est pas dans de hautes sphères inatteignables. On peut lui écrire mais… Je ne sais pas comment faire ! Mon envie est freinée par mon incompétence de vieille. Je ne sais pas envoyer une lettre par Internet. Je vois pourtant chaque jour ma petite-fille consulter son courrier électronique. Les premières fois, il m'a fallu un certain temps pour comprendre pourquoi je la retrouvais devant son ordinateur chaque fois qu'elle me disait : Je vais lire mon courrier. Il me faudra attendre le savoir-faire de Jade pour envoyer et recevoir sans passer par la poste, pour la première fois de ma longue existence.

L'envie d'en savoir plus me pousse à faire une recherche sur cet homme que je pressens déjà comme providentiel et, pourquoi pas, comme le futur éditeur de ma petite-fille. Voyons donc. Je m'efforce d'appliquer ce que m'a enseigné Jade et, à ma grande surprise, je ne m'en sors pas trop mal. Nous sommes de la même année. 1927. Il fut éditeur aux Etats-Unis puis traducteur au Japon avant de fonder sa maison d'édition en France. Apparemment connu pour ses engagements sans faille aux côtés de l'intelligence et de l'apprentissage, il a été ministre de la Culture pendant une semaine. C'est le temps qu'il lui a fallu pour se rendre compte qu'il ne pourrait jamais vivre dans les compromis et que ses réformes resteraient lettre morte. Vu les articles que je trouve, c'est aussi le temps que les autres ont mis pour réaliser qu'il est difficile d'avoir à ses côtés un homme qui n'a pas la langue de bois. Il fut également le premier à détourner les livres qu'on devait envoyer au pilon pour créer des bibliothèques réservées aux sans domicile fixe. Voici brossé par Internet le portrait de cet homme insolite et passionné. Aperçue au détour d'un article, sa photo m'arrache un cri de surprise. Il ressemble à mon vieil ami Henri. A mieux le regarder, il est assez différent mais c'est sa silhouette et cette couronne de cheveux blancs qui m'ont tout d'abord frappé. Il a de grands yeux qui semblent faits pour dévorer le monde… Ce monde qui me semble désormais à la portée de la petite souris que je suis et de celle que je manipule depuis que les efforts répétés de Jade m'ont ouvert les portes de la culture à domicile.

Quelle joie de découvrir que cette époque qui me semblait si peu adaptée à la vieille femme que je suis devenue a des avantages que je ne lui connaissais pas. Quand on passe un certain âge, tout est lié à l'effort physique. J'ai appris mais trop tard qu'il ne faut aucun courage pour être jeune. L'élan, le mouvement, la rapidité. Tout vous est offert de façon naturelle et sans douleur. Voilà donc un engin, comme j'appelle l'ordinateur, qui convient à mon inertie et ne m'oblige pas à progresser tout en éprouvant une douleur, une articulation dont j'ignorais même l'existence. Je me méfie bien sûr des mauvaises positions que je prends sur ma chaise, mais pour l'instant je n'ai qu'à me réjouir de cet exercice quotidien qui oblige ma mémoire à fonctionner et si je ne peux rivaliser avec celle de l'ordinateur, au moins dois-je sans cesse me plonger dans un remue-méninges fort stimulant. Je sors exténuée de ce marathon cérébral qui me jette dans les bras de Morphée aussitôt le dîner avalé. C'est à peine si j'arrive à lire quelques pages avant de m'endormir. Après un sommeil peuplé de rêves pas toujours sereins où je suis engloutie dans les circuits de mes recherches, j'émerge au petit matin sans trop de courbatures.

J'ai perdu le réflexe d'ouvrir les volets pour contempler ce jardin que j'ai abandonné depuis presque trois mois. J'ai l'impression d'avoir quitté ma maison depuis plus de dix ans en y oubliant quelques années. J'évite de donner au miroir l'occasion d'infirmer ce que je sens à l'intérieur de mon corps. Il faut apprendre cela en vieillissant. Tout a un sens… Mais sans le miroir… Ma voisine me le disait, mais je ne crois pas qu'elle mesurait la portée de ses paroles : C'est à partir d'un certain âge que je me suis aperçue que mon miroir réfléchissait trop.

C'était la première fois que Jade voyait Rajiv habillé d'une tenue traditionnelle. Il venait de sonner chez elle à l'improviste pour lui proposer de l'accompagner à une cérémonie indienne. Elle se disait que rien dans le comportement de cet homme-là ne ressemblait à ce qu'elle connaissait des autres. À le voir ainsi, tout vêtu de blanc, il lui paraissait vraiment étranger. Il n'avait pas l'air très sûr de lui. Mais ce n'était pas à sa gêne qu'elle pensait tandis qu'il attendait sa réponse debout dans l'entrée. Jade se demandait quelle place elle pouvait bien occuper dans sa vie. Il était si mesuré dans son attitude et si brûlant dans l'intimité. Il avait l'air de la courtiser bien plus que de la draguer, mot qui le concernant paraissait inadapté. Une simple caresse sur le bras de Jade devenait sous ses doigts comme un prélude à l'orgasme, sa voix la faisait chavirer et penser à autre chose qu'à ce qu'il disait. Quand elle était avec lui, elle se comportait comme une amie tranquille au prix d'un effort surhumain pour cacher qu'elle ne savait quelle attitude adopter. À croire que l'étrangeté de Rajiv déteignait sur elle.

— J'ai pensé que ça pourrait t'intéresser d'assister à la *pûjâ*. C'est juste dans une rue derrière chez toi, dans un temple où les hindous vénèrent les divinités plusieurs fois par jour.

— Pourquoi pas ? (Aller n'importe où pourvu que ce soit avec lui...) Donne-moi deux minutes pour me changer. Jade griffonna un petit mot pour dire à Mamoune son absence tandis qu'elle sentait son cœur bondir comme s'il allait sortir de son corps. Puis elle courut dans la chambre pour s'habiller. C'était la première fois que Rajiv venait chez elle. Et si Mamoune n'avait pas été sur le point de revenir de sa promenade, seraient-ils partis à cette cérémonie ? Il ne fallait pas penser à cela…

— J'ignorais qu'il y avait un temple si près de chez moi, dit-elle à Rajiv en le rejoignant dans un mouvement dansé. Elle posa le mot pour Mamoune en évidence sur la table et respira son parfum de violette avant qu'ils ne quittent l'appartement.

— De l'extérieur, on ne voit rien, mais une fois que tu as franchi le seuil de cet immeuble très parisien, on se croirait dans un film de Bollywood.

Oui, de l'extérieur, on ne voit rien… marmonna-t-elle.

— Est-ce que je vais devoir dire ou faire quelque chose pendant la cérémonie ? Tu es sûr que ça ne va pas poser de problème que je sois là ?

— Ne t'inquiète pas. Je te traduirai ce qui se passe. Si je comprends, ajouta-t-il en riant.

— Je croyais que tu parlais l'hindi ? s'étonna-t-elle en accordant son pas au sien.

— Oui mais ça dépend du prêtre. Sur les mille six cents langues qui existent en Inde, je tombe parfois sur une que je connais moins bien…

Il y avait toujours dans la façon dont Rajiv plaisantait un fond de gravité qui la rendait hésitante. Seuls ses yeux trahissaient la malice.

— Tu sais, je ne suis pas moi-même très religieux. J'assiste à quelques rituels comme un Indien anglais mal élevé dans la tradition… Mais j'aime me retrouver dans cette communauté, ajouta-t-il pensivement.

Quand ils entrèrent dans le temple, Jade ne regretta pas d'avoir revêtu une robe beige un peu longue pour accompagner Rajiv. Les Indiens la saluèrent de ce balancement de tête inimitable dont on n'aurait jamais su s'il était négatif ou positif s'il n'y avait eu le sourire qui l'accompagnait.

Durant la cérémonie Rajiv lui traduisit quelques bribes de paroles sacrées, lui murmura que la *pûjâ* était une sorte de communion entre les dieux et le monde. Il se penchait vers elle pour lui parler à l'oreille, effleurait son cou de ses lèvres. Il n'avait pas rejoint le groupe des hommes de la cérémonie. Ils étaient placés un peu à l'écart, comme des invités. Et Rajiv avait dit vrai : à l'intérieur de ce temple tout en bois sculpté, habillé de tissus colorés et de décorations dorées, on aurait pu se croire n'importe où en Inde.

Une heure plus tard, ils marchaient le long du canal Saint-Martin et Rajiv lui racontait d'autres aspects plus personnels de son premier voyage dans son pays d'origine. Elle essayait de comprendre.

— Tu avais sûrement vu des documentaires. Ce n'est pas ce qui manque sur la BBC. Tu ne pouvais pas être si surpris...

— J'étais un Européen comme toi. Le quartier indien de Londres n'a rien à voir avec l'Inde. Une ville comme Pondichéry, ce n'était pas imaginable avant de la rencontrer et d'y vivre un peu. Deux cent mille bicyclettes et des milliers d'autres véhicules mais surtout cette foule d'hommes et de femmes qui étaient de la même couleur que moi et qui d'un seul regard comprenaient que j'étais étranger. Ajoute à cela cette chaleur humide et l'odeur... Il s'était arrêté de parler brusquement comme pour laisser les vagues de souvenirs lui revenir. Au début je la trouvais insoutenable cette odeur. J'avais honte. J'avais peur de la misère, des castes. Ici, ce sont des gens que tu vois dans la rue, des personnes, même dans une foule. Mais là-bas toute la journée tu as l'impression d'avoir sous les yeux l'humanité tout entière. Ce voyage a été comme une suite de séismes successifs et je pouvais dire au moment même où ils me traversaient qu'après leurs passages je ne serais plus jamais le même. Ensuite j'ai rencontré un maître yogi… J'ai commencé à apprendre qui j'étais. Ma vie entière a basculé. J'ai désiré ce pays sans arriver encore à le cerner, mais ce n'était plus si important. J'avais fini par sentir que seuls les Européens veulent tout comprendre… Et que ce qui compte, c'est autre chose…

Il se tut et se pencha sur l'eau du canal, regardant le reflet des feuillages. Jade avait posé sa main sur sa nuque et le caressait doucement. À bien y réfléchir, ajouta-t-il, je suis plus proche de toi que de n'importe quel Indien, et pourtant je suis possédé par ce pays… Comme je le fus avant par la musique… Comme une femme peut posséder un homme pour toute sa vie.

Jade n'osait plus lever les yeux. Elle sentait la brûlure de son regard la transpercer. Pourquoi cet exemple et pas l'inverse. Est-ce qu'un homme ne pouvait pas avoir dans son cœur une femme ? C'est ridicule de se sentir ainsi à trente ans, pensait-elle. Dans l'émoi d'une adolescente emportée par la sensation d'une première fois. Elle ferma les yeux pour mieux sentir la douceur de ses lèvres sur les siennes.

D'une certaine façon l'arrivée de Rajiv dans sa vie répondait à une aspiration. Celle du refus de la banalité. Jusqu'à présent, chaque fois qu'elle avait tenté d'en parler, et ce n'était pas faute d'avoir essayé, ses amis l'avaient crue passagèrement déprimée ! Je ne veux pas vivre sans conscience de vivre, leur disait-elle. On lui répondait que ça allait passer. Mais elle ne voulait pas que « ça passe ». C'était une grâce immense de se dire qu'une vraie vie de passion était peut-être à portée de main et non dans un rêve. Jade voulait réaliser ce qui lui brûlait le cœur. Elle avait au bout des doigts la douceur et la rugosité de ce qu'elle espérait de l'existence. Elle essayait de se dire que ce à quoi l'on aspirait avec force finissait par venir vers soi, mais elle n'y croyait pas complètement. Il lui paraissait insupportable de se dire qu'un jour elle pourrait s'endormir en oubliant ses désirs d'envol. Elle se sentait dans l'obligation d'harmoniser ses peurs et ses envies. Elle avait trente ans, tout était à venir et le puissant aiguillon de l'écriture la poussait. Marcher au bord du gouffre, voilà ce qu'elle avait l'impression de réaliser chaque jour. Et parfois de brusques rafales de questions sur l'inutilité de la vie la taraudaient. Ils étaient puissants les démons mystérieux qui attiraient vers l'au-delà.

Elle n'avait finalement pas parlé de la mort avec Mamoune. Elle n'avait pas eu le temps, ou elle n'avait pas osé… Toujours cette sotte appréhension de n'être pas assez insouciante pour son âge ! En ouvrant les yeux sur l'avenir, elle voyait bien qu'on allait toujours vers le plus difficile, le plus douloureux, le plus empêtré, alors pour quoi faire ?

Peut-être pour habiter son corps de toute son âme et désirer avec passion. Ou pour recevoir et transmettre quelque chose d'essentiel… Tiens, n'y avait-il pas un peu de Mamoune dans ces pensées-là ? Va savoir d'où vient ce que l'on est, se disait-elle en haussant les épaules…

Mais ce que Jade savait, c'est qu'elle voulait échapper à ce moment insidieux où pour se fondre aux autres on n'éprouve plus rien. Et la solution, ce n'était pas la mort, c'était bien de vivre autrement, de garder l'œil rivé à cette certitude. Qu'il fallait de la lenteur à toute chose, que la vie des humains s'était accélérée toute seule, dégoulinant dans le vide, mais que rien dans ce monde n'avait véritablement changé. Il fallait rester à l'écoute et ça demandait une sacrée dose de volonté et d'esprit critique dans le bruit du monde modernisé, déguisé, futile.

Est-ce qu'en étant seulement journaliste elle pourrait raconter cela ? Ne fallait-il pas le doux costume de la fiction pour rendre cette vérité acceptable ?

Mamoune

Denise n'a toujours pas répondu à mon premier courriel, au bout de trois jours. Cela met Jade en rage et la pousse à dire que sa tante est inadaptée à ce genre d'outil qui sert à être rapide. Pour ma part, j'aurais tendance à penser que tous ces engins modernes sont de redoutables tyrans destinés à nous mettre en esclavage. Et Jade elle-même me l'a confirmé aujourd'hui et m'a confié son exaspération quand on l'appelle sur son portable en commençant la conversation par l'inévitable question : t'es où ? À l'autre bout du fil, répond-elle pour couper court à toute discussion. C'est justement l'aubaine qu'offrent ces téléphones d'interdire à l'interlocuteur de nous localiser, se plaint-elle… Je n'ai plus d'adresse téléphonique et ne m'en porte pas plus mal, me suis-je dit en moi-même. Le portable de Jade me donne souvent l'impression qu'elle trimballe un standard dans sa poche. Il est pour elle l'occasion, plus d'une fois par jour, de vider son sac pour le retrouver, de préférence en vociférant parce qu'il est en train de sonner.

Et ce matin encore, l'histoire commence tôt. Jade bondit : Attends Mamoune, juste le temps d'activer le silence et je goûte à tes brioches... Pour moi qui n'avais jamais eu l'idée d'activer le silence, la découverte est de taille. Je me sens d'un autre monde avec mes brioches, qu'elle dévore pourtant comme si elle avait quatre ans ! Je profite de ce petit moment où elle s'est posée sur un coin de table pour lui demander à quel point cela peut être important pour elle d'écrire. Elle fronce un sourcil, cesse de tremper son morceau dans son chocolat.

— Depuis que j'ai trente ans, je pense que j'ai peut-être franchi la moitié de mon existence, m'explique ma petite-fille. (Dans ce cas, j'ai largement dépassé la limite de la mienne, me suis-je dit.) Si la deuxième partie se met à courir aussi vite que la première j'en aurai vite terminé avec ma vie. Je me suis toujours posé ces questions-là. Même quand j'étais petite. Je vois bien que ces pensées incongrues n'intéressent pas les autres... C'est, je crois, dans ces pensées que se trouve mon envie d'écrire. Quelque chose se dit dans l'ombre et m'oblige à déverser sur des pages des images, des émotions, des questions dont personne ne veut entendre parler mais que les gens lisent dans les vies de personnages fictifs...

— Tu veux dire que ces frayeurs, ces destinées, ces parcours de vie sont abrités quelque part dans l'espace où les écrivains iraient les chercher pour nous les raconter ? Tu entends donc des voix ma chérie ? ai-je demandé à Jade.

— Comme des voix secrètes oui... Que je me sens dans l'obligation de transcrire. Et puis je ne vois jamais les choses comme les autres... Mais ce que je te dis là n'est pas très clair pour moi non plus.

— C'est en tout cas une jolie raison d'écrire. En t'écoutant, je me demandais si j'aurais accepté qu'on vienne me raconter pour de vrai, comme disent les enfants, tout ce que j'ai lu dans les livres...

— Tu vois Mamoune, c'est ce que je lis qui devient ma vérité à travers la fiction. Mais les mots pour le dire ne sont plus les mêmes...

Après cette conversation avec Jade, j'ai deux fois plus de raisons encore d'écrire ma lettre à ce M. Couvin.

Cet après-midi, je me promène dans un cimetière du quartier et j'en ressors comme toujours avec l'impression d'être revenue de justesse. Quand je pense à ma mort, je ne sais pourquoi, je me revois toujours en train de langer mon premier enfant très peu de temps après sa naissance. Puis l'idée suit son chemin et je reviens à la raison ; mais cette dernière s'amenuise depuis que je vis ici. Allons pourquoi aller mourir en ce moment alors que j'ai tant à accomplir ? Ah non Jeanne, ni apitoiement ni atermoiement, écrivons ce... Comment dit-on déjà ?... ce courriel qui nous intimide... Ah ces nouveaux mots...

Après avoir lu sa lettre aux écrivains qui pourraient avoir envie de lui adresser un roman, j'ai su pourquoi, dans les livres édités chez cet Albert Couvin, j'avais éprouvé la sensation d'un fil tissé entre les différents ouvrages qu'il publie. Je le lui dis pour commencer ma lettre... *Votre enthousiasme de la découverte m'a soufflé que ma petite-fille pourrait bien trouver là un regard attentif pour son premier roman.* Puis en deux mots, je lui explique pourquoi je vis avec elle depuis quelques semaines. J'avoue que je suis une lectrice cachée... *Comme vous avez selon votre biographie le même âge que moi, ce n'est pas à vous que j'expliquerai qu'il n'était pas bien vu de lire dans certains milieux, surtout pour une femme...* Voyons. Il ne faut pas que j'oublie de mentionner que c'est à ce titre très modeste de lectrice passionnée que j'ai proposé à Jade de l'aider à améliorer son roman... Vais-je aborder les difficultés que j'éprouve dans cette tâche ? Pourquoi pas...

... Mais il est une chose de lire et une autre de rendre compte à l'auteur de cette lecture. Lui ayant parlé selon mon cœur après avoir terminé son roman, je suis maintenant dans un rôle bien embarrassant pour lequel je ne suis pas sûre d'avoir les compétences requises. Avec ces doutes exprimés, va-t-il comprendre que j'aimerais bien qu'un éditeur prenne le relais de ce que je ne sais pas faire ?

J'ai mis longtemps à trouver les mots, à composer, à corriger, pour trouver ce que je voulais vraiment dire. Grâce à cette lettre adressée à un éditeur, voilà que j'ai éprouvé ce que le travail d'un écrivain peut représenter de tâtonnements pour être bien lu. Et voilà que je le prie de m'excuser en fin de missive d'être une femme de la campagne, et de n'avoir jamais écrit qu'aux impôts ou aux sociétés d'assurance.

Mais je ne suis pas encore au bout de mes peines ; quand je décide de transférer tout cela dans le courrier de l'engin, ce sont les tracas techniques qui prennent le relais. Et quand, à peu près satisfaite du résultat, j'appuie sur la touche envoi, rien ne se passe. Je n'ose rien toucher de peur que ma lettre ne disparaisse. Je regarde l'écran et je me souviens de ce que m'a dit Jade sur la sobriété de mon adresse. Jeannef puis, le *a* dans sa bulle de savon, et enfin le nom que j'oublie toujours et qui est cette poste changeante qui sert d'agence de voyages à ma lettre. Les yeux fixés sur la lucarne, je l'examine pendant un long moment. Et je finis par lire l'étiquette qui m'informe que j'ai oublié de mettre l'adresse du destinataire.

Je trouve terrible d'avoir à se battre avec une machine obstinée qui n'a pas de logique humaine. Dans la vie quotidienne pourtant, je dois résoudre toutes sortes d'énigmes et ma capacité de raisonnement, mon bon sens, ma jugeote comme l'appelait ma mère ne me prennent pas en traître. Jamais de toute ma vie, je n'ai passé une heure dans mon jardin ou ma cuisine en étant aussi dépassée par mon incompétence. Même dans les livres difficiles et inconnus, je savais qu'il y avait un secret à percer, mais l'attente n'en était que meilleure car c'est à mon esprit que cette compétition s'adressait. Qu'il est étrange ce monde où la moindre machinerie née de la pensée emberlificotée des hommes en est plus éloignée que le plus barbare des outils.

Je suis devenue une vieille radoteuse mais je ne puis m'empêcher de penser que ce qui a changé entre le monde que je connaissais et celui que je vois aujourd'hui, ce n'est pas tant le monde que sa vitesse de croisière. Il me semble que je n'ai rien à apporter à Jade de l'époque qui fut la mienne. Mais par contre, je suis toujours à l'affût de ses conseils pour tenter de vivre dans son univers et à son rythme. Et ce n'est pas une mince affaire ! Quand il m'arrive de repenser à ma mère qui disait de son métier de sage-femme qu'il serait le seul à rester le même, je crois qu'elle aurait frémi dans sa tombe si elle avait vu le documentaire que j'ai regardé, il y a deux jours, sur les nouvelles maternités ! Pas une parcelle d'humain n'est intouchable et, certains jours, je me dis même que je ferais bien de me dépêcher de mourir avant qu'ils n'inventent et n'appliquent des folies diaboliques pour maintenir les vieux dans un état surnaturel.

J'entends des voix dans l'entrée ? Serait-ce Jade qui est déjà de retour ? Je ne vais pas lui parler encore de ma lettre à cet éditeur. Je vais attendre quelques jours sa réponse. Un tel enthousiasme ne peut pas être suivi d'un silence... Une voix masculine accompagne celle de ma petite-fille. Elle m'appelle ! Et moi qui dois avoir l'air d'une souillon... Pourvu que...

Je ne me trompais pas, c'était bien une voix d'homme que j'entendais. Jade a eu la belle idée de revenir boire un café pour me présenter son ami indien Rajiv. Quel garçon respectueux et courtois. Toute sa stature respire la franchise et Jade avait raison ; son sourire est un soleil qui irradie autour de lui. Sa curiosité m'a envoyée à la pêche aux souvenirs et me voilà lui racontant que nous allions à l'école en sabots et que cinq kilomètres matin et soir ne nous faisaient pas peur. Le thermomètre affichait souvent moins vingt dans nos montagnes, des températures qui semblent révolues. Les hivers étaient plus rudes et les étés plus chauds. Les hommes, les femmes et les enfants étaient modelés sur ce même moule ; moins tiède qu'aujourd'hui. Jade et Rajiv sont stupéfaits par ce que disait le médecin du village de ma grand-mère à l'arrivée de la première voiture.

— À dix kilomètres à l'heure, c'est une folie, le cœur ne tiendra pas...

Puis je ne sais par quel détour notre conversation dérive sur la violence et je vois Jade et Rajiv s'interroger sur la part qu'elle pouvait bien tenir dans notre quotidien. Sans doute estiment-ils que la dureté du leur suggère que la vie fut plus douce autrefois. Mais nous avons vécu à une époque où nous avions une guerre tous les vingt ans et jamais l'horreur n'avait atteint cet apogée. Jamais nos grands-parents n'avaient vécu de telles escalades dans la destruction. Est-ce que pour autant cette violence que nous avons connue pendant les guerres nous a évité de vivre au quotidien la vie dure qu'ils connaissent en temps de paix ? Et finalement, guerres mises à part, avons-nous joui d'une vie plus douce que la leur ? Je n'en jurerais pas... Quand je le raconte, je me demande d'où sort ce passé, qui n'a pas l'air d'être le mien. C'est un peu comme si je m'entendais proférer des mensonges. J'enrage de me dire que c'est peut-être le plus important qui s'effiloche. Que seules des anecdotes restent.

— Mes enfants, leur dis-je, j'ai trop perdu pied dans ce temps qui est le vôtre et que j'essaie chaque jour de comprendre. Quelles clés peut-on bien donner à des êtres de trente ans dont la vie est engloutie par des changements que nous ne pouvons même pas imaginer ? J'ai bien peur que ce ne soit toujours des clés qui ouvrent des portes qui n'existent plus.

Rajiv et Jade protestent. Lui en profite pour me demander la permission de m'appeler Mamoune ce qui lui vaut un regard étonné de ma petite-fille.

Pendant un instant, j'ai besoin de ne plus les écouter pour les regarder aller si bien ensemble. Il m'a semblé entrevoir ce qu'ils ne savent pas encore des années qu'ils vont passer côte à côte. L'harmonie qu'ils diffusent sans le savoir me remplit de joie. Peut-être ont-ils raison. Nous, les vieux, avons encore dans nos mémoires des choses racontables afin qu'ils tiennent d'une main la confiance en l'avenir et de l'autre une trace du passé.

Six mois après que Mamoune se fut installée chez elle, les craintes de Jade s'étaient envolées. Tout n'était pas simple et certains détails de la vie quotidienne étaient même parfois carrément compliqués. Le matin par exemple, elle passait son temps à fermer les fenêtres que Mamoune ouvrait grandes. En femme de la montagne, réchauffée, habituée au bon air, sa grand-mère déployait les battants, qu'il pleuve ou qu'il vente. Jade détestait la fraîcheur surtout le matin au réveil et de surcroît avait maintes fois tenté de lui expliquer que soumettre l'atmosphère intérieure aux heures les plus encombrées de la rue n'était pas un bon moyen de leur procurer du bon air. Ces petits détails d'intendance n'étaient rien au regard de ce que Jade vivait aux côtés de Mamoune en l'emmenant dans les musées ou au cinéma les jours où elle n'était pas trop fatiguée. Jade se méfiait de son enthousiasme, de son envie de ne pas peser sur sa vie et d'égayer la sienne. Mamoune lui disait régulièrement avec un détachement enfantin :

— Pff quatre-vingts ans. Je les ai certes, mais eux ne m'auront pas. Je me sens beaucoup mieux qu'à soixante, un âge auquel, tout habituée que j'étais à sauter comme un cabri, je me laissais aller à la moindre plainte dès que mon corps faisait jouer les rouages. C'est à peu près à cette époque que j'ai découvert des muscles, nerfs et articulations que je ne soupçonnais même pas. Sans doute vexés de mon ignorance, ils ont entrepris de m'informer des maux qu'ils pouvaient bien m'infliger.

Mamoune était maligne avec son endurance, mais Jade, au fil des jours, avait repéré à de petits signes les moments où elle ne devait rien lui proposer. À sa manière de se déplacer, de s'asseoir ou de cligner des yeux. À l'entrain qu'elle pouvait perdre dans ses gestes quand elle croyait que Jade ne la regardait pas. Elle aurait tout accepté pour ne pas montrer sa fatigue et avait adopté la formule qui consiste à être dans l'action tant qu'on est vivant puisque cesser d'agir c'est être mort.

À l'observer ainsi chaque jour, sa petite-fille avait compris le temps qui passait si vite… Mais non, Mamoune disait que la formule était à l'envers et elle la comparait au café. Nous sommes l'eau, disait-elle, et c'est nous qui traversons la poudre, pour en être définitivement changés : parfois trop amers, parfois lavasses et trop rarement… juste parfaits. Jade avait donc perçu que c'était au ralentissement du corps que se mesurait l'âge et qu'il était le plus cruel. Elle avait appris aussi, à ses dépens, à modérer son ardeur quand elle lui montrait comment se servir de telle ou telle fonction de l'ordinateur. Ce qui lui semblait logique ne l'était pas du tout pour Mamoune qui, tout à la fois, bloquée par ses impatiences, et vexée de ne pas comprendre plus vite, se braquait. Elles avaient, selon l'expression de sa grand-mère, frôlé plus d'une fois la fâcherie. Son image idéale d'une Mamoune tout amour qui ne s'énervait jamais en avait été perturbée. Aux commandes d'un ordinateur, sa grand-mère était comme certaines personnes au volant, insolite et prête à tuer…

Très timidement, Mamoune lui avait demandé un soir si ça ne l'ennuyait pas de l'accompagner dans une boutique de lingerie et Jade avait été prise d'une honte soudaine de ne pas avoir pensé à le lui proposer elle-même. Comme si elle voulait ignorer qu'un corps vieillissant dût s'habiller quand même et qu'une femme qui n'avait plus l'âge de séduire ne pût se passer de sous-vêtements. Ces vêtements-là étaient pour les filles de l'âge de Jade des soieries, des dentelles, des froufrous, artifices secrets choisis pour elles et pour eux…

Bien que Mamoune mît un point d'honneur à ne jamais rien lui demander, Jade lui proposait souvent son aide quand elle passait dans la salle de bains. Elle avait pris par exemple l'habitude de lui sécher les cheveux ou de l'assister quand elle la sentait plus fatiguée. Elles étaient ensemble convenues de lui prendre un rendez-vous une fois par mois chez le coiffeur et Mamoune avait accepté à condition de payer elle-même et d'inviter de temps en temps sa petite-fille.

Grâce à Mamoune, Jade s'estimait désormais économe. Dans sa crainte de dilapider ce qu'elle gagnait, elle avait été minutieuse dans ses comptes et affichait beaucoup moins de dépenses qu'autrefois. Il aurait été plus juste de dire que pour la première fois de sa vie elle les avait réellement contrôlées. Elle sortait moins et comme Mamoune participait aux dépenses, Jade n'avait plus entendu son banquier lui dire qu'elle avait ouvert chez lui non pas un compte mais un découvert.

Ce fut une journée mémorable que celle où elles renouvelèrent la garde-robe de Mamoune. Jade l'aida à choisir quelques chemisiers en la poussant dans des dentelles qu'elle ne lui avait jamais vue porter.

— Tu n'es plus à la campagne. Tu es une petite femme de Paris maintenant.

Sa grand-mère lui répondait que la jarretelle ne faisait pas la danseuse. Jade la sentait heureuse et se disait avec un petit serrement de cœur qu'une femme, jusqu'à ce qu'elle s'éteigne, porte en elle un petit brin de coquetterie, si minime soit-il. Entre les visites dans les boutiques, elles prenaient le thé pour que Mamoune se repose et Jade invoquait sa propre envie de s'arrêter, saoulée par la foule.

— Crois-moi Mamoune, courir les boutiques c'est aussi fatigant pour moi. Je préfère m'asseoir de temps en temps et alterner le plaisir de t'écouter et celui de choisir ensemble. Et puis j'aime que tu me racontes les souvenirs qui te reviennent au hasard de nos balades...

Et tout en souriant, sa grand-mère déployait ses histoires. Celle de sa robe de mariée cousue par sa tante qui avait glissé de la laine dans la doublure pour la protéger du froid car elle s'était mariée en hiver. La crise de démangeaison qu'avait subie Mamoune pendant la cérémonie lui avait fait désirer que sa nuit de noces fût non pas une découverte de l'amour physique, mais une séance de grattage pour soulager son allergie. Jade se régala de l'histoire de la châtelaine du village dont le jeune mari avait trouvé une ceinture de chasteté oubliée dans un coin du château. Ce dernier avait demandé à sa femme de l'essayer pour plaisanter. Leur seul oubli ? Se soucier de l'existence d'une clé pour l'ouvrir. C'était Jeanne et son mari qu'on était venu chercher à la rescousse en pleine nuit. L'homme à tout faire du château se disait que le grand-père

Jean aurait bien un outil pour libérer la jeune femme et que surtout la discrétion légendaire de Mamoune épargnerait au couple très connu les quolibets du village.

Ce fut une journée où Mamoune semblait avoir un pied dans ses souvenirs dont elle régalait Jade et l'autre dans un corps qu'elle prêtait de moins bonne grâce que sa mémoire aux essayages. Elle était heureuse de s'habiller, mais toute à sa timidité refusait de passer le rideau pour juger de l'effet dans la glace avec un peu de recul. Dans certaines boutiques, elles furent confrontées à de méprisantes midinettes qui considèrent qu'au-delà de cinquante ans et de soixante-cinq kilos une femme doit s'habiller par correspondance comme si on lui enjoignait de ne surtout pas extraire son corps de sa maison. Jade reconnaissait dans les préoccupations pratiques de Mamoune des idées de son âge. Économiser, lorgner la qualité et la composition des tissus, parier sur la longévité du produit. Jade se moqua d'elle quand elle commença à lui parler de ce manteau toujours neuf au bout de vingt ans.

— Tu as raison. Quand je t'inviterai à dîner dans vingt ans, tu as intérêt à ce que ton manteau soit neuf, sinon je te laisse à la maison...

Mamoune se mit à rire, la traita de cruelle enfant. Jade s'aperçut qu'elles devaient former un tableau peu commun, l'octogénaire et la trentenaire s'offrant des cadeaux et laissant libre cours à leurs tentations de folies vestimentaires. À vivre au jour le jour dans les pensées de l'autre elles avaient appris à saisir ensemble ces petits bonheurs de l'existence pour en faire des bouquets. Livres, crèmes de beauté, chemise en soie, Jade offrit ce jour à Mamoune un luxe qu'elle n'avait jamais eu, qu'elle n'avait même jamais désiré. Et elle fut comblée à son tour : beaux stylos, cahiers blancs et peignoir douillet, choisis par sa grand-mère. Pour protéger tes petits matins de mes grandes ouvertures de fenêtres, lui dit-elle avec malice…

Le lendemain soir, Jade offrit à sa grand-mère des billets pour le théâtre. Et Mamoune qui n'avait jamais osé regarder ces émissions de télévision retransmettant les pièces classiques découvrit enfin, assise à quelques mètres de la scène, la différence qu'il y avait entre le texte lu et l'interprétation. Éblouie, pendant des jours et des jours, elle parla à Jade de cet Alceste, si pur de cœur et de sa frivole Célimène, enfin incarnés sous ses yeux par de vrais acteurs. Et elle lui fit cette curieuse réflexion, que cela avait dû être formidable d'écrire une pièce pareille !

Mamoune

Chère Jeanne Coudray, J'ai reçu votre courriel avec plaisir et surprise... C'est idiot, me voilà le cœur battant devant l'ordinateur. Il m'a répondu si vite. Une journée à peine s'est écoulée depuis mon envoi. Première chose, il est curieux de lire le roman de Jade. Me voilà déjà rassurée. Ah je ne m'étais pas trompée, cet éditeur-là est un homme bien et avec quelles jolies tournures de phrase il exprime ses pensées. Son souci, c'est avant tout le roman :

Vient-il dire quelque chose d'inédit et d'essentiel ? Le dit-il bien ? Dans la bonne note, le bon tempo, la bonne cadence et... au bon moment ? Certains aujourd'hui ont remplacé ces questions de fond par d'autres et s'interrogent surtout sur la capacité de vente d'un ouvrage... Ça je l'avais déjà remarqué toute seule ! La suite concerne la façon dont les auteurs ne savent pas se relire. Il me dit à quel point les écrivains et même parfois les plus grands sont le jouet de leur écriture. Ajoutons à cela que bon nombre de jeunes écrivains – et il englobe dans cette catégorie ceux de la soixantaine qui commencent à écrire – mesurent mal la distance qui les sépare de leur texte. … *Il y a parfois un gouffre entre ce qu'ils croient avoir écrit et ce que nous pouvons lire. Les vieux routards de l'écriture se méfient de ces pièges et installent à toutes les étapes primordiales de leur roman des vigiles pour se prémunir contre cette illusion qui ne cesse pas en vieillissant, mais se traque d'autant plus aisément qu'ils en connaissent les facéties…*

Voilà qui est riche de conseils pour moi qui joue ce rôle d'accompagnatrice auprès de Jade. Il me raconte que la vie d'éditeur est composée de petits miracles, de rencontres, de hasards qui n'en sont jamais, de coups de tête et d'obstinations irraisonnables. À cet endroit de la lettre, je fronce les sourcils et relis deux fois pour être sûre de ne pas m'être trompée : … *Il faut quand même que je vous le dise, votre histoire de lectrice cachée, chère Jeanne, a enchanté mon cœur d'éditeur et d'écrivain. Si ma demande ne vous paraît pas incongrue, je serais très honoré que nous en reparlions en prenant un café ou même, si j'osais vous solliciter un peu plus longtemps, au cours d'un déjeuner car je suis très curieux d'en savoir plus sur la lectrice et ses lectures…* Que vais-je répondre ? Cette galante invitation me plonge dans un grand embarras. Mon Dieu, plus loin il me demande même si je n'écris pas moi-même et me complimente sur le soin avec lequel j'accompagne le roman de Jade… Et le coup de grâce est certainement dans son post-scriptum avec cette question : *Avez-vous déjà habité en Haute-Savoie ?* Qu'aurais-je dit qui trahisse mes origines ?

Si j'avais pu imaginer que je serais un jour en train d'écrire à un éditeur et, qui plus est, celui d'une maison comme les éditions En lieu sûr, j'en aurais perdu toutes mes chèvres dans la montagne ! En lui envoyant ce courrier, je ne me suis pas rendu compte. Étourdie par la facilité de ce petit clic qui, en un rien de temps, a propulsé ma lettre, j'ai oublié la réalité de ce que je faisais… C'est en recevant la réponse que je suis confondue par tant d'audace. Moi qui suis si timide dans ma vie de tous les jours, me voilà dans de beaux draps ! Pendant toute la matinée, cette lettre me poursuit. Rien que je puisse faire sans que certaines de ses formules ne repassent dans ma tête.

Quelle gentillesse et quelle élégance cet homme ! Je mesure la dimension de ce que j'ai peut-être perdu en demeurant obstinément cachée dans mes désirs les plus profonds comme dans ma montagne. Et si l'on me le demandait là tout de suite, oserais-je l'avouer malgré mon âge ? Ce qui me manque ce n'est pas ce que je crois être encore et ne suis plus, c'est ce que je ne suis pas devenue.

Ce n'était pas encore le temps et j'étais trop timide ou trop jeune, ou les deux. Pourquoi certains êtres mettent-ils une vie à rejoindre cet endroit où d'autres naissent sans avoir rien fait pour y parvenir ?

Qu'importe, l'arrivée de cette lettre est un lingot d'or dans ma vie. Le mot n'est rien, mais l'aventure est aussi lourde que brillante et d'une richesse incomparable. Je la relis encore plusieurs fois en pensant aux miracles multipliés. Il y eut d'abord le sauvetage de Jade et je me suis appliquée à ce qu'elle ne le regrette jamais. Je m'en rends compte aujourd'hui, être ici avec elle m'a rendu une envie de vivre et une allégresse que je ne savais pas avoir perdues. Je serais morte vite dans cette maison de repos, enfin cet hospice, même si on en a changé le nom pour mieux le déguiser. Je n'avais que de bonnes raisons d'y rester, à commencer par celle d'être abandonnée par les siens. Et me voici maintenant en conversation avec un écrivain traducteur, éditeur de surcroît qui me propose une causette sur la lecture. Je crois avoir lu dans le passé un livre ou deux de lui. Ils me furent conseillés par mon ami Henri. Je vais de ce pas rechercher dans mon cahier les citations que j'ai pu en extraire.

Mais pourquoi diable me demande-t-il si j'ai vécu en Haute-Savoie ? Je viens de relire attentivement ma missive et je n'y ai rien trouvé qui lui dise d'où je viens. Il me donne là une occasion de lui répondre et de le remercier pour son accueil ; j'inclurai ma question dans ce courriel. Tout de même quelle rareté et quelle classe cet homme ! On a si peu l'occasion de lire de vraies lettres, ou même d'entendre bien parler français.

J'ai souvent pensé que la langue n'est pas attachée à un seul pays, un lieu où elle règne, mais qu'elle a une place dans le temps aussi. Même chez moi, où l'éducation était rudimentaire, mêlée de patois, le français était mieux parlé que par certains présentateurs que j'entends dans les émissions télévisées. Ils s'expriment comme des romanichels, aurait dit ma mère. Leurs phrases n'ont parfois pas de signification, on s'est habitué à en saisir l'idée au vol, mais rien n'y est dit. La langue serait donc d'un temps comme elle peut être d'une région. Je me dis qu'avec les progrès que l'on ne manquera pas de réaliser pour allonger le temps de la vie on pourrait presque avoir peur que, ne donnant pas aux mots le même sens, nous ne cessions de nous comprendre entre enfants d'un même pays de générations toujours plus éloignées les unes des autres, en âge et en langage.

Jade n'avait jamais expliqué à Mamoune ce qu'elle ressentait pour Rajiv. C'était si flou. Elle avait parlé de lui, de l'Inde et de ce qu'elle découvrait à ses côtés, mais pas d'intimité. Elle n'aurait pas su comment décrire à sa grand-mère cet éblouissement. Grâce à Rajiv, Jade avait le sentiment d'avoir découvert son propre corps et les relations subtiles qu'il entretenait avec son âme. Elle naviguait, voiles déployées sur un océan d'extases que les mots avaient déserté depuis longtemps. C'était un voyage étrange qui n'avait rien de commun avec tout ce qu'elle avait pu vivre auparavant. Au-delà de la surface de sa peau, les mains de Rajiv allumaient à l'intérieur de son corps des circuits secrets dont les ramifications sans fin révélaient à chacune de leurs étreintes des mondes inconnus. Jade se demandait parfois où finirait cette course qui la laissait dans un état de dépendance magique. Elle se demandait comment elle pouvait décider quoi que ce soit : elle vivait une telle richesse... C'était injuste, elle ne savait plus si c'était lui qu'elle aimait ou ce qu'il la poussait à découvrir ces vibrations inédites presque animales... Elle lui en avait touché deux mots sur le ton de la plaisanterie et il l'avait rassurée en riant.

Des milliers d'Indiens et d'autres hommes d'autres nationalités pratiquaient le Tao, avaient les mêmes connaissances que lui et d'autres encore bien supérieures... Non merci, celles-là me suffisent amplement, avait-elle répondu. Elle avait pensé à mettre de l'ordre dans ses sentiments totalement perturbés par la force et l'énergie qui naissaient de ces rencontres magnifiques. Elle n'osait pas leur donner un nom, mais elles y ressemblaient très fortement... À l'amour dans l'extase ? Mais c'était quoi l'amour ?... Et l'extase ? Rajiv lui avait quand même glissé que, bien qu'ils soient des milliers à connaître parfaitement les voies du Tao, il était à sa connaissance le seul Indien, pianiste et chercheur en petites molécules, amoureux fou d'une Jade vivant avec sa grand-mère. Dans cette phrase, Jade n'avait rien entendu d'autre qu'« amoureux fou », non pas qu'il fût avare de déclarations mais cette fois il semblait peser ses mots dans un moment calme. Si tu veux savoir pourquoi les heures que nous passons ensemble ont un grand avenir écoute ça, lui avait-il dit ce jour-là. Serrés l'un contre l'autre, tandis que les battements de leurs cœurs ralentissaient, il lui avait lu :

« ... L'art de la chambre à coucher révèle la somme des émotions humaines et renferme la voie suprême. Ainsi celui qui sait régler son plaisir charnel se sentira en paix et atteindra un grand âge. »

Fugitivement, Jade avait pensé à Mamoune et s'était dit qu'il y avait certainement d'autres façons d'atteindre le grand âge. Mais elle eut un peu honte : qu'est-ce qui lui permettait d'en juger, elle qui ne savait rien de la vie intime de sa grand-mère et ne désirait rien en savoir ? Elle décida que dans cet ouragan qui était en train de l'emporter elle était traversée par trop de pensées sans y adjoindre les secrets de vie de Mamoune… Pour avoir moins peur, elle essayait de se dire qu'il n'est pas forcément nécessaire de tout savoir quand on est au cœur du plaisir. Mais voilà qu'elle était reprise par cette déformation professionnelle de vouloir toujours mettre des raisons sur le déraisonnable. Et pourquoi s'arracher à ce qui était en train de l'enlever et qui était si agréable ? Oui pourquoi, puisqu'elle était redevenue cette insouciante personne, épanouie, toute en rires et en projets ? À la bonne heure, fréquenter Mamoune et son sens du bon sens avait du bon !

— Mamoune, est-ce que tu m'accompagnerais chez une amie qui vient de rentrer de la clinique avec son bébé ? Jade avait prévu ce samedi-là de faire une visite à Pauline qui n'habitait pas très loin et venait de mettre au monde son premier enfant. Elle s'aperçut qu'elle avait vu juste : à l'idée de voir un nouveau-né, les yeux de Mamoune se mirent à briller.

Jade confia en chemin à sa grand-mère que la veille, au téléphone, son amie avait paru triste et dépassée par les événements de la naissance de sa fille.

Pauline, qui avait l'âge de Jade, était une grande femme blonde et mince, à la coupe carrée, charmeuse et charmante dont l'allure en forçait plus d'un à se retourner. Mais ce jour-là, quand elle leur ouvrit la porte, Jade la reconnut à peine. Abandonnée dans un jogging bleu pâle, les cheveux en désordre et les yeux cernés par la fatigue, elle semblait absente. L'heureux père n'est pas là ? lui demanda Jade. Parti faire du sport, soupira Pauline. Et dans les minutes qui suivirent Jade assista à une étrange métamorphose opérée par Mamoune.

Sa grand-mère regarda tout d'abord le bébé avec tendresse. Penchée sur son berceau, elle eut avec lui comme une conversation muette. Ensuite elle prit dans ses bras Pauline et la berça en l'appelant « ma petiote ». Elle lui raconta que ce nourrisson fille saurait lui dire ce dont il avait besoin, qu'il suffisait d'écouter. Avec gestes tendres et conseils, mais sans donner de leçons, Mamoune installa Pauline dans une confiance sur ses capacités de mère qui étaient, lui confia-t-elle, à portée de main. Il n'y avait plus qu'à puiser. Deux heures plus tard, elles quittèrent une Pauline souriante, qui s'était maquillée, habillée d'un jean avec un chemisier décolleté sur une poitrine triomphante à laquelle s'était arrimée une petite fille apaisée par la douceur des moments qui venaient de s'écouler.

Sur le chemin du retour, comme Jade lui demandait son secret, en guise de réponse, Mamoune lui raconta une histoire de mères d'une tout autre époque.

Imagine un instant notre vie. Nous passions notre temps à effectuer des tâches obligatoires et très pénibles. Nous étions dépassées. Je me souviens de journées entières à faire bouillir des couches en tissu qui ne semblaient jamais vouloir sécher tandis que nos bébés continuaient de les salir à un rythme assez rapide. Ajoute à cela ménage, vaisselle et tu as le descriptif de journées idiotes où nous attachions nos enfants sur le dos ou dans des berceaux à bascule pour contrôler de temps en temps leur plongée dans le sommeil. Nous n'avions pas le temps de les regarder vivre, dormir ou pleurer. Parfois même, en les mettant au sein, nous continuions couture et reprisage des chaussettes.

Mamoune s'arrêta en soufflant. Je parle avec toi et c'est comme si je revivais ces corvées épuisantes ! Arrêtons-nous un instant chez Ahmed.

Mamoune entra dans une épicerie et se dirigea comme une habituée vers le fond de la boutique. Jade l'avait suivie, un peu éberluée. Comment allez-vous Jeanne ? lui lança un vieil homme que Jade n'avait jamais vu. Comme vous Ahmed, bien si on considère que je ne suis plus toute neuve, répondit Mamoune en s'avançant vers lui. Je vous présente Jade, ma petite-fille. Ah c'est elle votre petite ? Bonjour mademoiselle Jade ; vous en avez de la chance de vivre avec une grand-mère comme Jeanne ! Je vous sers un thé à la menthe ? Elles prirent place autour d'une petite table ronde. Mamoune regardait Jade qui était toujours aussi étonnée. Ahmed était reparti pour servir des clients.

Ne fais pas cette tête, je connais pas mal de monde dans le quartier maintenant. Pour finir ce que je te disais, nos bébés ne nous voyaient pas penchées sur leurs berceaux avec des mines angoissées. Ils dormaient dans nos bruits et nos chants. Nous chantions beaucoup, au lavoir notamment. Nous étions gaies et solidaires. Ça n'a plus rien à voir avec aujourd'hui. S'il arrivait que l'une d'entre nous plus jeune s'inquiète d'une fièvre ou d'un pleur, les autres lui donnaient tout de suite le remède, se chargeaient de son travail, le temps pour elle de prendre l'enfant dans ses bras. Nous ne nous posions pas de questions sur le rôle maternel et le travail. Il fallait s'en débrouiller. Celles qui trimaient à l'usine assumaient aussi ce labeur ménager. Elles voyaient peu leurs enfants qui étaient élevés par des grand-mères qui, du même coup, n'étaient plus encombrantes mais indispensables à la famille.

Une femme brune d'une quarantaine d'années s'était approchée, avait posé une théière sur la petite table. Elle avait écouté ce que disait Mamoune et l'embrassa avec chaleur. Chez nous au bled, ça se passe encore comme ça entre les femmes, dit-elle. Mais même là-bas tout change. Les filles veulent partir dans les villes. Enfin, il n'y a pas encore de maisons pour les vieux, dit-elle en leur adressant un clin d'œil. Mamoune m'a raconté comment vous l'avez sauvée, ajouta-t-elle en touchant affectueusement l'épaule de Jade. Je suis Souad, la fille d'Ahmed. Elle tendit à Mamoune une bouteille emballée dans du papier journal. Je vous ai gardé de l'huile d'argan, celle que vous aviez goûtée la dernière fois dans ma salade. Essayez-la et n'oubliez pas ce que je vous ai dit. Elle est aussi bonne pour la peau. Mamoune la remercia et voulut la payer. Gardez vos sous Mamoune, vous me paierez la prochaine bouteille.

Jade et sa grand-mère reprirent le chemin de l'appartement. Mamoune avait pris le bras de Jade pour monter la pente de la rue. J'aime bien m'arrêter de temps en temps chez eux, lui dit-elle. Nous avons sympathisé un jour où j'y achetais des olives. Presque chaque jour, je passe, nous faisons un brin de causette autour d'un thé à la menthe. Ils sont très nombreux dans cette famille et tu sais que leur épicerie est ouverte vingt-quatre heures sur vingt-quatre ?

À Paris, c'est assez courant, soupira Jade. Sa grand-mère eut un geste d'humeur. Oh je sais, toi rien ne t'étonne mais tout de même quel travail ! Mamoune s'était tue puis elle poursuivit le cours de sa pensée à haute voix.

Ma petite-fille, je crois que tu ne considères pas le labeur de la même manière que moi. Les femmes de ta génération ont une chance inouïe avec toutes ces machines qui lavent, sèchent, font ce travail inintéressant à leur place. Toute cette histoire matérielle a l'air ridicule, mais les femmes d'aujourd'hui ont maintenant une place dans leur vie pour la pensée, pour la philosophie, pour envisager des métiers moins manuels. Tout ce qui était réservé à mon époque à une toute petite minorité de femmes. Moi qui ai pu troquer ces tâches ingrates pour la lecture, je te jure que j'ai béni le ciel d'avoir vécu assez longtemps pour découvrir cette révolution ménagère. Tu seras moins fatiguée que moi au même âge, tu verras. Jade leva un sourcil. Je n'y avais jamais pensé Mamoune. Moi je suis née avec... Faire des études, pour moi, c'était évident. Quand as-tu possédé ta première machine ?...

Attends que je réfléchisse... Jean nous a équipés dans les années 1970. Du jour au lendemain, nous sommes passés à la modernité, comme on dit. Machine pour le linge, télévision... Enfin la télévision, c'était surtout pour lui. Jade s'étonna : Tu ne la regardais pas toi ? Non, je m'ennuyais face à cet écran. Mais imagine pour les enfants que je gardais, cette révolution ménagère fut une aubaine. Je pouvais désormais me consacrer à eux, jardiner, leur apprendre le nom des fleurs en courant la montagne, ou les plonger dans la fabrication de gâteaux au chocolat. Tout ce que je n'avais pas pu partager avec tes tantes et ton père. Pour ça elles m'en ont donné du regret ces machines à vivre mieux sans travailler !

Plus tard dans la journée, Jade repensa à la douceur de Mamoune, à ce qu'elle avait apporté à son amie juste en s'occupant d'elle. Elle se demanda ce qu'avait bien pu penser le compagnon de Pauline en retrouvant sa femme ainsi transformée. Elle vint s'asseoir aux pieds de Mamoune qui s'était installée dans un des fauteuils du salon. Tu as été merveilleuse avec Pauline… Je me demande si nous sommes capables d'être aussi douées que les femmes de ta génération pour accomplir ces trucs de mères. Mamoune abandonna le roman qu'elle venait d'ouvrir. Mais tout dépend de ce que tu as reçu, appris. Toi par exemple, tu m'as tellement vue avec des enfants que j'en suis sûre, le jour où tu en auras un, cette mémoire te reviendra. Tu ne seras pas comme une cerise qui a poussé dans un champ de choux-fleurs…

Étonnée de voir sa grand-mère l'imaginer dans une maternité dont l'idée ne l'avait jamais effleurée, Jade arbora une moue dubitative voire hostile. Mamoune la lorgnait du coin de l'œil en souriant. Jade changea de sujet. T'avais-je dit que Rajiv m'a invitée à passer les prochaines vacances en Inde ? Le regard malicieux de sa grand-mère fit comprendre à Jade qu'en aucun cas le lien avec Rajiv ne lui avait paru être un hasard.

Mamoune

Comment penser à cette rencontre, à ce qu'elle fut pour moi qui n'ai jamais rencontré personne. Quand nous étions jeunes, au bal, dans les campagnes et l'été dans les alpages, nous appelions cela des fréquentations ; nous nous étions déjà croisés à l'école ou dans une des vallées de la région. Nous connaissions toutes les familles de la région, le fils Chose, la fille Machin et aussi les mauvaises histoires de leurs familles. Rien de surprenant n'arrivait d'un village voisin. Cela n'avait pas la saveur des coïncidences qui naissent entre deux êtres. Cela ne pouvait ressembler à cette histoire de ceux qui se voient pour la première fois et devinent dans les yeux de l'autre le parcours d'une vie toute tissée de souvenirs et de réminiscences.

Si je la perds un jour, cette mémoire que depuis quelque temps je veille comme une flamme fragile, j'espère que les moments vécus aujourd'hui resteront. Dans ma deuxième lettre minute – c'est le nom que je donne à ces courriels pour oublier que je mets tant de temps à les taper et eux, si peu à parvenir à leurs destinataires – j'ai répondu à Albert Couvin et je lui ai confirmé que j'étais bien originaire de Haute-Savoie. Il m'a invitée à déjeuner avec une grande courtoisie, et m'a intriguée avec l'importante histoire dont il avait à m'entretenir et qui ne supportait ni lettre ni téléphone parce qu'elle lui était, disait-il, trop personnelle pour qu'il pût envisager de ne pas plonger les yeux dans ceux de son interlocutrice quand il la lui raconterait.

Il avait choisi un restaurant simple et tranquille, dans une petite rue du quartier Saint-Germain proche de sa maison d'édition. Durant les premières minutes que nous avons passées ensemble, je me sentais très intimidée. La ressemblance d'Albert avec Henri, que j'avais déjà remarquée en voyant sa photo, était là, flagrante dans ses gestes et les expressions de son visage. Elle me troublait et il ne fut pas bien long à m'en révéler la cause.

Henri était son demi-frère. Il était le fils de la honte et d'une jolie femme de chambre, non reconnu officiellement par le comte mais élevé au château avec la même éducation que l'héritier dont il était devenu le compagnon de jeu puis le grand ami. Depuis la fin de ses études, Albert n'avait jamais plus mis les pieds en Haute-Savoie. Henri, qui était de dix-huit ans son aîné, lui avait parlé d'une amie lectrice, lors d'un de ses voyages à Paris, quelques années auparavant. À ce frère éditeur, il aurait aimé présenter cette femme qui, disait-il, avait pris la lecture pour amant.

Cela m'étonnait un peu qu'Henri m'ait caché ce frère qu'il semblait aimer, mais je n'en ai rien dit. Du reste il ne l'avait pas tout à fait caché. Il m'avait fait lire deux livres qui étaient écrits par Albert Couvin et j'avais oublié son nom, mais pas ses textes dont j'avais retrouvé des citations dans mon cahier de comptes.

Après ce récit, ma peur s'est envolée. Je n'allais pas me laisser intimider par le petit frère d'Henri ! Parler de cet homme excellent que nous avions aimé tous les deux nous a rapprochés dans une intimité insolite. Je n'avais eu personne jusqu'alors pour célébrer les bons moments passés avec Henri. Je ne pouvais pas changer ce passé devenu douloureux en conversations agréables, pour oublier qu'il me manquait. Dans le petit théâtre des êtres aimés et disparus, je découvrais combien il était nécessaire de se tenir la main pour voir se rejouer le spectacle de nos émotions et de nos souvenirs.

Au hasard de la conversation nourrie par nos vies, les livres aimés, et les aventures du langage dont Albert parsemait ses récits, nous avons découvert que nos conjoints étaient morts le même jour. Ainsi à quelques kilomètres de distance et quelques années de notre rencontre, nous avions pleuré simultanément la perte d'une partie de notre âme. Je jouissais d'apprendre et tentais de cacher mes ignorances mais dans ces moments si joyeux j'oubliais ma timidité. Ces quatre heures où nous sommes restés à bavarder comme si nous avions la vie, non pas derrière mais devant nous, me fit-il remarquer, m'ont paru à la fois quatre minutes et une éternité de bonheur dont il me faudra plusieurs jours pour me remettre.

À mon retour, j'ai trouvé Jade inquiète et furieuse de la longueur de ce déjeuner. Je ne savais comment l'apaiser. J'avais pris un taxi pour me rendre au restaurant et en revenir, il ne pouvait pas m'arriver grand-chose. Elle avait cru à je ne sais quel malaise dans la rue et elle était prête à lancer la gendarmerie et l'armée pour me retrouver. J'étais si haut, perchée sur mon nuage, que je n'arrivais pas à prendre l'air contrit qui aurait convenu à sa colère. Il lui a fallu un petit moment d'un monologue rageur tenant du sermon pour s'apercevoir du décalage. J'étais gaie comme un pinson et je lui ai fait le récit de ce déjeuner d'octogénaires en insistant sur les coïncidences et sans m'appesantir sur leurs conséquences. Peine perdue ! Au milieu de sa colère, elle s'est soudain arrêtée et m'a regardée stupéfaite :

— Mais tu es amoureuse Mamoune !

J'ai protesté bien sûr. Drôle comme les mots dits dénoncent sans détour l'imposture des sentiments… Pas à mon âge ma chérie. C'est dépassé. Jade protesta et se lança dans une savante explication. L'amour n'obéit à aucune horloge biologique, Mamoune. On peut être amoureux à tout âge ! Si on ramène l'amour humain au sentiment en n'y mêlant pas le corps, me suis-je dit en moi-même ; sinon le retard risque d'être considérable ! Mais il faut avouer que je l'écoutais distraitement. Toute à ces heures passées avec Albert, je ne voulais pas entendre que dans cette histoire mon cœur bondissait, se comportait comme un cabri et ressemblait fort à ce que me disait Jade du sentiment amoureux. Une voix intérieure me parvenait très faiblement. Celle de ma raison sans doute : « Ma pauvre Jeanne, disait-elle, tu es pathétique et tu te fais plus d'idées qu'il n'y a lieu… » Jusqu'à ce que je trouve le message d'Albert… qu'il avait dû m'écrire en me quittant juste après avoir regagné son bureau. *Chère Jeanne, dites-moi que je suis ridicule et par pitié ne me laissez pas l'être encore davantage en vous déclarant des sentiments que j'éprouve et n'ose pas nommer depuis notre déjeuner. Dans une étude parue récemment et dans laquelle il était question de désirs et de projets, on soutenait que la passion et la fougue étaient des privilèges réservés aux plus jeunes. Mais que faire alors de cette fougue et de cette passion à l'âge vénérable que nous avons atteint, quand l'ombre de la grande faucheuse donne la certitude qu'il faut dire et accomplir les choses avant qu'il ne soit trop tard ? Tant pis, je suis fou et si heureux de l'être ce soir après ce merveilleux déjeuner qui devint au fil des heures un goûter que j'aurais bien prolongé en dîner si j'avais osé vous enlever… Voyez, je ne suis pas assez vieux encore. Je crois que j'ai du temps. Pardon pour ces folies. Merci d'exister, Jeanne que je voudrais revoir souvent. Votre respectueux Albert.*

Je viens de lire, suis stupéfaite et me retourne aussitôt en coupable pour voir si Jade n'est pas sur mon épaule.

Ce soir, je m'étire dans mon lit et mille douleurs suspectes se mettent à me faire des révérences. Je soupire et détends mon vieux corps dont je me suis crue un moment délestée. Qu'importe… Je me demande qui je pourrais bien remercier pour cette douce aventure puisque je suis devenue quasiment athée au fil des années. Je crois que je vais m'endormir en souriant.

Jade n'arrivait pas à croire que Mamoune, sa grand-mère de quatre-vingts ans, fût tombée amoureuse en lui cherchant un éditeur. Peu importait de qui d'ailleurs, c'était le fait bien plus que la personne qui la troublait. Elle avait enfermé Mamoune dans une image maternelle. Elle l'avait limitée à la douce complicité qu'elle entretenait avec Jean son grand-père, encore plus secret qu'elle. Elle était dans son cœur immuable, comme une icône de tendresse, douce et sans passion. Déjà avec cette étonnante histoire de lectrice cachée, Mamoune avait quelque peu bousculé les certitudes de Jade ! Mais là, c'était comme si elle avait passé les bornes ! Quand il lui était arrivé d'imaginer la jeunesse de sa grand-mère, elle projetait des souvenirs de campagne où les enfants passaient trois mois aux travaux des champs, commençaient leurs vacances avec les foins puis retournaient à l'école après les vendanges. Dans ce cadre exclusif, elle lui accordait quelques folies, quelques baisers volés dans une meule de foin… Mais que Mamoune aille déjeuner avec un inconnu qui l'avait invitée par courriel avait déstabilisé Jade. C'est quand même un type dont elle ne sait pas grand-chose, s'était-elle dit sans oser lui faire la remarque. Il se dit éditeur certes et il est censé lire mon roman mais tout de même à son âge… Mais le choc avait été que Mamoune revienne de ce fameux déjeuner quatre heures plus tard, en arborant des airs de midinette alanguie. Pour un peu, Jade l'aurait accusée de découcher en plein après-midi. Sa colère et son inquiétude avaient pourtant fondu devant cette évidence qui était pour elle une découverte. On pouvait être amoureux jusqu'au bout de la vie. Peut-être était-ce même cela qui racontait plus encore l'histoire d'un être humain. Tant qu'il y avait un souffle de vie, l'amour était possible, flirtant avec le hasard, riche de la même force, de la même insouciance imbécile, des mêmes extravagances. Et elle devait bien l'avouer en considérant Mamoune, l'évidence de l'amour semblait à son âge se passer de ces inquiétudes, de ces tourments qui broyaient l'âme de tout être amoureux. Se pouvait-il que plus tard l'amour devînt cela ? Juste la passion dans la sérénité, sans jeu ou faux-fuyant… Bref, l'aventure de Mamoune qui avait de quoi séduire aurait dû remplir Jade de bonheur. Pourtant tout l'agaçait dans cette histoire et Jade n'arrivait pas à savoir pourquoi. Je suis sa petite-fille et ça ne me plaît guère de l'attendre sur le perron comme si j'étais sa mère, se disait-elle, ou bien encore j'ai été vexée qu'elle détruise en quelques jours ce que je croyais savoir des relations amoureuses. Ou pire encore, je suis jalouse…

Mamoune, elle, ne semblait pas deviner les pensées contradictoires qui agitaient sa petite-fille. Et puis l'amour, c'était aussi le corps et Jade y pensait tout en refusant de se poser la question. Que faisait-on de son corps à quatre-vingts ans quand on était amoureuse d'un homme qui avait le même âge ? Elle était coincée par ces questions sans réponse, par la peur et le dégoût qu'elles lui inspiraient. Jade aimait la peau de Mamoune qui était fine et douce, mais ça la dérangeait d'imaginer malgré elle des étreintes de corps vieillis et de peaux rabougries. Elle avait honte de ne pouvoir s'en tenir aux sentiments, à la beauté de la rencontre, à la discrétion qui lui dictait d'éviter ces chemins intimes. Elle savait bien qu'elle n'aurait pas dû convoquer tout ça, qu'elle n'en avait pas le droit mais elle était amoureuse, elle aussi. Elle avait trente ans ! Elle était en pleine force de cette jeunesse, de son corps amoureux qui exultait et Mamoune la perturbait et lui renvoyait en pleine figure des questions effroyables, celles que les journaux pour lesquels Jade travaillait occultaient sans relâche. Comment vieillir bien dans son corps ? Que reste-t-il des plaisirs de la vie et de ceux de la chair quand tout a l'air d'être derrière soi, dans un passé plus ou moins lointain ? Comment résister à cette tentation de mettre en échec les années, en se lançant dans des chirurgies esthétiques sophistiquées ? Jade les regardait ces actrices qui étaient plus vieilles qu'elle depuis vingt ans, seraient toujours plus vieilles qu'elle dans vingt ans et, néanmoins, avaient l'air aujourd'hui d'être ses sœurs et bientôt ses filles… Sous le masque de leurs nombreux liftings, elles affichaient des visages figés dans les pages verglacées des magazines féminins. Et elles cachaient leurs mains, qui disaient leur âge réel. À ce titre le beau visage de Mamoune tout ridé, cette expression de vieille Indienne qu'elle arborait quand Jade lui tressait le soir ses grands cheveux blancs lui conféraient une beauté rare. Une beauté qu'elle n'avait jamais eue plus jeune. Vue sous cet angle, l'histoire d'amour de Mamoune apparaissait comme un miracle. En réalisant cela, Jade regretta ses premières pensées et se promit de lui acheter une robe en soie pour son prochain déjeuner avec… son futur éditeur ? Pourvu qu'il ne prenne pas mon livre par amour pour ma grand-mère, celui-là ! pensa-t-elle en souriant.

C'est qu'il avait l'air de l'aimer aussi, ce coquin. Il lui avait même écrit tout de suite après leur déjeuner. Mamoune le lui avait avoué, rouge comme une débutante. Jade se disait qu'elle n'aurait même pas pu proposer cette histoire à un journal, personne ne l'aurait crue. Mais comme elle aurait voulu être petite souris et les observer pendant leur déjeuner et pouvoir enfin répondre à cette question cruciale. Celle de la vie après la jeunesse ! En soi, l'aventure de Mamoune était déjà une sublime réponse. Il lui avait suffi de vivre avec Jade pour trouver d'autres centres d'intérêt et se détourner de sa vie en l'absence de Jean, qu'elle s'efforçait de mener à bien depuis trois ans. Mamoune s'était piquée au jeu, avait voulu comprendre le monde dans lequel Jade l'avait emmenée. Elle s'était ragaillardie. Elle était quasiment prête pour une nouvelle vie.

Jade repensa à son premier voyage en Colombie, à l'émerveillement ressenti pendant les quelques jours qu'elle avait passés chez les Indiens kogis. Chez eux les chamans étaient des *mamu*. Vieux et sages, ils dirigeaient le reste de la tribu après avoir passé dix-huit ans dans l'obscurité. Les hommes avaient pour tâche de fabriquer ces pièces de coton dont on faisait les chemises. Ils lui avaient révélé que leurs pensées se tissaient tandis que sur leurs doigts habiles s'entrecroisaient les fils de coton. Elle était partie en reportage sur un coup de tête après avoir vu un documentaire dans lequel l'un de ces Indiens crevait l'écran, avait l'air de la regarder dans les yeux pour lui dire : « Que faites-vous de la terre ? Elle est vivante et vous êtes en train de la tuer. Mais pourquoi ? »

Jade avait senti comme aujourd'hui que c'était la bonne question. Pourquoi ? Pourquoi aller plus vite, se presser d'oublier qu'on était promis au grand âge, pourquoi nier l'avenir et vivre le présent en aveugle de peur d'être rattrapé par le passé ? Oui pourquoi ? L'absurdité de la vie qui l'embarquait la terrifiait. Un seul des regards de Mamoune la remplissait d'une sérénité inconnue, élevait un rempart contre la bêtise et l'ignorance. Un seul des regards de Mamoune donnait du sens à ce désir : savoir pourquoi on faisait les choses.

Mamoune était guérie… Elle n'avait jamais été malade. Elle ne dirait jamais comme ce pensionnaire lucide que Jade avait entendu en visitant un de ces mauvais rêves pour fin de vie : Vous savez mademoiselle, on est bien traité ici, mais vous allez vous ennuyer, il y a comme une ambiance de cimetière ! Sa grand-mère ne tremblerait plus d'avoir un nouveau malaise, parce que Jade le lui avait promis : valide ou pas, elle resterait avec elle aussi longtemps qu'elle le voulait. Jade la sauverait de cette disparition. Tout se télescopait dans sa tête. Elle en avait traversé des lieux de souffrances dans ses reportages, mais jamais autant qu'aujourd'hui elle n'avait compris ce que lui avait dit cette femme, un jour, en lui serrant les mains pour la remercier d'avoir parlé avec elle.

Être humain, ce n'était pas seulement recueillir des témoignages et les transmettre comme l'exigeait son métier. C'était aussi cet échange, dans la conscience d'une égalité d'âge et de souffrance. C'était se sentir de cette humanité-là et la regarder comme un trésor.

Pour se remettre les idées en place, Jade décida de relire Albert Londres. Finalement, cela lui plaisait bien que l'éditeur qu'avait trouvé sa grand-mère, celui qui lirait la prochaine version corrigée, porte ce prénom d'Albert. En attendant, il lui fallait replonger dans ses corrections qui la perturbaient et la remplissaient de doutes sur cette écriture qu'elle avait crue innée et qui selon ces croyances idiotes aurait dû sortir sans effort de la chrysalide de son imagination.

Mamoune

Nous nous écrivons plusieurs fois par jour depuis ce déjeuner qui a été suivi de quelques autres. Je ne lui ai pas dit à quel point je suis charmée de me retrouver chaque fois en face de lui, dans ces restaurants où il est toujours accueilli comme un habitué. Je n'ai jamais déjeuné ou dîné au restaurant avec Jean ni avec aucun autre homme. Il y a tant de choses que je n'ai jamais vécues et il me reste si peu de temps pour les découvrir.

Albert a levé le voile sur le passé honteux de son père dont Henri ne m'avait soufflé mot. Il n'a pas été étonné quand je lui ai dit que je ne savais rien de son existence. À moins qu'il n'ait pas voulu en paraître affecté. Mon amitié avec son frère s'était construite sur nos lectures et nous parlions finalement peu de nos vies. À deux ou trois reprises, Henri avait avoué son regret de ne pas avoir vécu une grande histoire d'amour. Il n'avait jamais parlé de son enfance. Et maintenant que j'écoutais Albert me raconter leur histoire commune, je n'avais pas de mal à imaginer les ragots qui avaient existé du temps où il vivait avec sa mère au château. L'enfant adopté ressemblait trop à son aîné. La mère était très jeune et Henri avait presque dix-neuf ans à la naissance d'Albert. Les mauvaises langues avaient été jusqu'à dire que c'était Henri, le père du gamin.

Puis Albert m'a fait une curieuse remarque. Il a comparé le silence de sa mère et son abnégation à ma vie cachée. J'ai tout de suite protesté. Je ne me cachais pas. J'allais au château, je voyais Henri et la petite Clémentine qui avait grandi. Mon mari Jean, lui ai-je affirmé, savait que j'étais devenue l'amie de la famille. À vrai dire, j'avais des relations amicales avec la plupart des parents dont j'avais gardé les petits. Pour certains, j'avais même une place dans la famille. Il n'y avait pas de malice dans mon amitié pour Henri et Jean devait bien lire sur mon visage que je ne le trahissais jamais quand je disparaissais pour de longues heures. Encore en vadrouille dans ta montagne, me disait-il en souriant quand je rentrais. Dans ma montagne de livres, pensais-je en moi-même. Comme vous êtes belle Jeanne, m'a dit soudain Albert, tandis que je lui contais mes souvenirs. J'étais tellement décontenancée que j'ai bêtement ri. Pardonnez-moi Albert mais je n'ai jamais été belle, ce n'est pas à quatre-vingts ans que je vais commencer. Cessez de le dire et surtout de le penser ou je vais vous croire gâteux.

Mais il est loin du gâtisme quand il décrit si finement comment sa mère a choisi le château en sacrifiant sa vie, en restant mère célibataire pour qu'il puisse réaliser un jour ce qu'il voudrait. À l'époque, cela n'était pas rien. Seuls les riches pouvaient faire ce qu'ils voulaient. Désirer le meilleur pour son enfant valait bien qu'on se taise et qu'on renonce à la vie de paysanne mariée. Plus tard, m'explique-t-il, j'ai essayé de la percer à jour, de connaître ses regrets, mais j'en ai été pour mes frais.

Elle ne vous a rien dit ?

Oh que si ! Elle m'a renvoyé à mes questions et m'en a posé une autre : Qu'aurais-je gagné, m'a-t-elle répondu, en te donnant un père pauvre qui n'aurait pu entretenir ni sa femme ni son fils. Je n'ai pas eu d'éducation mon petit Albert, mais je ne suis point sotte. Riches ou pauvres, les hommes ont les mêmes démons. Le comte a assouvi ses instincts, mais c'est à moi qu'il a légué le trésor. Et mon trésor, c'est toi. Tu verras que tu seras plus heureux que ton père, plus chanceux que son vrai fils qui aura son héritage et les soucis qui vont avec. Toi mon ange, tu seras libre et savant, nourri et éduqué par sa peur d'être coupable.

C'est à ce moment-là que j'ai compris le double sens du nom de sa maison d'éditions En lieu sûr... Titre d'un roman de l'écrivain américain Wallace Stegner. Mais surtout ce nom cache le souvenir de cette mère qui l'a mis à l'abri pour toujours en échange de son silence et de son renoncement à la vie, dans ce château où il n'est plus jamais revenu.

Comme Henri avait dû envier ce frère qui avait pu réaliser sa vie, transformant ses fantasmes en projets puis en réalités !

À mon tour, j'ai raconté à Albert la vie que menait Henri au château. Sa lente agonie auprès d'une femme qu'il ne haïssait pas, disait-il, car elle n'était pas responsable de l'ennui qu'elle répandait autour d'elle et de lui. J'ai revécu en les lui racontant les instants heureux de nos conversations sur Diderot, Montaigne ou Joyce. Albert a découvert que son frère m'avait initiée aux écrivains américains qui le faisaient rêver et dont je ne savais rien.

Quel voyou ! s'est-il exclamé, dire qu'il ne voulait pas les lire quand je lui rapportais des livres écrits par des grands d'outre-Atlantique.

Lors de notre dernière rencontre, en me tenant les mains dans les siennes, Albert m'a demandé si cela ne me serait pas trop douloureux de lui raconter ma dernière entrevue avec Henri, quelques heures avant sa mort. Albert était à l'étranger et avait appris en rentrant à Paris que son frère était décédé. Il avait longtemps soupçonné les gens du château d'avoir sciemment gardé le silence sur la gravité de son état, pour éviter qu'il ne vînt à son chevet. Je ne pouvais lui refuser ce récit, d'autant qu'il était resté gravé dans ma mémoire avec plus de détails que je n'aurais pu le croire.

Il a tenu à ce qu'un domestique du château me raccompagne chez moi avec un coffre qui contenait l'ensemble de la première édition de l'*Encyclopédie*. Quand je pense qu'il est toujours à sa place dans ma maison. Je l'ai mis dans l'entrée, une énorme plante le recouvre et l'a tenu ainsi à l'abri des regards pendant des années. Je crois que je pleurais en suppliant Henri de consacrer ce temps de parole à autre chose qu'à me léguer des livres mais il ne s'est apaisé que lorsqu'il a été sûr que je repartirais en voiture avec son cadeau d'adieu. Il a planté son regard bleu acier au fond de mes yeux. Il m'a dit, je sais que le corps ne vous a jamais plu et je vous aurais bien laissé l'esprit puisqu'il est le moins malade, mais je crains que ces deux-là ne soient indissociables et n'apprécient guère cette fantaisie. J'ai essayé de me rebeller pendant sa déclaration, mais il m'a secoué la main et je le savais trop fin pour ne pas avoir perçu que cette amitié que je lui portais était, bien que profonde, tout intellectuelle. Ne protestez pas ma douce amie, disait-il, seules les femmes sont capables de ce terrible et innocent amour. Je ne connais point d'hommes qui n'aient à un moment, fût-il fugitif, désiré jouir des femmes dont ils admiraient l'esprit. Mais trêve de plaisanterie, je ne mourrai pas avant de le savoir. M'avez-vous aimé un peu Jeanne ? Oui Henri, ai-je répondu en tremblant, je vous aime et vous admire. Je ne peux vous dire tout ce que vous avez représenté pour moi durant toutes ces années. Cela je m'en souviens, mais j'ai caché cet aveu d'amour à Albert. Je suis trop timide pour le lui raconter. Et j'ai omis la réponse d'Henri. Vous auriez été une veuve admirable Jeanne, mais qui sait, avec vous, peut-être ne serais-je pas mort ? Après cette conversation le sourire d'Henri s'est mué en une grimace de douleur et il m'a serré la main en laissant retomber sa tête sur l'oreiller blanc bordé de dentelle. J'ai pensé à sa femme disparue trois mois plus tôt, d'une maladie rare proche de la démence. J'ai voulu me retirer. Reposez-vous. Je reviendrai demain. Il a repris ma main. S'il vous plaît, Jeanne, je ne vous ai jamais posé de lapin. Ne commençons pas aujourd'hui. Il est mort dans la nuit, de ce cancer du pancréas qui le rongeait depuis quelques mois.

— Merci Jeanne d'avoir revisité pour moi ces souvenirs douloureux. Je suis moins triste de savoir que vous étiez auprès de lui.

Ses mains n'ont pas lâché les miennes pendant tout le récit et ont essuyé les quelques larmes qui avaient roulé sur mes joues.

— Jeanne, savez-vous pourquoi les larmes sont salées ?

— Pour ne pas oublier que l'océan est un très grand chagrin ? Je n'en sais rien, je dis n'importe quoi. Et que pourrais-je bien savoir de l'eau salée, moi qui n'ai jamais vu la mer ! Parlez-moi des lacs de montagne et là je suis renseignée ! Mais vous les connaissez aussi bien que moi.

— Vous plaisantez ? Que dites-vous là ? Vous voudriez me faire croire que vous n'avez jamais vu la mer de toute votre vie ? C'est impossible.

— Je ne peux pas vous le cacher puisque nous parlons sincèrement. Nous avons grandi dans la même région, mais moi je n'en ai pas bougé ou si peu…

Je suis venue à Paris plusieurs fois, j'ai visité la Suisse mais la mer, que j'aurais dû voir lors de mon voyage de noces, s'est tenue loin de moi. Ensuite, j'aurais dû y rejoindre mes enfants, mais les hasards de la vie, les contretemps… Bref, chaque fois que je devais me retrouver au bord de la mer, quelque chose s'est mis en travers.

Je le sentais ému, incrédule. Il n'avait pas lâché mes mains et avait sans doute oublié de m'expliquer la salinité des larmes. Il semblait réfléchir. Moi aussi j'avais des pensées vagabondes. Je réalisais que nous étions nés sur la même terre, que nous avions aimé les mêmes ciels, humé les mêmes printemps, pleuré d'émotion sur les belles couleurs de l'automne à deux vallées de distance. Que la vie était donc surprenante ! Coups de théâtre, ombres de personnages qui se frôlaient ; comme j'aurais aimé me glisser dans ces coulisses du réel, un peu comme une lectrice dans les livres.

— Êtes-vous libre le week-end prochain, Jeanne ?

C'est avec cette question qu'Albert m'a tirée de mes rêveries. Comme si j'avais eu à mon âge un emploi du temps de ministre.

— Que projetez-vous pour mon week-end Albert ?

— Vous inviter au bord de la mer ! Ensuite pour la voir, vous n'aurez qu'à franchir le portail de mon jardin. Nous irons à La Croix-Valmer, dans cette presqu'île de Saint-Tropez où se trouve ma maison, la mienne et non pas celle de cette illustre famille dont je ne fis jamais partie. Ainsi vous ferez en ma compagnie vos premiers pas sur le sable.

Je ne savais quoi répondre. Que je devais demander à Jade la permission ? Mais c'était ridicule. Je me sentais ravie et je ne savais pas bien quel sens donner à ce mot. J'avais une telle conscience d'être en train de vivre ce que je vivais là, qu'à un moment je me suis demandé si je n'étais pas en train de lire ! Une phrase extraite du roman de Stendhal *Le rouge et le noir* me revint… « Comme Mme de Rênal n'ayant jamais lu de romans, toutes les nuances de son bonheur étaient neuves pour elle… »

Pour la première fois de sa vie, Jade n'avait pas le sentiment d'un manque. Elle se sentait comblée par la vie. C'était nouveau et ça la rendait joyeuse. Depuis toujours un fond de tristesse et d'insatisfaction lui tapissait l'âme. Elle passait des journées entières dans son livre. Elle en reprenait possession après l'avoir haï d'être si peu fidèle à ce qu'elle avait désiré lui faire dire et elle découvrait le bonheur d'en extraire ce qu'elle espérait être le meilleur. Un chantier de bonheur encouragé par Mamoune : voilà à quoi pouvait se résumer son nouveau travail. Cet acharnement, qui pour l'instant ne la nourrissait pas, avait le mérite de l'arracher aux déceptions d'un métier qu'elle avait pratiqué avec passion. Mais depuis quelque temps l'immense gâchis d'articles annulés au dernier moment, ajouté aux sommes que lui devaient les journaux, avait mis en berne son enthousiasme. Elle commençait sa journée en réclamant son dû avec de petits messages charmants qu'elle avait bien l'intention de durcir au fil des jours. Elle s'était dit qu'elle les aurait à l'usure. Puis démarrait la musique : *Variations Goldberg*, suites pour violoncelle de Bach ou les chants du chœur Accentus que Mamoune aimait particulièrement. Jade se régalait des découvertes de musique classique qu'elle proposait à sa grand-mère. Le matin, Mamoune s'asseyait dans la cuisine, sur le fauteuil orange qu'elle avait fait sien, avec sa tasse de café à la main, les yeux dans le vague, la tête penchée sur le côté, dans une sorte de ravissement. Ensuite, elles partageaient un petit-déjeuner avant que Jade ne se remette aux corrections de son livre. Elle avait l'impression d'être une couturière qui, partie pour raccourcir une jupe, avait au final décidé de la transformer en robe de bal ! Cela méritait réflexion et nouvelles étoffes mais désormais cela ne lui faisait plus peur.

Quand elle revoyait son parcours, et c'était le bon moment puisqu'elle était en train d'en changer, elle pensait qu'elle avait traîné sa soif de ce quelque chose d'essentiel dont elle ne savait pas le nom jusqu'à l'écriture. Puis elle avait joué à s'en éloigner en prétextant qu'elle n'en avait pas besoin. Elle avait confondu littérature et conversations soyeuses des magazines. L'heure moderne n'étant plus à ces plumes exigeantes auxquelles on confiait autrefois le soin d'ouvrir les esprits, elle s'était contentée de l'ordinaire. Elle avait déroulé ses écrits dans le cadre propret du journalisme qui, au lieu de laisser libre cours à ses investigations, lui avait collé des menottes avec lesquelles elle tentait de nourrir quand même quelques pages ! Elle ne savait pas quel élément de sa vie avait tout remis en question : la rencontre avec Rajiv, la cohabitation avec Mamoune ou les difficultés qu'elle rencontrait en jouant la rebelle dans le nid consensuel de la presse d'aujourd'hui. Peut-être bien les trois ensemble.

Toute la journée, elle avait travaillé sur son livre avec la pensée qu'elle allait retrouver Rajiv dans quelques heures. Elle était obligée de chasser les images de leurs corps enlacés pour se concentrer… sans parvenir à éliminer tout à fait le murmure lancinant de son ventre. Pour arriver jusque chez lui ce jour-là, Jade avait marché longtemps. Elle éprouvait le plaisir de détendre son dos engourdi par les mauvaises positions qu'elle prenait à sa table de travail et savourait ces moments d'avant les retrouvailles. Ils ne s'étaient pas vus depuis quatre jours. Autant dire une éternité ! Elle était en avance. Elle prit un café, le heurta maladroitement, répandit le contenu de sa tasse dans sa soucoupe sous le regard amusé du serveur. Tout se voyait : le trouble, le flou du regard. Avant même d'être chez Rajiv, le cœur s'emballait. C'était de pire en pire. Enfin la grosse porte en bois rouge, le code, tendre la main vers la sonnette. Elle savait qu'il allait l'accueillir avec son joyeux sourire, mais avant cela, tête appuyée contre la porte, elle retint sa main pour attendre que le morceau qu'il était en train de jouer se termine. Bise légère sur le bord de la joue. Il lui proposa un thé puis revint la prendre dans ses bras. Jade eut un mouvement de surprise. Rajiv était si distant quand ils se retrouvaient qu'à chaque rendez-vous elle avait l'impression d'avoir rêvé leur dernière étreinte, la sensation qu'il n'était encore rien arrivé entre eux.

Jade, lui murmura-t-il de cette voix qu'elle aimait, tandis qu'il encadrait son visage de ses mains. Il avait l'air si grave. Sais-tu seulement ce que ton prénom veut dire ? Il prononça des mots qu'elle ne comprit pas. C'est du chinois, précisa-t-il. C'était bien ce que je pensais, se dit-elle… Les portes de Jade. La main de Rajiv glissa, descendit vers ses cuisses, se fit précise à travers le tissu soyeux de sa jupe. Elle lui tendit ses lèvres pour éviter son regard noir si intense. Mais après avoir effleuré sa bouche, il glissa jusqu'à son oreille et, tandis qu'il lui murmurait les significations secrètes de son prénom, Jade tentait d'endiguer les flots de frissons et de gémissements qui la submergeaient. Les joues en feu, la peur nouée au ventre, le corps parcouru de tremblements, dans un râle de plaisir, elle tendit les mains devant elle comme pour chercher un appui. Il continuait à conjuguer son prénom et ses traductions érotiques, à capturer son corps dans de nouvelles caresses. Jamais elle n'avait imaginé que ces quatre lettres qui la nommaient contenaient autant de secrets d'alcôve. Dans les vagues de la volupté, elle devint mauvaise élève, abandonna le fil de sa voix et n'écouta plus que ses gestes. Le cours magistral se perdit dans les travaux pratiques.

Plus tard, mais où était le temps de ces moments-là, encore tremblante et nue, genoux repliés sur les seins, tandis qu'elle le regardait servir le thé, il lui décocha un sourire moqueur.

— Il faudra que je recommence, tu n'as pas semblé très attentive à toutes mes explications sur ton prénom !

— Je suis un peu lente ! Il y avait trop d'informations. J'aurais dû prendre des notes…

— Curieux, je pensais qu'une journaliste professionnelle justement…

Il attrapa en riant le soutien-gorge qu'elle venait de lui lancer au visage…

En marchant vers le métro alors qu'elle venait de le quitter, Jade se sentait sur une sorte de nuage. Des mots défilaient sur l'écran de ses pensées. Jouer avec du jade, *nong yu*, faire l'amour, fellation, flûte de jade, *xiao yu*, perles de jade, c'était comment déjà ? Zut, elle en avait égaré la moitié… Le tout parsemé de frissons qui remontaient le long de son dos jusqu'à sa nuque. Qu'importe, Jade, Yu, se voyait désormais d'un autre œil ! Cela lui avait remis en mémoire le sourire énigmatique de Rajiv lui demandant lors de leur premier déjeuner comment ouvrir les portes de Jade, expression dont il s'était bien gardé de lui révéler le sens ce jour-là.

Elle serra sous son bras l'*Anangaranga* et *Le jardin parfumé,* livres que Rajiv venait de lui prêter, et descendit la rue en fredonnant. Avec les bizarreries des langages, on pouvait tisser tant d'émotions… Elle avait le sentiment de tout redécouvrir, de voir le tapis des années à vivre encore se dérouler devant elle.

Mamoune

Je ne supposais pas qu'à trente ans on puisse être autant préoccupé par son âge. Je viens d'avoir avec Jade une conversation qui m'a décontenancée. Je ne me souviens plus de ce que je pensais à cet âge-là, mais il me semble que j'étais toute vouée à vivre les moments dans lesquels je me trouvais sans me soucier du reste.

Voyons, nous étions en 1957, douze ans après la guerre et quelque peu débarrassés de ses fantômes. Mon petit dernier avait cinq ans, l'aînée onze et les deux autres neuf et sept ans. Je commençais à sortir de cette longue période épuisante d'avoir des enfants en bas âge et je me sentais jeune et pleine d'énergie depuis qu'ils étaient moins accrochés à mes jupes qui avaient cessé d'être gonflées par mes grossesses successives. J'essayais déjà de garder d'autres enfants pour que nous puissions disposer d'un peu plus d'argent, mais surtout parce que c'était le travail le plus serein, celui qui me permettait de rester avec les miens. Déjà, on m'appelait la petite mère dans le village. J'avais eu des demandes pour continuer ce qui allait devenir ma vocation : mère de substitution.

La vie était douce. Et quand je rappelle à moi ces souvenirs, je vois la vie de Jade sous un autre jour. Elle vient de se séparer de celui qu'elle croyait être son compagnon de route. Elle travaille et, si j'ai bien compris, doit toujours se battre pour vendre ses articles. Bien qu'elle ait encore le temps de voir venir, elle a, je l'imagine, de grandes questions sur la maternité, cette envie floue toujours menacée par une horloge biologique implacable : quel est l'âge critique pour mettre au monde un premier bébé ? Pauvre Jade qui se tourmente sur son avenir et ne laisse aucune part dans l'ombre. Pour tout arranger cette jeune femme est projetée par sa vie avec moi dans sa future vieillesse. Elle a chaque jour sous les yeux l'image d'une grand-mère récupérée en route ! Je peux un instant imaginer le flot de courants qui la traversent et la plongent dans l'incertitude de son temps et de sa vie. J'accorde beaucoup d'importance à ce qu'elle m'a décrit ce matin, parce qu'elle est à la fois un bon exemple de sa génération et l'héritière d'un trouble qui la dépasse et la poursuivrait même si elle était munie d'un mari, d'enfants et d'un confort matériel auquel je sens qu'elle aspire.

Quand je vois la tempête de questions qui secoue Jade, je ne peux m'empêcher de penser que je suis face à une de ces âmes tourmentées dont naissent les livres, les tableaux ou encore la musique.

Hier pour la première fois, elle m'a parlé de son métier dans un souci de m'en expliquer les règles et j'ai pris ces confidences comme une marque de confiance. Peut-être ne me prend-elle pas pour une grand-mère un peu trop vieille ou inculte pour la comprendre ? Elle m'a expliqué qu'en écrivant un article la règle de base des journalistes, celle qu'on lui a enseignée à l'école, concerne la situation.

On devrait la retrouver dans les premières lignes de chaque reportage : où, qui, quoi, comment, pourquoi, avec qui, combien de temps ? Tiens comme c'est curieux, me disais-je, sans oser l'interrompre, voilà bien les questions que devrait se poser tout être humain, celles que la plupart du temps nous cherchons à éviter.

Qu'est-ce que je fabrique là, pourquoi y rester, avec qui, où est l'issue ? De combien de temps puis-je encore disposer ?

J'ai compris soudain ce qui avait pu séduire Jade dans son métier. J'ai éprouvé son indignation devant le grand silence de ce qu'on dit anodin pour ne pas avoir à en parler. L'angoisse des questions qu'on ne pose pas cache la pauvreté des réponses. Moi qui n'ai jamais écrit, je crois qu'au seuil de la mort je ne suis pas plus avancée qu'elle, là-bas, à l'entrée de sa vie de femme. Il est vrai que j'étais à son âge déjà engagée sur une route sans retour.

Je suis une vieille femme qui a tenté de grappiller un peu de culture mais je viens de la terre, de cette montagne où seul le vent renvoie son écho aux désespoirs les plus profonds. Durant la guerre, j'ai connu des familles où les enfants à genoux suppliaient leurs parents de ne pas… disparaître – je ne peux même pas penser le mot suicide tant il me révolte – pour échapper à la misère et au désarroi. Cela ne se verrait plus aujourd'hui dans nos campagnes, mais le miracle venait de la réponse que leur offrait la forêt. L'opulence de la verdure, la splendeur des ciels qui dévoilaient grâce et beauté touchaient les cœurs sans rien demander en échange. Bien souvent, c'est en parcourant la montagne que les plus désespérés apaisaient leur désir de s'en aller. Je me demande comment font ceux qui vont mal dans une ville. Nul visage aimant ne se penche sur eux ; aucune nature ne peut les apaiser dans sa plénitude. Je suppose que c'est une grâce de fin de vie d'être encore là et d'avoir quitté cette montagne qui était ma terre depuis l'enfance. Nourrie comme je l'ai été, je n'aurais pas compris certaines souffrances si je n'avais pas vécu quelque temps dans cette capitale. Ce n'est pas tant qu'elle paraisse pauvre ou déshéritée. C'est que la misère humaine et la solitude s'y remarquent mieux et trouvent en moi à qui parler. Je dois à Jade de ne pas disparaître sans avoir découvert cela et ce qui va avec : l'humilité d'apprendre à tout âge, la faculté de se révolter encore de ce qui est indigne et de le proclamer, fût-ce d'une voix aphone, dans les pensées qui s'envolent. Albert me le disait lors de notre dernier déjeuner. Peu importe la façon dont on libère les idées. Si quelque chose s'écrit dans notre cœur, même en secret, la résonance de cette parole s'en va dans le réservoir des mots, là où puisent les créateurs. C'est sa théorie. Et je note avec émotion, sans rien en dire à Albert, qu'elle ressemble à ce que ressent Jade quand elle écrit. Dans l'espace abstrait du temps s'élaborent les histoires à transmettre. Avec un langage qui ne cesse jamais d'évoluer, des aventures s'écrivent et l'essentiel de ce qui y est raconté se poursuit dans les livres à venir…

Ainsi les écrits pour ne point dire les écrivains formeraient une farandole qui fait danser nos vies, aide à comprendre, à cheminer et parfois à mourir. Mais qu'il est donc plaisant, cet homme, quand, les yeux enflammés, il agite son enthousiasme au-dessus de nos assiettes et me raconte sans le savoir ce que je n'avais pas compris de mon amour pour la lecture. J'ai lu adossée à la vie réelle, j'ai lu contre quelque chose dont je ne voulais pas. Ce que je sais de meilleur, je croyais que c'étaient les livres qui me l'avaient appris, mais je n'en suis plus si sûre aujourd'hui.

Que de pensées perdues et peut-être récupérées par je ne sais qui s'agitent dans mon vieux cerveau ! Mais que faire d'autre à mon âge si ce n'est suivre les chemins perdus de mes incessantes élucubrations intérieures ? Souvent je crois que je vais dans une direction mais c'est une autre pensée qui prend vie et ne passe pas toujours par où je voudrais qu'elle soit.

Pour faire face aux ravages du grand âge et dans la frousse que j'ai de me voir perdre d'un seul coup et la tête et son usage, je m'entraîne à des exercices de mémoire. Mais parfois je me demande pourquoi. Pour faire illusion sans doute mais je vais bien et je vois que, telle que me mène la vie, c'est mon déménagement et mon quotidien avec Jade qui ont réveillé cette femme engourdie qui avait déjà un pied dans la tombe.

Si au miracle de ma nouvelle existence, j'ajoute l'immense amitié née de ma rencontre avec Albert, je me fais l'effet d'une gourgandine émoustillée par un coquin de passage.

Tiens à propos, Jade avec ses états d'âme m'a coupée dans mon élan et je n'ai pas encore osé lui avouer que je pars dans la maison d'Albert, celle qui est face à la Méditerranée. Me voilà dans la sotte situation d'être gênée de dire à ma petite-fille que je quitte son appartement douillet pour une escapade de quelques jours. Pour un peu, je lui demanderais la permission avec la peur qu'elle me soit refusée. Mais non, Jade a presque terminé la nouvelle version de son roman et je crois qu'elle est maintenant impatiente de savoir ce que pourra en penser Albert. S'attend-elle à des faveurs de sa part ? Si c'est le cas et ça doit l'agacer, il faut que je pense à lui confirmer que l'éditeur aura mis de côté son amitié pour la grand-mère et sera libre de faire sur son livre le commentaire qu'il lui inspire. Pour ma part je suis aussi anxieuse qu'elle et me rends responsable des erreurs de jugement que je pourrais avoir commis en la conseillant. D'un commun accord, nous avons décidé que je ne relirai pas son roman avant qu'elle le lui donne. Je risquerai un œil pendant qu'il l'a en lecture, ainsi j'aurai l'impression de parcourir le texte en même temps que lui. Mais je ne pourrai jamais supporter son regard posé sur moi pendant que je lis. Ah je me le rappelle, ce jour où Henri, m'ayant surprise dans le parc de son château, m'avait regardée longtemps avant que je m'aperçoive de sa présence ! J'étais plongée dans *Anna Karénine* et quand, enfin, je me suis sentie observée, j'ai eu l'impression d'être surprise en train de me baigner dans la volupté d'une eau fraîche en plein été.

Depuis que j'ai rencontré Albert, je sens qu'il m'a rendu ce que j'avais perdu à la mort de Jean. Cet épanouissement si particulier qu'on éprouve dans le regard de l'autre. On n'a jamais d'âge dans ces regards-là, on n'a que le bonheur d'y être inondé de tendresse. Les miroirs n'ont aucune importance quand on vit depuis très longtemps dans le regard amoureux d'un être que l'on connaît par cœur. La perte, c'est d'être brutalement placé devant cette glace qu'on a ignorée et qui semble renvoyer cet oubli de soi. On se métamorphose alors en quelques minutes, tel le portrait de Dorian Gray quand il retrouve son âge réel. Le résultat n'est pas toujours aussi laid, mais il existe un regard soudain sans complaisance qu'on porte sur soi-même, et dans lequel l'absence de l'autre ride ce visage qu'on a décidé d'examiner à la loupe.

« Les livres font un chemin de pierre à mes questions. Ils sont les réponses. Comment aller là où quelque chose nous attend ? À quel prix est-on heureux ?... » « Tous les chemins mènent à la mort. Toute la lumière brille sans éclat, sans dire son nom. Dans l'obscurité, ceux qui cherchent ont les doigts qui palpent... Et enfin, au bout de ce voyage où nous avons peu bougé mais tout appris : nous sommes, à nos yeux, à ceux des autres, sans question, dans cette suite de mots simples : vie, bonheur, compassion, douleur, vitalité. Tout ne fait qu'un. Comme un noyau d'univers en nous, comme une part de nous dans cet univers... »

Jade parcourait la page, s'arrêtait sur certains passages. Elle était sonnée. Elle n'avait pas écrit cela ! Elle n'avait pas pu l'écrire ! Ce texte lui paraissait étrange. Elle se souvenait pourtant d'être rentrée tôt, ce matin, après une nuit entière passée avec Rajiv. Ivre de fatigue et d'amour, elle se revoyait, comme aimantée par le bureau de sa chambre. Elle s'était attablée nue, juste avant de se coucher. Les seins collés à la paroi de bois, elle avait pris un stylo, un papier et elle avait écrit avant de se jeter sur son lit en oubliant le cahier ouvert et le stylo en travers. Elle était prête à le renier maintenant, ce texte, juste parce qu'elle ne le comprenait pas et qu'il lui faisait peur. L'écriture avait des puissances de sorcière, mais pouvait-elle changer à la faveur d'un amour ? Que lui avait révélé cet être qu'elle connaissait depuis peu mais qu'elle vénérait, un mot qui lui était inconnu jusqu'alors tant il disait l'oubli de soi, le désir de se fondre et de ne plus rien contrôler. Rajiv lui échappait tout en la découvrant à elle-même. Elle se sentait prise dans une sorte de folie dont elle n'avait pas assez peur pour empêcher cet homme de l'emmener vers une inconnue : une femme qui était en elle et qu'il était en train de faire naître. Elle se revoyait hurlant, pleurant, gémissant, tout entière livrée au désir, à la profondeur de leurs plongées dans des ivresses insoutenables. Quand elle marchait dans la rue en le quittant, elle avait peur que tout ne s'étale sur son visage. Elle croyait voir dans les yeux des passants qu'ils lisaient en elle comme dans un livre ouvert. Ils la regardaient, ils insistaient, ils avaient l'air de chercher ce qui les attachait à son regard qu'elle espérait fuyant. Mais ils avaient raison, elle n'esquivait pas. Elle les regardait du fond de son être parce qu'elle venait juste d'y descendre pour la première fois et à peine remontée l'amour qu'elle en rapportait était immense, brûlant et destiné à chacun.

Jade regarda par la fenêtre le temps maussade et gris. Elle pensa à Mamoune partie avec son éditeur qui serait peut-être un jour le sien. Sa grand-mère avait laissé un mot gentil sur la table de la cuisine, un cake aux fruits, des fleurs, des recommandations pour les plantes du balcon. Jade trouva que tout avait une allure de présence dans ce petit matin. La vie, l'histoire de Mamoune, son départ, le couple de geais posé sur la fenêtre d'en face. Ce matin qui n'en était pas un, car il était près de deux heures de l'après-midi quand elle avait émergé de ce lourd sommeil, comme seules en procuraient les nuits blanches. Elle s'était préparé un thé à la noix de coco, la boisson de ses années d'études. Elle regardait l'automne en songeant qu'elle avait passé de très bons moments avec Mamoune, que le temps à ses côtés avait filé plus vite qu'elle n'aurait pensé, que ses tantes se souciaient peu de savoir si leur mère allait bien. Elles lui téléphonaient de temps en temps, mais n'avaient jamais l'idée de lui envoyer un petit message. Jade les avait pourtant informées que leur mère était « branchée » et munie d'une adresse électronique personnelle.

« Trop vieilles ! » avait-elle dit à Mamoune en lui adressant un clin d'œil tandis qu'elle songeait : Pourquoi tant d'indifférence ? Serge, le père de Jade, leur écrivait plusieurs fois par semaine. Il envoyait des musiques, des photos, des poèmes. Tout ce qui pouvait rapprocher sa mère et sa fille de sa vie dans les îles avec sa femme et ses fils. Ils se parlaient souvent par Internet et Jade était attendrie de voir Mamoune se recoiffer avant d'apercevoir le visage hirsute de son fils qui riait en décalé de les voir vivre ensemble et en être heureuses.

Jade pensait à tout ça en évitant que son esprit ne la ramène à ce manque de lui, déjà... À cette envie de l'appeler, de le rejoindre, de glisser son corps contre le sien. Elle repoussait l'idée de l'organisation qu'il lui faudrait envisager si elle devait s'absenter la nuit et laisser Mamoune. Elle ne savait pas non plus comment elle pourrait vivre sous son toit cet amour aux côtés de sa grand-mère. Quelque chose la gênait dans l'idée d'inviter Rajiv à passer la nuit chez elle.

Mamoune était partie pour une semaine environ et ne savait pas combien de temps allaient durer ses petites vacances improvisées. En la quittant, Jade l'avait sentie heureuse, quoique un peu tourmentée par cette aventure soudaine où voir la mer était un alibi joli pour prendre le bras de l'homme dont le taxi n'allait pas tarder à l'enlever pour la conduire à la gare. Elles avaient ensemble visité sa garde-robe pour préparer la valise de Mamoune et Jade l'avait conseillée en parlant du mistral assez violent en cette saison, de la fraîcheur du soir ou du beau soleil automnal de l'après-midi qui autorisait le chemisier léger. Elle sentait que sa grand-mère était inquiète. Ne cesse-t-on jamais d'avoir peur de ce qui nous attire, même à son âge ? se demandait Jade sans oser lui poser la question. Cependant Mamoune avait dit oui à ce week-end qui, sur une impulsion soudaine d'Albert, était devenu une semaine. Il l'avait appelée la veille et Mamoune avait répété sa proposition à voix haute : Vous êtes sûr Albert qu'une semaine... Comme pour quêter l'avis de Jade qui lui souriait en signe d'assentiment. Pour la première fois de sa vie, Jade avait senti chez sa grand-mère une envie de coquetterie qu'elle s'empressait de minimiser en lui vantant la qualité ou la chaleur d'un tissu.

Jade avait beau s'interroger, elle ne voyait pas comment elles allaient vivre l'une et l'autre l'histoire de leurs cœurs bondissants. Elle savait pourtant que ces amours vécues en parallèle à des années d'intervalle scellaient une complicité de plus. Pudeurs et silences étaient les compagnons de leurs regards éloquents. Leurs lectures s'étaient mises à l'image de leurs vies toutes en histoires romanesques. Mamoune relisait *Madame Bovary* et Jade, sur son conseil, avait plongé dans *Le rouge et le noir*. Elles avaient ensemble choisi d'acheter toute l'œuvre d'Irène Némirovsky que Jade venait de découvrir et dont Mamoune avait lu autrefois certains ouvrages sur les conseils d'Henri. Elles passaient des heures à parler des livres qu'elles aimaient. Parfois elles avaient des avis opposés et les défendaient avec ardeur. Lors de leurs discussions enflammées au restaurant, elles attiraient le regard de ceux qui dînaient aux tables voisines. Mamoune vantait les écrivains américains et s'entêtait, ne voulait rien lire des auteurs contemporains. Jade tentait de la convaincre en lui racontant avec passion certains livres pour semer le désir. Peine perdue, sa grand-mère n'en démordait pas, ils étaient, selon elle, tous trop tristes et pas assez talentueux. Jade objectait que bien des écrivains qu'elle aimait n'étaient pas d'une gaieté à couper le souffle… Mais ils ont tant de panache dans l'adversité ! lui répliquait Mamoune qui pensait qu'une histoire à lire ne pouvait pas être juste le reflet de la vie, sinon autant se mettre à sa fenêtre. « Bonjour, allô c'est toi c'est moi, tu viens demain ? »

Ce genre de dialogues où les mots ne disent rien d'autre que la banalité du quotidien m'ennuient, expliquait-elle à Jade. Même le silence dont devrait être éclairé tout rapport humain a un relief dans les mots. Voilà ce que reprochait Mamoune aux contemporains. Un certain manque de charme. Jade finissait par comprendre que sa grand-mère, bien de sa génération, s'était déclarée l'ennemie jurée de l'apitoiement. Les états d'âme nombrilistes de bon nombre d'écrivains vivants lui ouvraient les mains pour qu'elle en laissât tomber des livres qu'au fond elle n'aurait jamais dû lire. Les romans comme les gens se doivent d'être aimables et séduisants, disait-elle. Elle avait offert à sa petite-fille les ouvrages des sœurs Brontë qu'elle n'avait jamais lues. À ses côtés, Jade découvrait comment se déployait la beauté, la mélancolie ou la trahison, comment se tricotaient les mots qui parlaient directement des vies de personnages extravagants. Elle différenciait écriture et gentil récit. Elle comprenait aussi que certains, tout occupés à s'écouter écrire, n'avaient pas vu disparaître leurs histoires derrière la beauté glacée d'une écriture ciselée mais vidée de sa chair. Jusqu'à la préparation de cette valise pour le départ de Mamoune, elles avaient partagé leur enthousiasme pour les livres et leurs petits secrets. À mon âge, lui avait confié sa grand-mère en fermant sa valise, quand on part on a toujours l'impression qu'on ne va pas revenir. Et elle s'était frotté les yeux en se demandant ce qu'elle avait bien pu oublier. Avant de descendre, Mamoune avait serré Jade sur son cœur en lui murmurant : Nous voilà bien, toi la future vieille et moi l'ex-jeune avec nos histoires de cœur ! Et Jade avait fermé les yeux pour mieux respirer la violette et la rose en embrassant sa joue molle.

Voilà bien longtemps que Jade ne s'était pas retrouvée seule dans son appartement. Elle s'était accoutumée à la douce présence de Mamoune et ce matin, sans elle, elle s'apercevait qu'elle cherchait son parfum en se lovant dans le fauteuil que Mamoune occupait habituellement. Tout en goûtant à cette solitude à laquelle elle aspirait après sa nuit avec Rajiv, elle parcourait son appartement devenu le leur à la recherche des traces de sa grand-mère.

Elle arrosa avec soin ses plantations, goûta son gâteau, jeta un coup d'œil dans sa chambre sous le prétexte d'y rapporter sa veste. Jade voyait désormais Mamoune différemment... comme si elle avait rencontré une autre femme. Pour la faire rire un soir, elle lui avait dit : Je connaissais Mamoune et maintenant j'ai rencontré Jeanne. Et cette Jeanne-là était devenue bien plus que sa grand-mère. Une femme qu'elle aimait à travers son histoire, ses lectures, ses amours et sa secrète intensité qui l'émouvait profondément. La rencontre avec Jeanne l'avait extraite de son amour de petite-fille pour Mamoune, tout en lui en laissant la meilleure part, celle du souvenir de l'enfance. C'était un cadeau inestimable. Jade pensait à Mamoune là-bas avec son amoureux octogénaire qui allait lui faire découvrir la mer et elle s'avoua qu'elle était un peu jalouse de ne pas être à ses côtés pour la voir s'émerveiller du spectacle. Sur la table, sa grand-mère lui avait laissé une dernière note jointe au manuscrit de Jade.

On peut passer sa vie à ne voir que l'écume sans jamais plonger dans les profondeurs qui président aux mouvements de la surface mais dans un vrai livre on n'a pas le choix. Il est d'une traite cette nage en surface, ces descentes dans les grands fonds, ombre et lumière en alternance et jusqu'à l'essoufflement.

Jade se demanda un instant si ce n'était pas sa grand-mère qui aurait dû écrire.

Mamoune

La sensation d'urgence est fatigante. J'aimerais bien revivre comme avant, quand je savais qu'il restait du temps, quand je le supposais en tout cas et surtout quand je ne me posais jamais la question. Mais ne l'ai-je pas toujours eue cette sensation, pendant la guerre, quand j'ai rencontré Jean, et plus tard à la naissance des enfants ? Je découvrais la peur pour eux qu'un accident ne survienne, que quelque chose d'imparable ne nous sépare. Puis la lassitude de craindre finit par installer son fatalisme. Pourtant cette alerte incessante n'empêche pas de jouir de la vie, et même elle accentue cette aptitude. Tout devient un miracle, une survivance, des points gagnés ; les années passent discrètement entre les tragédies qui nous frôlent. Même quand le corps nous tourmente, le plaisir d'agir et d'être est le plus vivace.

En ce moment, dans le train qui m'emmène en compagnie d'Albert dans le Sud, je crois que j'ai à peu près vingt-cinq ans. Plus jeune que Jade... L'idée me fait sourire. Elle est si généreuse cette petite. Je lui souhaite tant de bonheur. Je voudrais qu'elle devienne cette femme

…nais qu'elle ne peut encore

…e Jeanne, j'espère que vous …op de vous avoir embarquée …ne qu'effrontée ?

…e invitation Albert, vous ne

…tout de même, laissez-moi le …is c'est votre faute. C'est vous qui m'avez provoqué en me disant que vous n'aviez jamais vu la mer ! À ce propos avez-vous lu *Le silence de la mer* ?

— Ah Vercors et sa finesse ! J'ai pleuré bien sûr. Je m'en souviens parce que j'étais à la bibliothèque et qu'il m'a fallu l'emprunter, pour continuer à verser des larmes, seule dans ma montagne.

— J'ai repensé à votre vie cachée, à ce rapport tout particulier que vous entreteniez avec les livres mais très vite m'est apparu un problème. Je me demandais comment vous aviez fait pour ne pas souffrir de la solitude que votre secret engendrait. Vous êtes une femme de partage, cela se voit et se sent. Vous avez eu Henri, je sais, mais vous avez lu avant et après lui.

— Je crois que je n'ai pas été habituée comme vous à mettre des mots sur les romans aimés. Peut-être que lire m'a apporté une forme de chant intérieur. Je n'avais pas le niveau qui m'aurait permis de discuter de mes lectures. Ma solitude m'a servi de paravent. Les livres me nourrissaient, mais comment aurais-je pu en parler ? Ma vie de villageoise était peuplée de bavardages et ma vie de lectrice de silence. C'était un bon équilibre, vous ne trouvez pas ?

— Oh Jeanne, vous ne vous rendez pas bien compte, je crois. Voilà deux mois que nous nous connaissons. Tenez, si je vous dis par exemple le sens du possible et le sens du réel et le sens des réalités possibles, à qui pensez-vous ?

— C'est un domaine qui me fascine et m'a captivée dès que j'ai découvert *L'homme sans qualités*. Je pense à Musil évidemment.

Je ne peux pas décrire le visage d'Albert à ce moment de notre conversation. Je crois même avoir dit une sottise mais le voilà lancé dans une série d'explications et de compliments enchevêtrés ou qui me semblent tels. Je ne vois pas bien ce qu'il y a d'extraordinaire dans ce que je viens de lui dire ; j'aurais tout aussi bien pu parler de don Quichotte dont le sens des réalités n'est pas mal non plus ! Je prends tant de plaisir à l'écouter, à entendre cet homme qui est un livre vivant me parler avec des phrases qui m'enchantent. Je finis par me laisser bercer par sa musique. Si je déteste les livres dont les dialogues sont du quotidien banalement retranscrit, j'aime les êtres qui font de leurs conversations de vrais textes. Albert a l'air de piocher dans un panier où se trouveraient épars les mots et les tournures que je préfère. Me voici franchement bête. C'est à pleurer de n'avoir pas même la volonté pour se cacher à soi-même un enthousiasme aussi puéril. Et à quoi bon le cacher si je l'éprouve et qu'il est bon de savoir qu'un tel homme existe et qu'il savait avant moi que je serais éblouie par le spectacle de la mer.

Après l'avoir vue tant de fois à la télévision et en photo, elle n'était pour moi qu'un grand lac. Je ne croyais pas vraiment qu'elle me surprendrait. Albert me l'avait pourtant dit. Vous verrez Jeanne, la mer, quand on la rencontre tardivement, vous souffle l'idée que sans elle vous étiez orphelin…

Il m'a pris la main pour traverser le jardin tout planté de pins parasols, de chênes et de mimosas, nous avons passé le petit portail donnant sur le sable et j'ai eu soudain à mes pieds une éternité d'eau qui bougeait et scintillait au soleil. C'est une mer de diamants, un cadeau inestimable dont l'ampleur n'évoque rien de connu dans ma vie car l'immensité des montagnes m'est si familière que je ne peux en éprouver une quelconque surprise. Je suis aussi éblouie que reconnaissante qu'Albert ait pu imaginer cette rencontre tardive et l'organiser avec une délicatesse infinie. Il m'a aidée à ôter mes souliers et m'a dit que le baptême des pieds dans le sable puis dans l'eau était indispensable à ce moment unique. J'ai relevé mon pantalon et lui le sien. Nous ressemblons à ces gravures de pêche en Bretagne qu'on envoyait en carte postale à notre jeune époque. Je commence à nous trouver comiques d'autant qu'Albert m'invite à sentir combien l'eau est salée alors qu'elle ne m'arrive qu'à mi-mollet !

— Ce soir, il est trop tard, vous prendriez froid, mais demain nous nous baignerons.

Je proteste.

— Mais non, Albert voyons, je ne sais pas nager. Il y avait bien de l'eau dans nos montagnes, des rivières, des lacs, mais je ne flottais pas !

— Que dites-vous là ? Tout le monde flotte !

— Non. Pas moi. Je tombais au fond. Les yeux ouverts, la bouche fermée sans respirer, j'attendais qu'on vienne me chercher. Je n'avais pas peur, j'arrivais à me retenir de respirer et je ne buvais pas...

En riant Albert m'assure qu'il n'a jamais entendu pareille histoire.

— Et pourtant je n'invente rien. Toute la famille s'y est mise, mais personne n'a réussi à m'apprendre à nager. J'ai continué ainsi en racontant que j'avais les os trop lourds... J'ai même accompagné les enfants dans l'eau puisque je n'en avais pas peur. Ils commençaient avec moi quelques mouvements puis Jean les emmenait nager là où ils n'avaient plus pied.

En cette fin d'après-midi, assise sur la plage aux côtés d'Albert je regarde le soleil décliner et je sens des larmes rouler le long de mes joues. D'une caresse très douce, Albert en essuie une et me tend un mouchoir. Je suis désolée. C'est bête. Il secoue la tête. Non Jeanne ne vous excusez pas. J'aurais été très vexé que ce spectacle vous laisse comme un glacier de chez nous.

La nature ne m'a pas manqué durant tout le temps où j'ai habité Paris avec Jade. Mais en me retrouvant là, au milieu des arbres et des oiseaux c'est comme si j'ouvrais la boîte aux souvenirs. Je me revois chaque matin, entourée de prairies et de nuages, de toutes les beautés de la montagne en toute saison. L'air surtout semble avoir regonflé mes poumons.

Une fois que le soleil a totalement disparu dans l'eau devenue rouge, Albert me fait visiter sa maison. Il n'y a presque plus de murs libres tant il y a de livres. Au plafond, poutres et pierres s'enchevêtrent. C'est une vieille maison qui a nos deux âges additionnés. J'ai rajouté toute l'aile gauche pour avoir d'autres chambres, m'explique-t-il. Albert a deux filles qui allument dans son regard une lueur toute particulière quand il les évoque. Son domaine à lui est une vaste chambre, bureau, salon dans des tons harmonieux beiges, et meublé comme le serait la cabine d'un capitaine de vieux gréement. Dans un coin de la pièce, presque dans une alcôve qu'on ne remarque pas tout de suite, se trouve une petite cheminée face à son lit. Dans la chambre d'à côté, le ton est plus féminin, bleu et vieux rose pour les tentures baroques brodées, coiffeuse et vieille armoire de voyage du siècle dernier ; un décor presque insolite pour une maison de plage. C'était la chambre de ma femme. Vous dormirez là Jeanne, vous y serez très bien. Le ton n'admet pas de protestation et je sens qu'il a réfléchi à l'endroit où il veut que je dorme pendant mon séjour.

Plus tard, en prenant un verre, Albert m'explique qu'il s'est mis à cuisiner à la mort de sa femme. Pas seulement à cuisiner, précise-t-il, mais à savoir quoi faire de ses mains dans une cuisine. Je n'avais aucune autonomie dans une maison, je crois bien que je n'avais jamais cuit un œuf, ou même lavé ou repassé un pantalon. J'étais un handicapé de l'intendance. Mais dans ce cas pourquoi n'avoir pas réclamé une aide ? J'avais besoin d'être seul, m'explique-t-il. Je ne supportais aucune présence quand Francesca est morte. J'ai eu besoin de revisiter pendant un mois nos souvenirs de toute une vie en mettant mes pas dans les siens. En accomplissant ces gestes du quotidien qui n'étaient qu'à elle, j'ai compris qui elle était. J'ai appris à laisser mon esprit vacant en repassant une manche de chemise, en regardant mijoter un plat, en retrouvant dans ces actions simples l'amour porté à l'autre. J'ai failli mourir aussi ! Je m'occupais de moi-même en lui parlant. Je me moquais de ma propre incompétence, je l'appelais au secours, je devenais fou. Je crois que j'avais mis en marche une sorte de deuil de notre couple en apprenant à gérer mon existence matérielle. Au bout d'un mois, un matin, je me suis à nouveau senti d'attaque pour m'occuper des écrivains que j'avais laissés de côté et, désormais, j'étais capable de venir seul dans notre maison devenue ma tanière, de me préparer une soupe comme un vieux marin à bord de son bateau. La femme qui vient ici pour m'aider n'est jamais là en même temps que moi. Elle prépare la maison pour mon arrivée. Pendant mon séjour, elle vient à l'heure du déjeuner pendant que je m'absente, elle assure le quotidien. Mis à part mes filles il n'y a plus eu de femme dans cette maison depuis la mort de Francesca. Je cuisine moi-même mes repas.

Je le sens plus fier de cette conquête que de ses choix éditoriaux qui lui sont apparus clairement et ne lui ont jamais demandé tant de concentration. Et comme je le comprends, moi qui ai pris à bras-le-corps le jardin de Jean pour en faire mon paradis ! Mon âme éprouve ce qu'il a bien pu trouver dans ces tâches qui sont pour moi familières. Là, caché dans nos labeurs de femmes, il y a bien des secrets que les hommes ignorent et qui sont si proches de la lecture et de l'écriture, qu'ils en sont la trame cachée. Tandis que l'esprit vagabonde, les mains virevoltent ; le vrai pouvoir appartient à celui qui sait écouter les petites voix. Albert m'a aujourd'hui expliqué que la plupart des lecteurs de romans sont des lectrices et je crois moi que si les femmes lisent tant c'est parce qu'elles peuvent entendre ce qui n'est pas dit et qu'elles n'ont jamais peur que les sentiments laissent sur elles ces traces qui existent déjà dans leur cœur.

Ce soir-là, Albert m'a permis de l'aider dans la cuisine. Nous avons préparé ensemble le dîner et notre proximité s'en est trouvée grandie. Moi qui me suis occupée de Jean comme une femme de ma génération, je ne me suis jamais retrouvée aux côtés d'un homme qui coupe les oignons pendant que je tranche les tomates. Vous avez assez pleuré pour ce soir Jeanne, m'a-t-il dit en prenant d'autorité les cives. Le temps n'est pas si froid mais nous avons allumé un feu dans la cheminée pour avoir le plaisir de regarder danser les flammes et je pense à Jade. Je me demande ce qu'elle dirait si elle me voyait, la tête appuyée sur l'épaule d'Albert, si bien, pieds nus contre ses pieds à lui sous la douce couverture en polaire qu'il a déployée sur nos jambes. Nous sommes deux vieux amoureux, heureux de l'être, appuyant nos deux cœurs dans une tendresse de miraculés et nourris de ce que nous ne savions pas ensemble.

Et il y a bien d'autres sentiments, désirs et folies que je ne suis pas encore assez vieille pour avoir oubliés et cependant je ne suis plus assez jeune pour m'avouer qu'ils vont à nouveau faire partie de ma vie. En amour plus qu'ailleurs, le silence est préférable aux mots dits. Je goûte l'instant, je jouis du silence pour conjurer le temps.

Ils venaient juste de déguster des *nan* chauds en buvant le thé indien que Rajiv préparait avec des épices. Sans connaître les secrets de sa recette, Jade l'appelait le breuvage magique. Elle le regardait. Il sirotait à petites gorgées tandis qu'elle observait le lent mouvement de sa pomme d'Adam. Il était vêtu d'une grande chemise blanche et d'un pantalon noir. Cheveux mouillés, sa tenue indienne lui donnait l'air d'un prince. Elle pensa qu'il était beau et qu'elle le désirait encore. Un moment son regard effleura le piano, Jade crut voir une ombre passer sur son visage. Il posa sa tasse d'un air décidé et s'assit devant l'instrument. Les mains posées sur ses genoux, tête penchée, il garda cette pose pendant une dizaine de secondes puis les notes s'élevèrent dans le silence. C'était toujours une découverte même si Jade connaissait le toucher si fin de ses caresses, même si elle l'avait déjà entendu jouer. Elle fermait les yeux pour mieux écouter les doigts de Rajiv qui semblaient voler. Il effleurait les touches ou plaquait des accords qui n'avaient jamais aucune lourdeur, juste de la force. Jade avait maintes fois entendu ces morceaux et elle avait la sensation de les entendre jouer dans cette énergie-là pour la toute première fois. Debussy, Ravel, les *Goyescas*, jamais elle n'avait écouté une main gauche si présente sans pour autant qu'elle étouffât la droite. Il jouait assez vite, mais toutes les notes se détachaient clairement, sans jamais être avalées par la suivante. De la dextérité pleine d'émotion. Il joue plusieurs sons dans une seule note, se disait-elle sans vraiment comprendre pourquoi. Ou plusieurs hommes dans un seul corps. Jade était éblouie, conquise… s'il y avait encore quelque chose à conquérir. Elle se sentit embarrassée. Elle réalisait en l'écoutant que Rajiv avait dû être un vrai concertiste, que cet abandon de carrière pour se mettre au service de son projet témoignait, même dans un désir, d'une force de choix démesurée. Elle espérait pour lui qu'il ne se soit pas coupé les ailes, bref qu'un jour il ne regarde pas sa vie comme celle d'un homme empêché mais comme celle d'un homme qui a réellement choisi. Quand il s'arrêta, il se tourna vers elle et dans ses yeux luisait une lueur de défi qu'elle ne lui connaissait pas et que son sourire fit évanouir dans l'instant. Il réapparut tel qu'elle le connaissait. Jade ne sut quoi lui dire. On peut être enthousiaste avec un être découragé qui n'y croit plus, volubile avec un homme qui doute mais que dire à celui qui a choisi une autre carrière que celle-là pour des motifs aussi nobles ? se disait-elle.

— À quoi es-tu destiné ? La musique que je viens d'entendre est bouleversante mais ton choix l'est tout autant.

Rajiv se leva pour l'embrasser.

— Tu es la première à me comprendre entièrement. À ne rien séparer…

— Justement, n'as-tu jamais pensé que tu pourrais mener les deux, les rendre complémentaires. Peut-être payer tes recherches grâce à tes concerts ?

Il la buvait des yeux, son regard était brillant. Oui, il y avait pensé récemment. Il avait entendu parler d'un médecin qui partageait sa vie entre l'hôpital et la musique. Alors pourquoi pas financer un laboratoire avec des récitals de piano ? Ce médecin, Jade le connaissait.

— Si tu veux le rencontrer, lui dit-elle, j'ai une amie journaliste qui a écrit quelque chose sur lui, elle doit encore avoir son contact…

— Tu crois qu'elle pourrait me la donner ? Mon cas est un peu différent du sien, je travaillerais dans un laboratoire sur les médicaments génériques… J'ai gardé des liens avec le monde de la musique, je pourrais organiser des concerts privés pour financer les recherches. Mais lui, c'est un concertiste connu…

Jade avait lu la suite dans son silence.

— Je t'aiderai. Je t'écrirai des articles, je serai ton attachée de presse…

— Tu me suivrais en Inde ?

Elle n'osait pas lui dire qu'elle l'aurait suivi n'importe où… Jade ne savait rien de ce pays, mais ce qu'elle savait suffisait. Il fallait partir pour aimer ou l'inverse, elle avait oublié. Des proverbes de tous les pays lui revenaient en mémoire. Vivre dans la peur, c'est vivre à moitié, prendre la rue du plus tard, c'est arriver à la place du jamais. Dire non à ses désirs profonds de vie, c'est dire oui à ses aspirations de mort. On ne regrette jamais que ce qu'on n'a pas choisi. On regrette la chance qu'on a laissée passer… Et puis qu'est-ce qu'elle risquait ? Jade pensait à Julien, à ces longs mois pendant lesquels elle n'avait rien osé dire de son envie de le quitter. Elle pensait à ce qui se serait passé si elle était restée par lâcheté d'être seule, à Rajiv qui l'avait attendue sur un quai de métro sans certitude de la voir repasser le lendemain. À ce qui devait le traverser en ce moment même ? Elle pensait à la croyance, aux désirs inconnus qui poussent ou arrêtent. À ce pouvoir que chacun détient de dire oui ou non deux ou trois fois dans sa vie, pour protester, laisser faire ou changer le cours de son existence.

Jade souriait, serrait entre ses mains la tasse contenant son thé magique, qu'est-ce qu'il pouvait bien avoir mis dans ses épices ? Bien sûr, elle le suivrait. Son métier s'exerçait partout, là-bas ou ailleurs, elle trouverait toujours quoi écrire, des révoltes à transcrire en mots, des articles ou des livres… Là-bas… Mamoune… Son cœur se serra. Ne t'inquiète pas pour elle, Jade. Rajiv avait suivi les ombres de son visage. Nous emmènerons Mamoune en Inde. Les plus âgés sont chez moi comme des rois respectés. Elle vivra au sein de ma famille. Mes parents ne vivent plus à Londres depuis que mon père a quitté ses fonctions politiques. Il est à la retraite maintenant. Il vit sur les terres de notre domaine. Car tu vois en plus d'être suédois, je suis un peu prince !

— Arrête tu te fiches de moi…

— Non je t'assure. De toute façon tu aurais fini par le découvrir et cela n'a pas une grande importance dans un pays doté d'une si grande misère. C'est juste pour te rassurer sur la place de Mamoune dans ma famille indienne. J'ai deux ou trois tantes par alliance qui ont le même âge qu'elle et vivent dans la grande maison de mon père. Elles sont très heureuses et très considérées. Elles sont les sages de notre tribu. Et pour être honnête question royaume, nous n'avons plus aucune richesse. Seulement une maison, un peu de terre pour le jardin potager et nous sommes entourés d'un grand respect en tant qu'ancienne famille princière. Même ruiné, là-bas, un prince reste à son niveau…

Jade ne l'écoutait plus. Elle pensait à Mamoune, à ce qu'elle aurait dit de les voir comploter ainsi son avenir derrière son dos. N'était-ce pas trop égoïste ? Aurait-elle envie de partir, au moment même où elle venait de rencontrer son cher ami Albert ? Je me sens responsable, se dit-elle, et c'est lourd de vouloir emmener sa grand-mère dans un rêve de jeune adulte… Et tout à la fois cette aventure lui donnait envie de rire… Jade avait déjà enlevé Mamoune à ses montagnes et elle était en train de projeter de l'exiler encore, dans un pays lointain, à l'opposé de son climat. Puis son sourire se changea en inquiétude. Et si elle mourait là-bas ?!

Vois-tu Jeanne j'ai toujours imaginé que je ne pourrais vivre qu'aux côtés d'une femme dont j'aurais connu la jeunesse. Pour des raisons que je qualifierais d'obscures aujourd'hui, j'envisageais ma fin de vie avec une compagne dont j'aurais aimé le corps vieillissant parce que c'était celui que j'avais connu jeune. La même peau, la même odeur, le même mouvement. La texture de l'autre n'a pas d'âge si je puis dire et nous aurions ensemble traversé le temps de la... décré... de la fin de vie, avec l'indulgence ou l'aveuglement du souvenir. (Il a soupiré et s'est repris pour éviter le cynisme.) Quand ma femme est morte, à défaut, ce fut la vieillesse que je pris pour compagne. Plus solitaire, et tout aussi exigeante !

Je ne dis rien. Je sens qu'Albert est parti dans un grand aveu de lui-même. Un monologue dans lequel je suis un témoin muet et dont le moindre souffle romprait le cours.

Depuis que je te connais et devrais-je dire depuis que je rencontre ce que je ne savais pas du désir renaissant, j'ai tout chamboulé dans mes plans de jeune homme. Je suis charmé par bien des femmes, plus jeunes que moi, auteurs, vieilles amies, nouvelles rencontres même, et j'ai, il me semble, un certain succès, mais je ne partagerais jamais ma vie avec elles et je suis sans illusion, la plupart ne me suivraient pas au-delà de ce badinage charmant que nous entretenons. Mais toi, Jeanne, tu es un cadeau du ciel, débarqué dans un message matinal, avec la candeur d'aider ta petite-fille à publier. Tu es ma lectrice de cœur. Ta vie est émouvante comme l'est cette ardeur qui t'anime quand nous parlons des livres et depuis que nous sommes là dans ma maison et que je te découvre plus intimement, j'ai du mal à imaginer que nous ne vivions pas ensemble un peu plus longtemps.

Il s'est arrêté, a l'air de réfléchir à la suite comme si une pensée étonnante le traversait. Je n'ose rien dire, je sens que mon cœur fait plus de bruit que les respirations que je retiens. Il me regarde au fond des yeux puis continue.

Jamais je n'aurais cru dire quelque chose de semblable dans un avenir si proche du départ de Francesca. Mais le proche et le lointain se confondent, ils forment une ligne continue. Je ne pouvais pas envisager de vivre avec quelqu'un et aujourd'hui c'est le temps qui reste qui m'importe et celui de se poser des questions raisonnables a définitivement disparu de ma vie. Je ne le regrette pas une seconde. Il était perdu pour rien, je ne répondais jamais en termes utiles, je suis ravi de sauter l'étape.

J'écoute sans le croire tout ce qu'Albert me dit ce septième soir de notre vie dans sa maison. Nous avons passé la journée dans la nature. Nous sommes partis tôt le matin pour une promenade dans la forêt à laquelle est adossée sa maison. Puis nous avons déjeuné sur sa terrasse et admiré les mimosas en fleur. Comme je lui marquais ma surprise de cette floraison d'octobre, il m'a répondu que sa maison avait du panache et que pour ma venue, sachant que j'aimais les jardins, le mimosa s'était inventé une floraison automnale. Tout est prétexte avec Albert à ces histoires dont je ne sais jamais si elles sont vraies ou fausses. Il me prend par la main et m'embarque pour Cythère.

Albert est un homme « Il était une fois » et c'est à la suite de ce début plein de promesses que ma vie ressemble depuis que je le connais. Il m'a avoué qu'il aimerait connaître mon petit chalet dans les alpages qui n'est qu'une pièce de berger ou ma ferme de village à Morzine. Il voudrait que nous y passions quelques jours et avec quel enthousiasme il m'a fait cette demande. « Jeanne rêvons un peu, nous organiserions notre vie entre Paris, ma maison de La Croix-Valmer et celle de Morzine. Il y a si longtemps que je ne suis plus allé en Haute-Savoie. J'y ai malgré tout passé une enfance heureuse… » Avec toute sa finesse, il a perçu mon embarras d'être hébergée chez Jade et d'avoir l'air de m'enfuir avec le premier homme qui passe, même si on ne peut tout à fait résumer ainsi l'histoire… Je crois qu'il mesure combien il est périlleux de vivre seul à nos âges et s'il n'en parle pas, je sais qu'il sent déjà dans les rouages de la mécanique la faille possible. Trop fier pour avouer, trop lucide pour ne pas faire face avant la débandade, il anticipe. Mais dans ce constat raisonnable, je me cache le plus doux, ce cadeau précieux d'une rencontre tardive. Nous avons aimé c'est entendu, et bien souffert de la disparition de l'autre. Nous avons continué avec la certitude qu'il faut surmonter l'absence et surtout ne jamais chercher à remplacer ce qui ne l'est pas. Nous avons réussi plus ou moins selon les jours à ne pas trouver la solitude détestable, à nous réjouir de ne pas faire subir à l'autre le poids des maux qui nous encombrent. Nous avons tous deux un tempérament à combattre l'adage qui veut qu'à partir d'un certain âge on saute de maladie en maladie sans en être jamais guéri avant d'atteindre le rivage de la mort. Je me tais et serre les dents, lui râle et rouspète, à chacun sa technique pour repérer l'ennemi, le combattre et le pousser hors de la place en attendant qu'il repousse ailleurs avec l'entêtement d'une mouche à l'ouvrage. Mais quand bien même, tant que le cœur se réveille et combat les outrages du temps, la vie est un trésor…

Vieux amants, désormais nous sommes comme les mimosas de son jardin. En fleur en octobre et le temps d'un rire cet amour miraculeux nous illumine.

Il a du caractère et j'ai du répondant, maintenant que je ne me tais plus. Nos minuscules différends sont occasions de rire.

Il me reste à parler de toute cette folie avec Jade. Non que je considère qu'il me faille lui demander une quelconque permission mais nous avons tissé ensemble une si belle relation, et je lui dois la liberté dont je dispose aujourd'hui. Je me sens coupable de la quitter en même temps que je sens poindre sa vie de femme à l'horizon.

Que me serait-il arrivé si Jade m'avait laissée au triste sort que me réservait la vie dans une maison de repos ? Doux euphémisme pour cacher l'éternelle demeure qui aurait, je crois, refermé ses griffes sur moi.

Épilogue

Je croise mon regard dans le miroir du salon. Il est cerné de violet. Je ne me retrouve plus dans la glace. Voilà deux mois que je suis enfermée dans cette maison qu'habitait ma grand-mère. Deux mois que j'écris nuit et jour. Je fais livrer des repas préparés par la voisine ou je m'alimente avec ce que je trouve. Mes tantes passent, inquiètes de me voir recluse avec mes notes. Mes seules promenades quotidiennes me mènent dans ce jardin qui a soudain refleuri miraculeusement sans que personne ne s'en occupe. Depuis que je vis dans sa maison, le chat de Mamoune est revenu, il cherche son empreinte. C'est lui qui m'a guidée vers ce coffre caché sous une plante où j'ai découvert l'*Encyclopédie* de Diderot. Et notamment les deux premiers exemplaires, interdits en France, qu'un noble seigneur de la région de Savoie avait conservés dans sa bibliothèque. À cette époque, je crois me souvenir que la Savoie ne faisait pas partie de la France. Bref, son descendant semble avoir légué la totalité de ce trésor à ma grand-mère, accompagné de cette simple lettre : *A vous Jeanne, la garde de cette œuvre précieuse. Vous qui avez épanoui en secret un art subtil de la lecture, vous saurez, j'en suis sûr, apprécier ce présent. Prenez-le comme celui d'un ami qui, dans l'ombre, fut admiratif de votre finesse d'esprit et de votre discrétion. Votre affectionné Henri de Saint-Firmin.*

P.-S. : Si un jour vous veniez à manquer de lecture, n'hésitez pas à contacter mon frère qui dirige les éditions En lieu sûr. Il sera, j'en suis convaincu, ravi de rencontrer enfin la lectrice cachée dont je lui avais tant parlé. Parlez avec la vieille Honorine au château, elle vous racontera ce que je n'ai pas osé vous confier, l'histoire de ce demi-frère mal reconnu par mon père, mais si brillant.

J'ai trouvé dans le salon l'énorme registre de comptes où ma grand-mère consignait depuis des années toutes les dépenses de la maison. La deuxième partie de cet épais cahier était remplie de phrases extraites de centaines d'ouvrages. Citations, courts passages de romans, poèmes recopiés tout au long de sa vie, de sa petite écriture maladroite avec parfois des fautes comme si elle n'avait pas eu le texte original sous les yeux. Je me suis mise à lire le curieux livre que forment ces extraits qui sont notés bout à bout et chaque fois datés. Ils finissent par communiquer un malaise, comme une indigestion de littérature des plus fines. Des auteurs comme Victor Hugo ou Flaubert y côtoient Faulkner, Hemingway ou encore Melville. García Márquez y est aux côtés de Musil et de Miguel de Cervantès juste après Pasternak, Conrad et Dostoïevski... Je me suis extasiée de ses choix, de la variété de ses lectures.

C'est là, dans ce cahier, que j'ai trouvé une lettre que j'avais postée à ma grand-mère, il y a quelques mois. Une lettre, où je lui révélais que j'avais écrit et envoyé un manuscrit à des éditeurs et que je recevais des réponses négatives. Une lettre, qu'elle avait annotée au crayon à papier de cette simple phrase, « Je pourrais bien t'aider moi ». Et j'ai pleuré tant de larmes de ne jamais avoir pu partager ce trésor avec elle.

Mamoune est morte depuis deux mois. Elle est morte vingt et une semaines après être entrée dans cette maison dans laquelle elle n'aurait jamais dû aller.

Je porte aujourd'hui ma peine et mes remords. C'est une plaie béante qui saigne. J'aurais dû écouter ma première impulsion et venir la chercher. J'aurais dû l'enlever, braver la décision de mes tantes et vivre avec elle à Paris. Mais je ne suis arrivée que pour recueillir son dernier souffle, un sourire à peine esquissé.

Elle a glissé sa bible entre mes mains avec un regard presque malicieux. Quand j'ai soulevé la couverture de cuir pour retrouver entre les pages son parfum de violette, au lieu du Livre saint, il y avait le roman de Marcel Proust *Le temps retrouvé*.

Alors je me suis enfermée chez elle, j'ai écouté sa voix et j'ai écrit notre histoire. Je l'ai écrite comme si c'était celle d'une autre, pour ne plus être brûlée vive par la honte d'avoir laissé tomber Mamoune.

Demain je rentrerai à Paris, je détruirai tous mes cahiers, je dirai à Julien que je ne veux pas revivre avec lui.

Je regarde l'énorme bouquet de tulipes que m'a fait porter Rajiv, mon amant de quelques nuits, et je me demande comment il a bien pu trouver mon adresse dans cette maison. Je relis le mot qui l'accompagne : *Puissent mes pensées adoucir le deuil de cette grand-mère aimée. J'attends avec impatience le retour de la femme que j'aime infiniment pour l'emmener en Inde. L'amour doit se déclarer sans peur et se vivre tant que nous sommes là.*

Avant de partir avec lui, je porterai le manuscrit de *La grand-mère de Jade* que je viens de terminer à Albert Couvin, l'éditeur de la maison En lieu sûr en espérant que mon audace…

Paris, juin 2008.

L'auteur tient à remercier :

Hubert Nyssen, pour son attention de tous les instants et son *savoir-être* un éditeur qui connaît les écrivains de l'intérieur.

Christine Lebœuf pour son accueil et sa douceur.

Jim, Lily-Sara, Jules, Arthur, Antoine, l'orchestre de vie qui accompagne et nourrit le chemin d'écriture.

Hélène Curutchet pour son humour et son amitié sans faille.

Régine Lemeur pour son rire et ses conseils.

Yaron Herman dont la musique de lumière a accompagné toute l'écriture de ce roman.

Yves-Marie Maurin, premier lecteur à haute voix du manuscrit.

Toutes les petites fées de la maison Actes Sud qui portent, apportent, soutiennent, accompagnent avec passion les romans et leurs auteurs.

Les libraires et lecteurs qui ont soutenu *La vie d'une autre* et lui ont fait comprendre pourquoi c'est important de publier.

Postface

Certains livres, mais on ne peut le prévoir avant leur parution, deviennent les chouchous de nos lectrices et de nos lecteurs. Ce qui a pour conséquence de cultiver ce que mon premier éditeur (Hubert Nyssen, fondateur d'Actes Sud) appelait la rumeur. Aimés, chéris, ces livres-là sont beaucoup offerts. Souvent, ils sont ceux dont on vous dit : « Je vous ai connu grâce à *La grand-mère de Jade* et je vous lis depuis. » Comment un auteur ne serait-il pas touché de vivre une telle expérience ?

Pour cette raison, et parce que vous venez de le terminer, si toutefois vous ne lisez pas la postface avant le reste, je voulais vous proposer une petite visite dans l'arrière-cour de l'écriture de ce roman.

Quelques secrets ?

Tiens, celui-ci :

Pendant les trois derniers mois de la correction, je me disais quotidiennement : mais ça va intéresser qui, cette histoire de vieille dame avec sa petite-fille ? Belle intuition, non ?

Et ce court texte rédigé pendant l'écriture…

Écrire, écrire, encore et encore. La grand-mère de Jade *prend toute mon énergie et plus encore. Dans ce roman matriochka d'une jeune femme de trente ans et de sa grand-mère qui en a quatre-vingts, l'histoire chemine sans moi. N'ayant plus l'âge de la première et pas encore celui de la seconde, je suis à la fois libre et toujours sur le fil. Posée à mes côtés, une petite fée bienveillante guide ma main, apaise la fatigue, souffle les mots qui manquent et me chasse du bureau quand elle sent qu'il faut que j'aille voir ailleurs. Quand je reviens, les personnages ont comploté sans moi et me racontent ce que je ne savais pas entendre quand je suis partie. Je n'en suis pas au moment de découvrir ce que je crois être en train d'écrire. Je me laisse porter par les eaux tumultueuses du désir. Bientôt, l'histoire de ce roman fera comme une lumière sur ma vie et je comprendrai alors pourquoi je l'ai écrit.*

On m'a beaucoup demandé si ce livre était autobiographique, mais il n'en est rien ! Je ne sais pas si j'aurais recueilli mes grand-mères chez moi, qui n'étaient pas des tendres Mamounes mais des femmes dures ou égoïstes, aimant surtout l'argent pour deux d'entre elles – j'ai eu plein de grand-mères.

On écrit mieux avec le manque, avec le fantasme. Ainsi, j'aurais certainement aimé avoir une Mamoune comme celle du livre. J'ai donc joui du plaisir de l'inventer, ou plutôt de l'écouter naître.

Quand je me laisse écrire, je suis attentive aux petites voix qui murmurent à mon oreille et m'aident à me glisser dans la peau de… Pendant que j'écrivais *La grand-mère de Jade*, ma tension est tombée à 8, j'attrapais des grippes, des virus, et je marchais très lentement dans la rue. Je comprenais qu'il se passait dans l'écriture ce que peut vivre un comédien en entrant dans la peau de son personnage. Et comme je devais, après ce roman-là, écrire l'histoire d'une adolescente, je paniquais : si je me mettais à avoir de nouveau de l'acné, j'allais mal le prendre !

Pour commencer ce récit – ceci est valable pour tous mes livres –, je n'avais qu'un fil que je tissais pour découvrir la suite. Je suivais Jade, qui sautait dans sa voiture et partait chercher sa grand-mère...

Je suis comme vous, lectrices et lecteurs, je suis dans mes livres avec la même ignorance de ce qui vient. Au début de cette histoire, je suis donc partie chercher Mamoune avec Jade, en ayant la conviction que cette aventure était vraie. Quand, à peu près à la moitié du livre, l'épilogue m'est tombé dessus un soir vers dix-neuf heures, à ce que j'appelle « l'heure des mères » – l'homme va rentrer, il y a le bain des enfants et toutes sortes de choses à faire –, bref, à une heure à laquelle je n'écris pas, je me souviens que je pleurais en le rédigeant. Je me suis demandé pourquoi ça finissait ainsi... Je vous assure, on ne décide pas de la fin d'un livre. On peut la refuser, mais ce serait dommage. J'ai accepté parce que ce genre de force avec laquelle « ça vient » pourrait se nommer *la grâce de l'écriture*. Notez bien que l'écriture est maligne, elle vient en traître m'asséner l'épilogue à une heure où je ne peux guère le refuser, juste le noter en me demandant ce qui est en train d'arriver...

Je n'ai pas changé une virgule de cet épilogue, et pourtant bien des choses ont évolué ensuite dans le roman... Ne serait-ce qu'à cause de cette fin. J'ai mis trois jours à m'en remettre, sans rien écrire, en me demandant pourquoi cet épilogue était arrivé là. J'ai continué parce que je devais mener l'histoire jusqu'au bout. Mais je connaissais son issue et je me suis donc laissée écrire dans une immense tendresse afin qu'advienne le conte de fées qui se profilait. Aurais-je pu écrire ainsi la seconde moitié du roman si je n'avais pas eu connaissance de cet épilogue au milieu du livre ? J'en doute.

Enfin, quand tout fut terminé, j'ai rajouté quelques indices. Ainsi, tout le début du roman est au conditionnel. L'aviez-vous remarqué ?

Ayant mis le point final, j'ai pu me poser la question de la raison d'être de ce livre, qui peut se résumer par cette courte phrase : « Avec un petit oui ou un petit non, on peut changer sa vie et la vie de quelqu'un d'autre. »

Une Bretonne m'a écrit qu'elle avait déchiré puis brûlé l'épilogue dans sa cheminée. Bien sûr, nous pouvons brûler ce que nous ne voulons pas savoir. Mais aujourd'hui plus que jamais, nous sommes responsables de ce que nous laissons exister en nous et autour de nous. Les livres sont là pour ça, nous interroger, nous faire grandir, nous faire rêver l'impossible.

Ils sont là pour nous rejoindre au plus profond de notre être en nous demandant : et toi, qu'aurais-tu fait à leur place ?

Frédérique Deghelt

9463

Composition
NORD COMPO

Achevé d'imprimer en Espagne
par CPI BOOKS IBERICA
le 3 février 2021.

1er dépôt légal dans la collection : mai 2011
EAN 9782290257906
OTP L21EPLN002127N001

ÉDITIONS J'AI LU
87, quai Panhard-et-Levassor, 75013 Paris

Diffusion France et étranger : Flammarion